神様なんか信じてないけど、【神の奇跡】はぶん回す

~自分勝手に魔法を増やして、異世界で無双する~

リウト銃士

Illustration 桜河ゆう

1

I don't believe in God, but I throw away [Miracles] ~Increase your magic on your own and become unrivaled in another world~

目次

I don't believe in God, but I throw away [Miracles] ~Increase your magic on your own and become unrivaled in another world~

序章

第0話 久橋 律

「くぅうっ……、終わったぁ～」

俺はノートパソコンのディスプレイから目を逸らし、大きく伸びをした。

寄りかかった椅子の背もたれが微かに軋《きし》むのと同時に、首と背中もミシミシと軋む。

一頻《ひとしき》り凝り固まった身体《からだ》を伸ばし気怠さが落ち着くと、ぅあぁ～…と気の抜けた声が思わず漏れた。

俺は久橋律《ひさはしりつ》、四十七歳。都内のワンルームのマンションに住む、独身生活を満喫するおっさんだ。

彼女いない歴＝年齢というわけではないが、さりとて充実した人生を送ってきたわけでもない。

結婚をしたくなかったわけじゃないが、かといってガツガツと相手を探す熱意もない。

なんとなく生きていたら、四十七年もの歳月をかけて出来上がった冴えないおっさん。それが俺だ。

ノートパソコンに繋《つな》いだキーボードに手を伸ばし、先程まで作業していたテキストエディタとコンパイラを閉じていく。

俺の職業はプログラマー。

社内ではシステム開発部などとご立派な看板を掲げているが、所属社員は三名だけの場末の部署。

俺を除けば五十代半ばのハゲ部長と、三十代後半のアニヲタ君しかいない、むさ苦しい部署だ。

◇　◇　◇

数年前から、世界規模で感染症が大流行した。

国は感染拡大を防ぐために、在宅勤務を推奨するようになった。

そんな事情で、俺は現在自宅にて仕事をしている。

会社には週に一～三日、シフトで出勤するだけで良く、今週はもう月曜に出勤した。

そこで今週いっぱいかけて行う作業内容を部長と確認し、その作業がたった今終わったところだ。

…………木曜日の十一時二十分に。

腕を組み、顎に手を添えて少し考える。

さすがに仕事を早く片付けすぎた。

簡単な仕事内容を大袈裟《おおげさ》に言って、スケジュールを多く取ったわけではない。

スケジュールそのものは適正だ。

むしろ、時間が足りなくても土日もあるし間に合うだろう、くらいの気持ちでいたのだ。

では、なぜこんなにも早く仕事が片付いてしまったのかというと――。

(在宅勤務のせい。……と他人《ひと》のせいにしても仕方ないか)

もう一度身体を伸ばし首を捻ると、コキッと鳴った。


はっきり言って、俺は切り替えが上手い方じゃない。

それでも、これまでは通勤中に上手くスイッチのオンオフを切り替えていたが、在宅勤務によって通勤そのものがなくなってしまった。

このことで、俺はしばらく悩むことになる。

思うように仕事が進まず、土日を使って終わらない分を補うことが度々あったからだ。

もっとも、プログラマーという仕事はそういうことがよくある。

開発が佳境に入ると会社に泊まり込み、起きている時間≒働いている時間というのも珍しくはない。

そう、所謂《いわゆる》〝死の行進《デスマーチ》〟というやつだ。

だから土日を使って作業の穴を埋めるというのも、俺にとっては特別なことではなかった。

定時?　サビ残?　何それ美味しいの?　というやつだ。

延々とキーボードを叩き続け、手が止まるのは力尽きて眠る時だけ……。

話は少し変わるが、プログラムを組む時『考える』と『打ち込み』、仕事の割合としては何対何になるだろうか。

５：５だろうか。それとも３：７？

以前、友人に聞かれた時に俺は９：１と答えた。考えるのが９。打ち込むのが１。

友人も同じ答えだったらしい。

つまり、圧倒的に考えることが重要なのだ。

頭の中でプログラムを組み、それが終わってからキーボードを打ち始める。


話は月曜に戻る。

出勤した俺は部長と今週の作業を打ち合わせると、その後の仕事中や帰宅中もずっとプログラムを組んでいた。頭の中で。

これは別に特別なことではない。プログラマーなら誰でもやっていることだ。

今回はそのまま帰宅してしまったが、それもこれまでなら特に問題はない。

仕事モードで帰宅しようと、そもそも仕事をする環境がないのだから。

だが、残念ながら現在は仕事をする環境が整ってしまっていた。

帰宅後シャワーを浴び、途中のコンビニで買ってきた弁当を食べる。頭の中でプログラムを考えながら。

そうして一息つく頃にはプログラムが組み終わり、必要な準備などが明確になっていたのだ。

（明日の準備に、ちょっと環境だけ整えておくか）

などと思ったが最後、東の空が美しい赤紫色に変わる頃まで、どっぷりキーボードを叩いてしまっていた。

頭の中で組み上がったプログラムを、パソコンへ移すために……。


プログラマーというのは、なかなかに不憫《ふびん》な仕事と言えるかもしれない。

手を動かさず、ボー……としている姿を見れば、仕事をサボっていると思われても仕方がないだろう。

だが、多くの場合、きっと彼らは一生懸命に考えているのだ。

どうすればスッキリとした無駄のない、整ったプログラムを書けるかを。

それは言い換えれば、動作が軽く、拡張性があり、バグの少ないプログラムである。

プログラマーが忙しそうにキーボードを叩いている時、実はあまり頭は働いていない。考えるべきことはすでに終わっているからだ。

キーボードを叩く作業は、頭の中に組み上がったプログラムという『情報《データ》』を、パソコンに移す作業でしかない。

いかに早く、正確に、情報《データ》を移行するか。そのためには余計な思考など邪魔にしかならない。

何も考えず黙々と頭の中の情報《データ》を、指先を通じてキーボードに伝達していく。

かつて、友人が言っていたことがある。

「直接USBを頭に挿せたらいいのに……」

自分の手と、キーボードという入出力装置《デバイス》を介すのが面倒ということなのだろう。

俺もまったくの同意見だった。

◇◇◇

図らずも、自ら進んで〝死の行進《デスマーチ》〟をやってしまったが、おかげで時間だけはたっぷりと確保できた。

一日半。土日も合わせれば三日半も自由になる時間があるわけだが、さすがに今日と明日は自宅にいる必要がある。

（ネットかゲーム。気が向けば映画を観るくらいか……）

つまりは、いつも通りだ。

俺は先程まで作業していたノートパソコンとキーボードを、L字形の机の空いているスペースに移す。

このノートパソコンは在宅勤務用に会社から貸与された物で、私用に使うわけにはいかなかった。

メールが届くこともあり、電源は落とせない。今はまだ仕事中なのだから。

俺は自分のパソコンを立ち上げ、ランチャーから動画サイトを開いた。

俺がよく見ているのは、動画サイトの中でも世界最大のサイトだ。

（〝ががーにん〟は続きが上がってて、〝まーく・怒鳴るぞ〟も上がってるな。〝ぴの助〟は新作ゲームを始めたのか。……つーか、沙陀《サダ》5はどうした。逃げたのか？　沼ってたし）

お気に入りのゲーム配信者のアーカイブを確認し、観たい動画リストにどんどん追加していく。

そうしてリストに入れた動画から一つを選び、再生するのだった。


しばらく動画を観ていたら、何か飲みたくなった。

冷蔵庫を開ければ、常に缶コーヒーと炭酸飲料、缶入りの酎ハイが入っている。

もっともよく飲んでいる炭酸飲料に手を伸ばし、そこで手を止める。

時計を見れば十五時頃。昼というには遅く、夕方というには早い時間。

普段なら缶コーヒーか炭酸飲料を選ぶ。特に迷うようなことはない。

だが、今日は……？

（……問題は、ないよな？）

そう考え、缶入り酎ハイを手に取った。

仕事中なら、絶対に選ばない選択肢。

しかし、今日はすでに仕事が終わっている。さらに言えば、本来ならまだ仕事中という背徳感が、背中を後押しする。

(たまには、こういうのもいいな)

俺は、少しの背徳感にテンションが上がり、プシュッと酎ハイのプルタブを引き上げた。

その日はそのまま動画数本を観て、酎ハイを数本空けた。

腹が減ったらピザを注文し、ピザを食べながら動画の続きを観てだらだらと一日が過ぎていく。

そんな、四十七歳のおっさんらしからぬ時間の無駄遣いを満喫するのだった。

第1章 リッシュ村の少年

第１話　転生

うえ――――――――んっ。

遠くで子供の泣く声が聞こえた。

沈んでいた意識がその声に反応して、少しだけ覚醒する。

（あー……、なんだぁ……）

ぼー……とする意識の中で考える。

眠気が残る頭で、「今何時だ？」と何とはなしに考えるが、それを確かめる気が起きない。

うえ――――――――んっ。

（……ちょっとうるさいな。親は何やってんだ……）

あまりの気怠さにそれ以上の思考を放棄して、もう一度寝直そうと寝返りを打つ。

どうやら、うつ伏せになっていたようだ。

姿勢を変えるためにベッドに手をつくが、あり得ない感触が返ってきた。

一度に様々な違和感が押し寄せ、意識が急速に覚醒し始める。

まず、手のひらから伝わる感触がシーツではなかった。砂利の転がった地面に手をついたような硬い感触。

そして、その感触は手だけではなく、自分の頬からも感じることに気がつく。

それと匂い。舞い上がった砂埃の中で息をするような、埃の匂いをはっきりと感じた。

あまりの異常な感覚に咄嗟《とっさ》に起き上がると、そこは予想通りの剝《む》き出しの地面の上。

予想もしていなかったのは、その乾いた土の道が延々と続くことと、これまた延々と続く両側の畑らしき光景。

「…………………は？」

まったく意味が分からなかった。

自宅のベッドで寝ていたつもりが、いつの間にか外にいるのだから。

なんでこんな所にいるんだ？　と混乱する頭で必死に考える。

そうして混乱するまましばらく考えていると、微かな頭痛に気づく。

目が覚めたら、よく分からない場所にいた。

そのうえ頭痛もするとなれば、状況から導き出される可能性は一つ。

（……昨日、そんなに飲んだか？）

あまりに馬鹿馬鹿しいが、今最も有力な答えは、

「酒を飲み過ぎた。酔っぱらってここまで来た。記憶はない」

である。

意識が痛みに向かうと、脈打つようにズキズキと痛みを感じるようになった。

何気なく額を手で押さえると、砂利の感触が再び手のひらに伝わる。

びっくりして手のひらを見ると、そこには半ば固まった血のような物がはっきりと付いていた。

（おいおいおい！　頭に怪我してんのか!?）

今更になって気づくが、見ると手や足まで擦り傷だらけだ。

予想を超える深刻な事態に再び混乱しそうになるが、意識して大きく息を吸い込み、目を閉じる。

そうして何度か深呼吸して、落ち着け……落ち着け……と自分に言い聞かせた。

（パニクってる場合じゃない。まずは現状の確認。怪我の有無、程度。所持品。現在地）

まずは正確な現状の把握が最優先だ。それによって採るべき行動が変わってくる。

仮に手元にスマートフォンがあり、近くに電柱の一本でもあれば、当面の問題はほぼ解決する。

一一〇番通報して電柱番号を伝えれば、保護してもらうことが可能だからだ。

やるべきことがはっきりしたことで、少しだけ冷静さを取り戻す。

地面の上にそのまま胡坐《あぐら》をかき、手足を軽く拳で叩いていく。

（特に響く箇所はない……。骨折とか、深刻な怪我はなさそうか？）

少しだけ安心して、今度はゆっくりと立ち上がり、肩や手足、首や腰を回したり捻ったりする。

強い痛みを訴える箇所はない。捻挫や打身も今のところはなさそうだった。

とはいえ、手当をする環境がないので、怪我については一時保留にした。

下手にいじって悪化することはあっても、良くなることはないだろう。

そして、身体の状態を確認していて、気づいたことが他にもある。

こっちの方がより深刻な事態なのだが、今は考えてもどうしようもないので、あえて他の確認を優先することにした。

◇
◇
◇

（所持品はなし。現在地を知る手がかりも、今のところはなし）

所持品はスマートフォンどころか、財布すら持っていない状態だった。

周囲を捜してもみたが、何も落ちてはいなかった。

これにより、自力では解決できないことがほぼ確定した。

そして現在地もまったく見当がつかなかった。周りは畑があるだけで、民家どころか電柱も標識も何もない。

仮に自分が倒れていた時に頭を向けていた方向を前、足側を後ろとする。

だが、前を向いても後ろを向いても道は一本。しかも、道の両側は自分の身長よりも高い草木が茂った畑だ。

自動車がすれ違えるだけの道幅はあるが、両側の畑に視界が遮《さえぎ》られるため、巨大迷路にでも放り込まれた気分だった。

（せめて視界の開けた場所や高台があれば、コンビニでも民家でも探せるんだが）

ほぼ何も分からない状況で、それでも次の行動を決めなくてはならない。

偶然誰かが通ってくれる幸運も期待するが、正直期待薄だ。

(……運とか、良かった試しがないしな)

自慢にもならないが、俺はクジ運のなさには自信があった。

それはともかく、気持ちを切り替えて前の道を見てみる。

そして、今度は後ろを見る。

すると、遠くに見える物に気がついた。

一本道の先、畑の上に山の輪郭が見えた。

周りの草木が高いため、そちらにばかり意識が向いていたが、山があるのが確認できる。

改めて前を見るが、遠くにも山は見当たらない。

今度は右を向いてみる。

畑の草木に邪魔されるが、辛うじて山らしき物が遠くにあることが確認できた。

左も同じように見てみるが、そちらには何もなさそうだ。

んー……と呟き、腕を組んで顎に手を添える。

考え込む時に、よくやってしまう仕草だ。

(……後ろに山、右手にも山。山脈？　それとも別の山か)

上を見てみる。空はよく晴れており、太陽はほぼ真後ろにあった。

季節は夏前。太陽の高さと影の長さで、凡《おおよ》その時間に見当をつける。

(午前か午後か分からないが、太陽の高さが頂点よりは低い気がする。十一時、若しくは十三時頃

か。気温や空気の感じで午前のような気もするが……、アテにはならないか。日によって違うもんだしな）

採るべき行動を決めるため、大雑把に予想を立てる。

時計もなければ方位磁石もない。

正確な情報を得ることができないのなら、とりあえずの行動の方向性を打ち出すだけでいい。

時間と太陽の位置から、方角を決める。

現在の太陽の方向を、南と仮定していいだろう。

俺は石を拾い、方角を示す記号を地面に描いてみる。

（道なりに行くなら、山に向かう南か。山から離れる北）

これらの情報から、現在地について考えてみる。

ただの当てずっぽうだが、進むか戻るかを決めるためにも現在地の見当はつけたい。

「南と東に………、山？」

地面に描いた方角を見ていて、ふと気がつく。

俺の自宅マンションは東京都の東の方で、千葉県との境に近かった。

自宅から南にあるのは海。そして東は千葉県になる。

都内にも山はある。だが、横長の東京都の中で、山は西に集中していたはずだ。

（やっぱり……、都内じゃなさそうだ、ここ）

薄々おかしいと感じてはいたが、少し考えるだけでも相当に深刻な事態だ。

山が南の方角に見える、何キロメートルも続くような広大な畑。

そんな条件に当てはまるような場所が、都内にあるか？

（民家らしき建物も見当たらない広大な畑なんて、近隣の県にだってそうはないだろう）

得られた情報から現在地の見当をつけようとしたが、かえって混乱する結果になってしまった。

だが、予想が当たっていると決まったわけではないし、何より俺はインドア派だ。知らない山などいくらでもある。

（現在地に見当をつけるのは難しいとして、そうなると……）

ぐるりと周囲を見渡す。

現在地が不明だとしても、自宅から相当に離れているだろう。

（……俺は、どうやってここまで来たんだ？）

酔っぱらって記憶がない、では済まされないだろう。

記憶がないほどに酔った状態で、歩いて来られるほど近いとは考えられない。

（タクシーを使った？　それなら、財布がないとおかしいな）

あまりに泥酔した客は、困った客として処理するのが普通だ。

タクシー会社にも当然ながらマニュアルがあり、そのマニュアルでは警察署に送り届けることになっている。

（車で拉致された……？　それなら財布がないことと、こんな場所にいることの説明はしやすいけど……、こんなおっさんを拉致る意味が分からん。財布が欲しいなら抜き取ればいい。拉致まですする必要がない）

この状況に説明をつけようとするが、どうしても無理が生じる。

今ある不確かな情報では、考えるだけ時間の無駄だ。

俺はとりあえず山とは反対方向、北に向かって歩くことにした。

山間部よりは平野部の方が人は多いだろう、という理由だ。

かなり頼りない根拠だが、とにかく今は行動しよう。

擦り傷だらけで痛む身体に鞭打ち、俺はゆっくりと歩き始めるのだった。

◇　◇　◇

所々にある水溜まりを避けながら歩き、自分の手をじっと見つめる。

異常な状況は、場所や移動手段だけではない。

むしろ、もっと深刻なことがあった。

(…どう見ても子供の手だな)

その幼い手をグーパーグーパーしてみる。

身体の状態を確認していた時に気づき、考えてもどうしようもないので後回しにしていたこと。

それは、自分の身体の変化だ。

あまりにも小さい手。たぶん五～六歳だと思う。

よく日に焼けていて、手のひらと甲でははっきりと色が分かれている。

もちろん小さいのは手だけではない。

身体も足も、どう見ても子供のサイズだ。

周りの草木は、感覚的には百五十センチメートルを超えるくらい。

自分の方が、更に小さいだけだった。

（元の身長なら、苦労はないんだけど）

俺の身長は一七五センチメートルあったから、畑に並ぶ草木の上から周りを見ることができたはずだ。

今の自分の姿が気になったが、生憎と鏡はない。

だが、水溜まりに映った姿で顔を確認することはできた。

なかなかに可愛らしい顔をして、最初は女の子かと思ったくらいだった。

慌てて男のシンボルを確認し、その小さな象さんにほっと胸を撫で下ろしたものだ。

とぼとぼと歩きながら、服の襟をパタパタと引っ張る。

すでに一時間以上歩いているが、一向に人の気配がない。

日差しもこの季節としては強く、かなり暑く感じた。

（…………子供……？）

ふと立ち止まり、今来た道を振り返った。

思い出したことがある。

目が覚めた時、子供の泣き声が聞こえていたような気がしたのだ。

その後の自分の状況があまりにも突飛すぎて、すっかり失念してしまったが。

もしもこんな所で迷子になっているなら、保護しないわけにはいかない。

もっとも、自分こそが保護してもらいたい状況なのだから、子供を『保護する』というのも烏滸《おこ》がましい話だが。

立ち止まったまま、戻ろうか、と少し考える。

所持品を確認する時、周囲も簡単に捜してみた。

子供の姿など見なかったし、泣き声も聞こえなかった。

こんな状況ではあるが、さすがに近くに泣いている子供がいたら、それを無視することはない。

少なくとも、気に掛けるくらいはする。

(夢だった?)

あの時は、意識がはっきりとしていなかった。

夢現《ゆめうつつ》だったのは確かだ。

実際に姿を見たり、声が聞こえたりしたわけではない。

(寝ぼけてた……んだろうな)

周りを見てもいなかったのだから、夢だったと考えるのが妥当だろう。

とりあえず自分の中で「あれは夢だ」と処理して、前に進むことを決める。

少々後味は悪いが、確証もなくまた一時間もかけて戻るのは、さすがに勘弁してほしい。

服の襟をパタパタと引っ張り、再び歩き出す。

改めて自分の姿を見下ろし、身に着けている物が気になった。

当然だが、身に着けている服も靴も俺の物ではない。

おそらくこの身体の持ち主？　の物だろう。

この子供だが、身に着けている服と靴が少々妙だった。

麻の服というのだろうか。継《つ》ぎ接《は》ぎだらけでゴワゴワもしていて、正直着心地があまり良くない。

靴は動物の革を使っているようだが、素足を突っ込んだだけ。靴下も穿《は》いていない。

革靴と言えば聞こえはいいが、足の形をした袋状にして、足首で縛る程度の物だ。

いちおう底は厚くなっており、硬さもあるので砂利道を歩いても問題はないが。

そうした全体の印象を一言で表せば、申し訳ないが『粗末』の一言。

どういった家庭環境なのかは分からないが、少々この少年に同情してしまうのだった。

◇　◇　◇

もっとも重要なのは、人を見つけることだ。

だが、今の俺はより差し迫った危機に直面していた。

「……暑い……死ぬ……、……水、………腹減った……」

歩き始めてどのくらいだろうか？

三〜四時間は経つ気がする。

その間、民家どころか人ひとり会うことがなかった。

そして、容赦なく照りつける太陽によって、気温は上昇。

最近雨が降ったのか、湿度もかなり高いようだ。

結果、俺は熱中症を起こしていた。

（………まずい……、……完全に………判断……ミスった……）

ここまで人に会わないのは想定外だった。

山奥や樹海に迷い込んだわけではないのだ。

歩いていれば「そのうち誰かに会う」「民家くらいある」と楽観してしまった。

いくら怪我で歩きにくく、歩幅の小さい子供とはいえ、おそらく六キロメートル以上は歩いているはずだ。

すでに道の両側の畑は終わり、草叢《くさむら》が広がっていた。

雑草の丈は自分と同じくらいなので周りを見通せるが、見事なまでに何もない。

草叢の中に、ぽつんぽつんと木が生えているのが見えるだけ。

（……いくら何でも………、あり得ないだろ……）

民家どころか、人が作ったような建物も何もない。

人の存在を辛うじて証明しているのは、道についた轍《わだち》だけ。

車の往来はあるはずなのだが、道路標識も何もまったく見ない。

（…………水……、……水溜まり…………）

地面を見ると所々に水溜まりが見える。

水溜まりを啜《すす》れば喉の渇きは癒えるだろうが、さすがにそれはできなかった。

人としての誇りの話ではない。単純に感染症が怖かったのだ。

泥水を啜って生きる人など世界中に何億人、何十億人といる。

そして、その不衛生な水が原因でコレラや赤痢などの感染症に罹《かか》り、年間に何百万人も亡くなっているのだ。

それが分かっているから、水溜まりの水を飲む気にはなれなかった。……今は、まだ。

（……まじ、死ぬ…………。……木、陰……逃げよう…………）

判断するのが遅すぎたが、このまま歩き続けるのはもはや限界だった。

草叢に入って行こうとした時、足がもつれて転んでしまう。

草がクッションになり怪我が増えることはなかったが、そこから立ち上がることもできなかった。

（……やべ…………まじ、……死ぬかも……）

立ち上がろうとするが手足はガクガクと震えるだけで、思うように動かない。

そうするうちに、頭がぐわんぐわんと揺れるように感じ、目の前が真っ暗になっていく。

そうして、俺は意識を失った。

第2話　異世界1

アマーリアはベッドの横に置いた椅子に座り、愛する息子の手を握って、優しく頭を撫でた。

「……お母さん、そろそろ時間だよ」

娘のロレッタに声を掛けられ、「ええ」と簡潔に返事を返す。

眠ったままの息子の額に口づけをすると、アマーリアは後ろ髪引かれる思いで立ち上がった。

すでに支度は済んでいる。

あとは仕事場である織物工場に行くだけだ。

アマーリアは玄関に向かうと、ロレッタに声をかける。

「行ってくるわ。ミカをお願いね、ロレッタ」

「うん、いってらっしゃい。そんなに心配しないで。シスター・ラディも大丈夫だって言ってたよ」

「それはそうなんだけど……」

ロレッタが心配ないと言うのも分かるのだが、それでもアマーリアの表情は晴れない。

七歳の息子が怪我をし、倒れているところを発見されたのだ。

心配するな、という方が無理だろう。

それも、未だに意識が戻らないのだから。

「シスター・ラディが午前中に来てくれるし、目が覚めたらお母さんにも知らせるよ」

「……お願いね」

ミカにしたのと同じようにロレッタの額にも口づけをし、頭を撫でる。

アマーリアはミカの休んでいる寝室に視線を向けると、諦めたように玄関から出ていく。

本当なら、仕事になど行っている場合ではない。

だが、そうも言っていられない事情があった。

幸いロレッタは十三歳にしてはしっかりしているし、ミカの面倒もよく見てくれていた。

愛する家族との生活を守るため、アマーリアは俯《うつむ》いていた顔を上げて歩き出すのだった。

◇　◇　◇

アマーリアを玄関まで見送ると、ロレッタは意識して作っていた明るい表情を引っ込めた。

ロレッタも、アマーリアと同じくらいには弟のミカのことが心配だった。

だが、アマーリアにそれを見せてしまえば、ロレッタを元気づけようと余計に無理をしてしまうだろう。

そう思い、明るく振る舞おうとしていたのだ。

上手くいったとは、自分でも思えなかったが。

（……お母さんの分も、私がしっかり看てあげないと）

ミカの看病をしたいと、一番思っているのはアマーリアだ。

いつもなら仕事を休んで看病するのだが、「どうしても今日は来てもらわないと困る」と仕事場の工場長ホレイシオに頼み込まれた。

普段ならいくら頼まれても休んでいただろうし、むしろホレイシオの方から休まなくて平気かと聞いてきただろう。

生活のために仕事は大事だが、一人息子の一大事と比べられることではないからだ。

だが、怪我をして倒れているミカを見つけ、保護してくれたのが他ならぬホレイシオなのだ。

それも、ロレッタたちが暮らすリッシュ村から、馬車で一時間以上も離れた街道で。


昨日は織物工場が月に一度、領主に織物を納品する日だった。

ホレイシオは朝早くに織物を荷馬車に積み込み、隣街のコトンテッセへ届けに行った。

そして織物を納品すると、領主から翌月の生産計画を指示されるのだ。

無事に納品を済ませて帰途に就くと、街道の先に人が倒れていることに気がついた。

人が倒れているのだから、それはもちろん大変なのだが、この場合はそれだけではない。

リッシュ村とコトンテッセを繋ぐ街道は一本道。そしてリッシュ村から先に街道はない。

森があり、その先は険しい山に塞がれるため、行くことができないからだ。

つまり、この街道を使う人はほぼ確実にリッシュ村の関係者と言っていい。

ホレイシオは馬に鞭を入れ、急いで倒れている人に近づいた。

近づくにつれて倒れているのが子供のようだと分かったが、まったく動く気配がない。

そうして、街道に倒れていたミカを発見したのだ。

草叢から足だけが出ている状態で倒れていたミカは、その時すでに意識がなかったらしい。

顔も手足も擦り傷だらけで血が張り付いており、身体は熱く、手足も震えていた。

そんな様子を見たホレイシオは、これは急がないと命に関わるとすぐに察した。


荷馬車を飛ばして村に帰ってくると、そのまま真っ直ぐに教会へと向かった。

途中で出会った村人に「アマーリアとロレッタに、すぐ教会に来るように伝えてくれ」と伝言も頼んで。

リッシュ村は住人二百人程度の村で、村人はみんな顔見知りだ。

ミカが大変だと付け加えれば、誰でもある程度は状況を理解できた。

教会に着くと、運良くシスター・ラディがいてくれた。

ラディは村でただ一人、【神の奇跡】の【癒し】が使える人だ。

毎日、村の怪我人や病人を看て回るラディは、不在にすることも多い。

教会の老司祭も奥から現れ、すぐにロレッタとアマーリアも教会に着いた。

ミカのことを聞くと、ラディはすぐに治療を始めた。

ロレッタやアマーリア、ホレイシオも老司祭も治療を手伝った。

老司祭の指示で、まずは清潔な布と汲《く》んできた水で傷口を綺麗に拭き取る。

拭くと傷口から再び血が滲《にじ》んでくるが、砂利などで汚れたまま【癒し】を行うより、綺麗にしておいた方が癒す効果が高いらしい。

そうして傷口を拭き取りながら、苦しそうな表情を浮かべるミカを見て、ロレッタは涙が止まらなかった。

すべての傷口を拭き取ると、ラディが祈りの言葉を紡ぎ【神の奇跡】で癒す。

ミカの全身に黄色い淡い光の粒がふわふわと漂ったかと思うと、みるみるうちに傷が塞がっていくのだ。

だが、それでもミカの苦しそうな表情は変わらず、手足の震えも止まらなかった。

するとラディは、また神に祈り始める。

今度は【癒し】の時とは違う神による【神の奇跡】らしく、苦し気だったミカの表情も少しずつ穏やかなものへと変わっていった。

その後、老司祭が奥の部屋へ行き、コップに水を入れてきた。

その水をラディは時間をかけてゆっくりとミカに飲ませる。

コップの水を飲み切る頃にはミカの身体の震えも収まり、ただ眠っているだけのように見えた。

ラディが微笑みながら言った「もう大丈夫よ」という言葉に、どれほど救われたことか。

アマーリアも涙を流し、何度も何度もラディとホレイシオ、そして老司祭にお礼を伝えた。

こうして、ミカは助けられたのだった。


だが、そんな事情もよく分かっていて、ミカの命の恩人ともいえるホレイシオが、それでも明日は来てくれと頼み込んできた。

これにはアマーリアも困ってしまった。

そこでホレイシオが「代わりにロレッタを休ませるのではどうか？」と提案してきた。

ロレッタとアマーリアは織物工場で働いている。

ロレッタはまだ働き始めて一年ほどだが、アマーリアは機織《はたお》り職人のまとめ役も任されるほどの腕前だ。

一人前になるには少なくとも三年以上は勤めないと認められないので、ロレッタではアマーリアの代わりは務まらない。

それに、アマーリアの他にもまとめ役になっている職人たちは、全員が集められるようだ。

どうやら領主に指示された生産計画のことで、緊急で話し合いたいことがあるらしい。

さすがにこれは、何をどうしたってロレッタでは代わりになれない。

仕方なく、ミカの看病をロレッタに任せるアマーリアだった。

◇　◇　◇

ロレッタは昨夜のうちに洗濯し、窓際に干していたミカの服に触れた。

ズボンはまだ湿っているが、シャツはすで乾いているようだ。

ミカの服は何度も転んだのか砂や泥に塗《まみ》れ、擦り傷による出血でずいぶんと血が付着していた。

綺麗に洗って汚れや血は落としたが、転んだ時にできたらしい穴がいくつか空いている。

洗っている時に気づき、あとで繕おうと思っていたのだ。

ズボンはまだ干しておき、シャツだけを持って寝室へ入った。

先程までアマーリアが座っていた椅子に座ると、ロレッタはミカの顔を覗き込む。

まるで女の子のような可愛らしい顔をしたミカが、今は穏やかな表情で眠っていた。

その表情を見てロレッタはホッとする。

昨日のミカの姿は、きっと一生忘れることができないだろう。

（ホレイシオさんとシスター・ラディには、本当に感謝しなくちゃ）

なぜミカが遠く離れた街道で倒れていたのか、それは本人が目覚めないと分からない。

だが、ホレイシオが発見し、ラディが【癒し】を与えてくれなければどうなっていたか。

リッシュ村とコトンテッセを繋ぐ街道は一本道だが、そもそも頻繁に行き来があるわけではない。昨日はたまたま織物を納品する日だったのでホレイシオが通ったが、それ以外では村の商店が月に数回、仕入れにコトンテッセに行くくらいだ。

もしも昨日が納品日でなければ、数日は誰も通らなかった可能性が高い。

「……そんなこと、考えたくもない」

嫌な想像を忘れようと、持ってきたミカのシャツを広げる。

補修する箇所を確認すると、用意しておいた裁縫道具から針と糸、それと当て布を手に取った。

可愛い顔をして意外にやんちゃなミカは、繕ってもまたすぐ穴を空けてくる。

なにかと忙しいアマーリアに代わり、ミカの世話をするのはロレッタの役目だった。

その世話も、昨年から織物工場で働くようになって随分減ってしまったが。

(うん、ぱぱっと片付けちゃおう)

時折ミカの様子を見ながら、楽しそうに裁縫をするロレッタだった。


「ロレッタさーん、ラディです。様子を見に来ましたー」

集中していくつかの補修を終えると、玄関から声が聞こえてきた。

慌てて針を片付け、玄関に向かう。

扉を開けると、修道服の女性が立っていた。

この女性はラディ。教会で修道女をしている、お母さんよりも少し年上の女性だ。

貴重な【神の奇跡】の使い手で、教会としてはもっと大きな街で活動してほしいようだが、生まれ故郷で活動したい、と昇進を蹴って故郷に帰ってきた。

とても優しそうな微笑みを浮かべているが、この微笑みのまま昇進話を蹴り、引き留める司教を振り切って帰郷を強行したというのだから、人は見た目では分からないものだ。

（実際にすごく優しい人ではあるのだけど……）

昨日のミカのこともあるが、そもそもリッシュ村の人たちは、みんなラディのお世話になっている。

子供たちは教会で文字や計算を教えてもらっているし、大人たちも病気や怪我を治してもらったことがあるだろう。

村に赴任している老司祭に代わって祭事を取り仕切っているので、大事な収穫祭などの準備はすべてラディが管理している。

村のみんなの支えになっているが、そのことでお礼を言っても、いつも微笑みながら神の愛に感謝を捧げるのだった。

「おはようございます、シスター・ラディ。昨日は本当にありがとうございました」

ロレッタは丁寧に頭を下げ、改めてお礼を伝えた。

「おはようございます、ロレッタさん。お礼なんていいのよ、私は祈っただけなのだから。神々の慈悲を得られたのは、ロレッタさんやアマーリアさんの行いのおかげよ。神々はいつでも、私たちを見守っていてくださるわ」

　そう言ってラディは、祈りの仕草をした。

「それで、どう？　ミカ君の様子は」

「まだ目は覚めていません。表情も穏やかだし、本当にただ眠ってるだけのように見えるのだけど……」

「そう、目が覚めないのは心配ね。ちょっと診てもいいかしら」

「はい、お願いします」

　ロレッタはミカのいる寝室にラディを案内して椅子を勧めると、自分はラディの横に立って診察の様子を見ていた。

　ラディはミカの手を取って脈を診たり、首に触れたりする。

「……熱もないし、呼吸も穏やかね。本当にただ眠ってるだけみたい」

　ふふっと微笑むと、指先でミカの頬をつんつんと突《つつ》く。

「心配はなさそうだけど、昨日からずっと？」

「はい。お母さん、一晩中看てたみたいで。今朝も顔色が……」

　そう言うとロレッタは、アマーリアの朝の様子を思い出した。

　ミカを看て、一晩中起きていたと思われるアマーリアの顔色はひどく悪かった。

　それはロレッタも同じようなもので、アマーリアに言われベッドで横になりはしたが、結局ほとんど眠れなかったのだ。

「あなたもお母さんのこと言えないわ。心配なのは分かるけど、あなたたちまで倒れちゃうわよ」

ラディは気遣わし気にロレッタを見ると、それから向かいのベッドにあるミカの服に目をやった。

「ミカ君の？」

ラディに聞かれ、ロレッタはこくんと頷く。

「ちょっと、穴が空いたりしていたので」

「そう……。ずいぶんと泥まみれになっていたものね。でも、どうして街道なんかに一人で行ったのかしら」

不思議そうに話すラディに、ロレッタも「分かりません」と答えるしかなかった。

「かなりコトンテッセに近い場所だったらしいけど、ミカ君一人で行けるものかしら」

「……昨日は近所の子たちと畑のお手伝いをするって言ってました。街道を少し行った所の。でも、そんなコトンテッセの方まで行くのは、やっぱり分からなくて……」

子供たちは普段、子供同士で集まって遊んでいるのだが、近所の手伝いもしている。

畑で雑草を取ったり、収穫を手伝ったりだ。

そうするとお駄賃の代わりに、収穫の一部をお裾分けしてもらえたりする。

織物工場で働いていて子供を見守ることのできない家も、近所の目があれば安心できる。

そうやって、みんな持ちつ持たれつでやっているのだ。

「そういえば、ホレイシオさんのことだけど」

思い出したように、急にラディが話を変えた。

「困っていた理由が分かったわ」

「どうかしたんですか？」

ミカのことを助けてくれたホレイシオだが、今日はどうしてもアマーリアに仕事に来てほしいと頼み込んでいた。

普段なら「子供のことを一番に考えなさい」と、何かあれば仕事を休むことにも理解を示してくれる人だ。

そんなホレイシオが、今日だけはどうしてもと譲らなかった。

何かあったのだろう、と誰でも想像はつく。

「領主様から、高級織物を今の倍納めるように言われたらしいわ」

「倍っ!?」

あまりにも驚きすぎて、思わず大きな声が出てしまった。

高級織物は、工場で生産する織物の中でも、特に腕の良い三人の機織り職人しか織ることができない特別な織物だ。

使用する糸も特別で、質の良い糸を厳選しているため「増やせ」と言われても、「はい増やします」というわけにはいかない。

アマーリアも腕はいいが、まだ高級織物は任されていない。

むしろ普通の織物の品質を良くするために、他の職人たちにいろいろ教えたりしている。

「そんなの、できるわけ……」

「もちろん来月すぐ倍にしろってことではないと思うわ。でも、倍に増やすことは決定なの。領主様の命令だもの。じゃあ、どうやって増やすかってことを今日話し合ってるみたい」

それはホレイシオも困り果ててるわけだ。

領主様からの無理難題に、自分の知恵だけではどうにもならない、とみんなの意見を聞いているのだろう。

織物工場は領主のもので、工場長はあくまで工場長だ。領主に雇われ、工場の管理、運営をしているにすぎない。

できません、では職を失うのだろう。

そして、高級織物を倍にできる人を工場長に就ければいい。

それがどんな人かは、替わってみないことには分からないが。

「……できるのかな」

「たぶんだけど、できると思うわ。まあ、少し時間はかかるでしょうけどね。ホレイシオさんいい人だから、きっとみんなも協力するわ」

ホレイシオは、この村の出身ではない。

数年前に、前の工場長が高齢で引退する時、領主が代わりとして連れてきたのだ。

短身だががっしりとした体格で、顔も厳つく、突進してくる牛すら正面から受け止めそうな印象。

でも、実は争い事は大の苦手。

真面目で優しい、村のみんなからも信頼されるいいおじさんだった。

初めてホレイシオに会う子供は、その見た目で例外なく泣き出してしまうのだが。

「そういうわけで、どうしてもアマーリアさんにも話し合いに参加してほしかったのよ。ホレイシオさんを許してあげてね」

「許すなんてそんな。ホレイシオさんには本当に感謝して…………ミカッ！」

突然、ロレッタが大きな声を上げた。

ラディと話をしていると、ミカの目がゆっくりと開いていくのが見えたのだった。

◇　◇　◇

「…………、…………………………………………………」

遠くで、誰かの声がしていた。

ぼそぼそとしゃべっているようで、何を言っているのかは聞き取れない。

（……なに……話してる……？）

徹夜明けで眠った時のように頭の芯が痺れ、ボー……としていた。

身体も怠く、少しの身動《みじろ》ぎもする気がしない。

「…………い…………」

「……う…………？」

誰かが会話しているようだが、何を話しているのかは分からない。

（……よく、……聞こえないな………）

身体を包む気怠さに身を任せ、もう少し寝ようと意識を再び沈み込ませる。

ゆっくりと落ちていくような感覚が心地好い。

「…………、……ぉ……ぃ…………ぅ……………ぃ……」

「倍っ!?」

意識を手放そうとしていたところに、急にはっきりとした単語が飛び込んできた。

（………ばい……？　……なにが、ばい？　……倍？？？）

これまでは何を言っているのかまったく判別できなかったが、はっきりと分かる言葉が出てきたことで急に意識が覚醒し始める。

真っ暗だった視界が、明るくなっていることに気づく。

（……あー……、目覚ましが点いたか……？）

律の目覚まし時計は、照明が点くタイプだった。

このタイプは時間前に少しずつ明るくしていくことで脳を覚醒させていき、大きな音を出さなくても目が覚めるのだ。

時間をかけて脳を覚醒させていくから眠気も少なく、極端に夜更かしをしたといった事情さえなければ、二度寝しようという気持ちがそもそも湧いてこない。

「………………ぁぃに参加してほしかったのよ。ホレイシオさんを許してあげてね」

ゆっくりと目を開けていくと、そこには見知らぬ天井があった。

近くで誰か、女性が話をしているようだが、見知らぬ天井がどうにも気になってしまう。

（……旅行や出張の朝はいつもこんな感じだな。……出張中だっけ？）

旅行だったっけ？　などと思いつくが、どうにもはっきりしない。

「許すなんてそんな、ホレイシオさんには本当に感謝して…………ミカッ！」

急に大きな声を出され、びっくりして声の方に視線をやる。


そこには、二人の女性がいた。

一人は二十代後半くらいだろうか。少しウェーブのかかった長い綺麗な金髪で、青い瞳の印象的な女性だった。

だが、一番の特徴は何といってもその服装だろう。所謂、修道服というのだろうか。

テレビや写真で見ることはあるが、なかなか実際に着ている人を見かけることはない。

もう一人は十代の半ばだろうか。明るい栗色の長い髪の少女で、整った顔立ちをしている。

大きなクリッとした瞳は、澄んだ緑色をしていた。

そんな二人が何かに驚いているのか、目を見開いて固まっている。

（……みか？　美香？　それとも美夏？）

当てはまる漢字が多すぎて、どれが正解か分からない。

そんなことを考えていると、いきなり栗色の髪の少女が抱きついてきた。

「ミカッ！」

「え!?　ちょ、えええぇ――――っ!?」

少女の力いっぱいの抱擁に、驚きの声を上げてしまう律だった。

第3話　異世界2

「ミカッ！」

「え!?　ちょ、ええぇ――――――――っ!?」

突然年若い少女に抱きしめられ、律は大きな声を出してしまった。

「ちょっ！　待って！　待って待って!!　なに!?」

振りほどく、というよりはやんわり引き離そうとするのだが、そもそも身体がうまく動かない。

シーツが掛けられ、その上子供の身体になっているのだから思うように動けなくて当然だろう。

だが、突然の少女からの過剰な抱擁で、冷静に考える余裕などない。

無様にもがく律を、いったい誰が笑うことができるだろう。

「プッ！　あはははは っ！」

ベッド横の椅子に座った、先程少女と話をしていた女性が堪えきれず笑い出した。

ひぃ――っなどと言いながら膝を打ち、手を叩く姿は実におっさんくさい。

一頻《ひとしき》り無様にもがく律の姿を堪能すると、目元に溜まった涙を拭って少女に声をかけた。

「はぁ――……、お腹痛い。ロレッタさん、その辺にしてあげて。プ……ククッ……、ミカ君が困ってるわ」

「……だって」

ロレッタと呼ばれた少女は、それでも律から離れようとしなかった。

ぐす……と鼻をすする音が耳のすぐ傍で聞こえ、少女が泣いていることに気づく。

ようやく少し冷静になってきた律は、この異常な状況を理解しようと努める。

（……ロレッタ？　それと、ミカ？　ミカは状況的に俺のことだよな）

理解しようと努めるが、さすがにそれ以上は無理だった。

困り果てた律だが、不意にこの少女の抱擁から感じる温もりに憶《おぼ》えがあるような気がした。

うまく思い出せないことがもどかしい。

いつも、そこにあるのが当たり前の物が見当たらない。

何かが置いてあったはずなのに、それが何だったかはっきりと思い出せない感じ。

若しくは、顔は知っているのに名前が思い出せない、あのもやもやした感覚。

すると突然、一本に繋がる『情報』が大量に押し寄せてきた。

それは例えるなら、断線していた回路が繋がり、スムーズに電流が流れるようになった、といえるかもしれない。

閉ざされていた大量の情報に、急にアクセスできるようになったのだ。

「…………お姉ちゃん、放してくれる？」

まだ混乱しているが、というよりも新たな情報に余計に混乱しているのだが、はっきりと分かったこともある。

律は情報の精査は後にして、とりあえず場の収束に動くことにした。

新たに手に入れた情報、『記憶』を探り、不自然にならない言葉を選択する。

ぶんぶんと首を振り、離れようとしないロレッタを諦め、別の方向から動く。

「……シスター・ラディ」

修道服の女性を呼び、なんとかしてくれと目で訴える。

微笑ましい家族愛を笑いながら見守っていたラディは、ちょっと困ったような顔をするが、とりあえず助けてはくれるようだ。

「ロレッタさん、ミカ君が元気になったか確認させてくれる？　どこか身体に異常はない？　痛いとか、気持ちが悪いとか。何でも言ってね」

ラディは少し考えて、ロレッタを説得するのではなく問診を始めることにした。

そうすれば何が大事なのかきちんと判断できるロレッタなら、適切な行動を選ぶだろうと考えたからだ。

ラディの予想通り、律が「んー……」と考え始めると、ロレッタはもそもそと動き出した。

律から離れ、ラディの横へ移動する。

涙を拭うと、その目は赤くなっていた。

その姿に胸の痛みを覚えるが、今の律にはどうしようもない。

彼女の大切な弟はここにはおらず、代わりにいるのは律なのだから。

一旦ロレッタのことは考えないようにし、ラディの問診に答えることにした。

（……身体の異常って言ってもね。むしろ異常しかないんだけど）

いい大人が、一晩で子供になっていたのだ。これ以上の異常はそうそうないだろう。

だが、そんなことを聞いているわけではないのは分かっているので、身体的にどこか痛みがあるかを考える。

「……今のところは。とりあえず大丈夫だと思います」

「そう、良かったわ。何か食べられそう？　できれば食べておいた方がいいのだけれど。無理はしなくていいわよ」

「あ、お腹は空いてます」

律がそう言うとロレッタはすぐに部屋を出ようとし、ドアノブに手をかけたところで「あっ！」と声を上げて固まってしまった。

「どうしたの、ロレッタさん？」

「ミカの食事を用意しようと思ったのだけど、お母さんにも目を覚ましたことを伝えないといけなくて。すごく心配してると思うし……」

どうしよう、とロレッタがオタオタしていると、ラディが立ち上がった。

「アマーリアさんには私から伝えてあげるわ。ミカ君も、もう大丈夫だろうしね」

「え、でも……」

「今日はもう、午前中は教会に戻るだけなの。工場までちょっと足を延ばすくらい、いいわよ。ロレッタさんはミカ君の食事を用意してあげて。じゃないと、今度は腹ペコで倒れちゃうわよ」

くすくす笑いながら言うと、ラディはすぐに玄関に向かう。

「すみません、ありがとうございます」

ロレッタは丁寧に頭を下げ、ラディを玄関まで見送ったのだった。

◇◇◇

ベッドで横になり、律は改めて現在の状況や新しく手に入った情報について、考えてみることにした。

ロレッタは食事の準備をしている。

おそらく野菜のスープとパンだろうから、少し温めるだけですぐに持ってくるだろう。

あまり時間はないので、とりあえず簡単な情報の整理だけを済ませる。

この身体の持ち主はミカ・ノイスハイム。七歳の少年。

先程のロレッタという少女はミカの姉で、あとはアマーリアというロレッタとよく似た美人の母親がいる。

ミカ・ノイスハイムの記憶はこの二人に関連したものが大半で、非常に愛されて育てられていたことが分かった。

父親に関しての情報はなさそうだ。すでに亡くなったのか、それとも長期の出稼ぎか。少なくとも数年はミカと会っていない。

先程の修道服の女性はラディ。シスター・ラディと呼ばれ、この村の教会に住む修道女だ。

なぜこれらの情報が手に入ったかというと、ミカ・ノイスハイム本人の記憶だからだ。

この世界に来た時点でこの記憶が手に入らなかった理由は、おそらくきっかけがなかったからだろう。

記憶というのは様々な関連付けがされて、一つを思い出せば付属する情報も一気に取り出せる。

だが、一切関連のない情報というのは、あまり浮かんでくることはない。

記憶が脳に蓄積されるのなら、ミカ・ノイスハイムの記憶を思い出せたのは、別に不思議なことではないだろう。

なにせこの身体は、そのミカ・ノイスハイム本人なのだから。

むしろ不思議なのは、なぜここに久橋律の意識があるのか。

そして、なぜこの世界にいるのか。

この二つに尽きる。

こればかりはどう予想を立てようと当たる気がしないし、なにより実証しようがない。

記憶は脳に蓄積されるのだから、久橋律の記憶は当然、久橋律の身体に残る。

もし仮に魂なんてものがあって入れ替わっても、ミカ・ノイスハイムの身体に入った時点で、その意識はミカ・ノイスハイム以外の何者でもないはずだ。

脳にはミカ・ノイスハイムの記憶しか入っていないのだから。

紀元前の哲学者が「思考は心臓（魂）でする」と考えたらしいが、それが実は当たってましたというくらいには突拍子もない事態だ。

仮にも科学文明の発達した世界で生きてきた律にとっては、到底受け入れることができない怪現象である。

（どうすりゃいいんだよ、こんなの）

もはや、自宅に帰るために警察を呼ぶ、では済まされないのは言うまでもない。

この事態を誰かに話そうものなら、信じてくれないどころか、信じて『悪魔憑《つ》き』として処分されかねない。

この世界は、そのくらいの文化水準のようだ。

どうにもならない厳しい現実を前に、うぐぐ……とベッドで悶える。

「……ミカ、大丈夫？　どこか痛いの？」

ベッドで苦悶する律を見て、ロレッタは心配そうに声をかける。

「その……、お腹が空きすぎて……」

「もう、ミカったら」

ようやくロレッタは笑顔を見せた。

つい先程までは「このまま目が覚めなかったら……」とどうしても心のどこかに不安があった。

だが、いざ目が覚めればいつも通りの食いしん坊な姿に、ようやく安堵したのだ。

ロレッタが脚付きのトレイにスープとパンを載せてベッドに運んできてくれた。

（おお、これがブレックファスト・イン・ベッドってやつか）

妙なことに感心している律をよそに、トレイが目の前に置かれる。

目の前に置かれたスープは予想通りの野菜スープだった。

ミカの記憶にあるノイスハイム家のスープは、ほとんどがこれだ。

キャベツ、玉ねぎ、ブロッコリーなどに大豆やトマトも入れて、ほんの少しの豚肉の燻製と塩で味付けしたスープ。

季節によって入っている野菜は変わり、野菜の種類は多いが、具の量は少ない。

律としての記憶にある具沢山スープと比べてしまうが、七歳のミカならばこれで丁度いい量なのかもしれない。

それに、つい先日行き倒れた身としては、これでも十分に有難い食事だ。

いただきます、と簡単に手を合わせ、一口スープを飲む。

塩気は薄いが野菜と燻製の旨みを感じる、なかなか美味いスープだった。

いろんなことがあって忘れてしまっていたが、本当に空腹だったので一口飲んだら止まらなくなった。

「もうミカったら、またお祈りもしないで！」

横で見ていたロレッタが呆れたように言った。

あっという間にスープを飲み干すと、今度はパンに手をつける。

「お代わりあるけど、いる？」

あまりの勢いに呆気に取られながら、ロレッタがスープのお代わりを聞いてくる。

パンを口いっぱいに頬張り過ぎて喋れない律は、行儀が悪いとは思いつつ黙ってスープの皿をロレッタに差し出す。

まったくもう、と口では文句を言いながら、それでも嬉しそうにロレッタはスープのお代わりを取りに行った。

（このパン、硬いしパサパサし過ぎ。口の中の水分が全部持ってかれる）

ロレッタがお代わりを持ってきても、まだパンを飲み込めないでいた。

スープを一口啜り、口の中に水分を補充して咀嚼《そしゃく》した。

（話には聞いたことあるけど、まじで半端ないな！）

昔はパンが硬く、スープに浸して食べていたという話を聞いたことがある。

どうやらこの世界でもパンは硬いようで、ミカの記憶でもスープに浸してからパンを食べていた。

試しにやってみると、スープの旨みや塩気が利いて、パンをそのまま食べるより遥かに美味しく感じた。

そうしてお代わりしたスープもすべて平らげると、ようやく人心地つくのだった。

律としては目の前の食事は少ないように感じたが、ミカにとっては十分な量だったのだろう。

（ふぅ……、腹いっぱいになった）

むしろお代わりした分、お腹が苦しいくらいだった。

「本当にもう元気みたいね」

呆れ半分、嬉しさ半分といった感じのロレッタが、脚付きのトレイを片付ける。

隣のベッドに腰かけ、真っ直ぐに律を見つめるとにっこりと微笑んだ。

「それで、ミカ」

優しい声音のロレッタの呼びかけに、律はピクンと反応する。

ゾワゾワゾワ……と背中を伝うものを感じ、鳥肌が立った。

（……なんだこれ？）

よく分からない感覚に戸惑う律に、ロレッタは言葉を続ける。

「どうしてコトンテッセの方まで一人で行ったの？」

微笑んだまま優しく問いかけるロレッタを見て、律は悟った。

（あ、これきっとミカの条件反射だ）

ミカの記憶が、無意識下で警鐘を鳴らしていたらしい。

この声は本気で怒ってる。やばい逃げろ、と。

律には優しく聞こえたが、ミカの脳や身体は危険なシグナルを感知したようだ。

「ミカ」

「えーと……」

律は必死になってミカの記憶を探った。

そもそもコトンテッセって何だ？

何が問題になっているのかすら分からない。

記憶を探っていくうちに、どうやら律がミカとなる直前までの行動と、そして律がミカとなった後の行動が問題らしいと行き着いた。

あの日、ミカ・ノイスハイムは近所の子供たちと一緒に畑の手伝いをしていた。

律が目覚めた街道沿いの、村から少し離れた所だ。

それ自体は普通のことだが、その手伝いの最中にミカは一匹の野兎を見つけた。

野兎は別に珍しい物ではなく、その辺にいくらでもいる。

だが、その野兎は普通ではあり得ないほどに真っ白で、ふわふわな毛並みをしていた。

野生である以上、泥で汚れたりするのは当たり前だし、雑草が毛に絡まったりもする。

だがその野兎は、そうしたところがまったく見当たらず、本当に真っ白だった。

どうやら、その美しい姿がミカの琴線に触れたようだ。

うわぁー……と声を漏らし、目が釘付けになり、感動に打ち震えると、夢中になって追いかけ始めた。

野生の動物だ、追いかけられれば当然逃げる。

そしてミカは、逃げる野兎を夢中で追いかけた。

作業をしていた畑から、どんどん離れながら。

すでに周りの畑は野菜畑ではなく、織物工場で使う綿花の畑となっていたのだが、そんなことには気づきもしない。

そうして長い時間追いかけていると、ふと羽音に気づいた。

大きな蜂のたてる、あのブゥ――――ン……という嫌な音だ。

赤蜂と呼ばれる種で、特別獰猛というわけではない。

決して獰猛ではないのだが、大きさは結構ある。大人の親指よりも一回りか二回りくらい大きい。

そして、獰猛でなくても攻撃を受ければ反撃してくるし、巣を中心とした縄張りに侵入した者にも攻撃する。

どうやらミカは、その縄張りに入ってしまったようだ。

巣から飛び出した蜂たちが、何匹も威嚇してきた。

その時の恐怖は、記憶を探っているだけの律ですら身震いするほどだ。

色鮮やかな赤色をした巨大な蜂が、あの嫌な羽音をさせて威嚇してくるのだ。

サイズが大きいのだから、その羽音もそれに相応《ふさわ》しい大きな音になる。

ミカはあまりの恐ろしさに泣きながら逃げ出した。それはもう一目散に。無我夢中で。

何度も転びながら、畑の中を、そして畑を飛び出し街道に出てからも走り続けた。

この世界の蜂がどうかは分からないが、少なくとも元いた世界の蜂は速く動く物を警戒する。

そして、大きな音を出す物も。

大声で泣きながら走るミカは、赤蜂にとっては厳重警戒対象だったのだろう。

かなりの距離を追いかけ続けた。

赤蜂としては一定の距離を保ち、警戒対象を観察していただけなのかもしれないが。

そんな赤蜂に追いかけられ続けたミカは、ついにその恐怖と混乱が限界を超えてしまった。

律が目覚めたあの場所で転び、そこで動けなくなった。

皮肉にも、動かなくなったことで警戒が解かれ、しばらくして赤蜂は巣に戻ったようだ。

ミカにとって、そして律にとっても不運だったのは、村とは逆方向に逃げてしまったことだろう。

その方向にあったのが、どうやらコトンテッセという街だったようだ。

野兎を追い、赤蜂に追われるうちに方向感覚が狂ったのか、単に混乱してそこまで考えなかったのか。

もしも村の方向に逃げていたら、野菜畑にいた人たちが気づいて助けてくれたかもしれない。

律が目覚めた時に、リッシュ村や野菜畑が見えたかもしれない。

まあ、それを今更言ってもどうにもならないのだが。


しかし、逆方向に歩いていればリッシュ村に着いていたという事実は、律を落ち込ませた。

(二分の一でハズレ引くとか。本当に運ないよな俺)

山から離れるのではなく、山に向かう選択をしていれば、倒れる前にリッシュ村に着いた。

若しくは、誰かに会えた可能性が高い。

少なくとも、村が見えれば希望を持って歩くことができただろう。

どれだけ歩いても何もない、誰もいない、あの絶望感は本当にきつかった。

(まあ、十分の九ですらハズレを引くクジ運だしな、俺)

そのうち、きっと確率が収束してくれると願うしかない。

「ミカ?」

律が関係のないことを考えていると、ロレッタが気遣うように声をかけてきた。

黙り込む姿を見て、反省したと見たか、拗《す》ねたと見たか。

「……ごめんなさい」

律は素直に謝った。

記憶を探り、凡《おおよ》その状況は分かった。

律の主観はともかく、客観的には「七歳の子供が十数キロメートルも離れたコトンテッセまで一人で歩こうとして、途中で行き倒れた」なのだ。

姉として叱るのは当然だろう。

それに、下手な言い訳をしてボロを出すのを避けたいという打算もあった。

本当のことなど言えるわけがないのだ。ならばここは謝罪の一手だろう。

律としては、単純に情報が足りずに間違った選択をしてしまっただけで、好き好んで死の行進《デスマーチ》を敢行したわけではない。

近くに村があると分かっていたなら、喜んでそちらに向かった。

だが、そんなことは言い訳にならない。

突然よく分からない場所に放り込まれたとはいえ、それでも自分の選んだ行動によってミカの家族には心配をかけることになった。

七歳の子供が家から遠く離れた街道で倒れていた。

血だらけで、意識もなく、だ。

家族がどれほど心配したかなど、律では推し量ることさえできない。

項垂《うなだ》れていると、ロレッタは律が倒れた後の顛末を教えてくれた。諭すように、子供にも理解できるように、一つひとつを丁寧に。

「……………ごめんなさい」

ロレッタの話を聞き、ミカの家族には本当に申し訳ないことをしたと思う。もう一度、心から謝罪する律なのであった。

◇　◇　◇

しばらくして、仕事から帰ったアマーリアにも泣きながら抱きしめられた。

走って戻ってきたらしく、まだ息も整わないアマーリアの抱擁を受けると、律は罪悪感でいっぱいになった。

ミカを危険な目に合わせてしまったことと、そのミカがここにはいないことに。

別にミカの意識がここにないことを、自分のせいだとは思っていない。

どんな理由や現象によって引き起こされたのかは分からないが、律自身も被害者だと思っている。

それでも、事実を伝えられずミカの振りをしていることには、やはり罪悪感を抱いてしまうのだ。

（……このまま騙《だま》していていいのか？）
自問自答するが、伝えることが正しい選択だとはどうしても思えなかった。
捜せば見つかるというのなら、何を置いてもミカを捜すべきだろう。
どんなにつらくとも事実を事実として受け止め、必死になって捜すべきだ。
だが……、
「ミカの身体はここにありますが意識は別人です。ここにミカはいません」
など、いったい誰のためになるのか。
愛する家族の無事を喜ぶ二人にそんなことを伝えて、その後にいったい何が残る。
どれほど絶望的でも、僅かに希望があるのなら選択肢に加えもしよう。
だが、そんな希望はないのだ。
そして、それは律自身にも言えることだった。
（……俺も、もう戻れないのか？）
律とミカに降りかかった災難を説明できるものは、元いた世界にはない。
もしかしたら、この世界には説明できる『答え』が存在するかもしれない。
だが、そんなのは妄想のようなものだ。少なくとも、今の律にとっては。
手がかりも何もないのに、あることを前提に行動するわけにはいかない。
（……生きていくしかない。ミカ・ノイスハイムとして）
律は顔を上げアマーリアとロレッタを見ると、にっこりと笑顔を作った。
悲壮な覚悟を、胸に抱いて。

第4話　異世界の日常

ミカとして生きると覚悟を決めてから、三日が経った。

村をぐるりと囲う柵の内側をてくてくと歩き、村の様子や村の外を眺める。

柵の高さは二メートル以上あり、木の杭を地面に打ち付け、そこに横板を当てている。

広いリッシュ村全体が同じように囲われているようで、相当の人手が必要に思えた。

おそらく村人だけでは無理だろう。

リッシュ村建設の初期に、かなりの人手が投入されたはずだ。

そうするだけの価値が、このリッシュ村にあるのだろうか。若しくは、そう期待される何かが。

それが何であるかはミカには分からないが、村を観察していればそのうち分かるかもしれない。

(時代考証できるような知識はないけど……。イメージ的には中世ヨーロッパの片田舎みたいな感じか？　でも、窓ガラスがあるなあ)

この世界がどんな所なのか把握しようと努めるが、そもそも自分の中に大した知識はない。

透明ガラスの窓が普及したのは、十七世紀頃だった気がする。

最初は大きな透明ガラスを作る技術がなく、小さなガラスを用いた格子状の窓だった。

アマーリアやロレッタからも、それとなくこの世界のことを聞いてみたが、あまり得られるものはなかった。

そもそも二人とも、この村からほとんど出たことがない。

アマーリアは三十年も生きてきて、隣街のコトンテッセにも行ったことがないほどだ。

きっと村に住む高齢者の中には、六十年生きてきたけど村から出たことがない、なんて人もいるだろう。

（そういうのが当たり前の時代があったのは知っているけど、さすがにそこに自分がいるというのは……）

ミカ・ノイスハイムの記憶のおかげで、日常生活で分からないことは少ない。

生活していて即困る、というような事態はあまりなかった。あくまであまり、だが。

知識はあっても実際にそれを行うのは当然違う。

所謂、文化的衝撃《カルチャーショック》というやつだ。

（……慣れるしかないけど、さすがに不便だな）

まず、上下水道がないので、水は毎朝井戸から汲んでこないといけない。

使った食器も井戸で洗わないといけないので、使うのは最小限だ。

それでも、木製ではあるが器やスプーンはあるし、フォーク代わりに先の尖った木の棒を使う習慣があるだけマシだろう。

衛生という概念が薄いこの世界で手掴みで食べることを思えば、カトラリーが存在することが心底有難いと思えた。

料理を作る側の衛生状態に思いを馳せなければ、ではあるが。

救いなのは、基本的にこの世界の料理は焼くか煮るかされていることだ。

加熱によって消毒されていると信じるしかないだろう。

ちなみにフォーク代わりの木の棒だが、要はお箸を一本だけ使うようなものだと想像すれば分かりやすい。

刺したり、木のスプーンで掬いにくい時にこの棒で載せるのだ。

将来的にはこれがフォークに進化するのだろうか？

ちょっと楽しみだ。

トイレは家にある。お湯で身体を拭く程度の習慣もある。

ありはするが、上下水道がない状態でのトイレや清拭なのだから、どういった環境なのかはお察しだ。

せめてもの救いは、トイレは所謂ぼっとん式だが床板の下に壺を置き、それにすることだ。

織物の材料である綿花の広大な畑の肥料にするため、その壺を定期的に回収、交換する仕組みとなっている。

おかげで最低限の衛生状態は保たれている。

もしもその辺に捨てるような習慣だった場合は……、考えたくもない。

また、この世界では宗教が生活に浸透し過ぎていて、少し恐ろしいくらいだった。

食事前のお祈りくらいはいいとしても、『思考』の中心に神様というやつが居座っている。

これが非常に厄介で、物が落下するのも、火が熱いのも、太陽と月があるのも、東から昇って西に沈むのも、花が咲き実がなるのもすべて神様のおかげだとか。

元が日本人だからか、科学の発達した世界にいたからか、俺にはどうにも宗教を中心にした物の考え方や生活が馴染めない。

年が明けたら神社へ初詣に行き、結婚式には教会でライスシャワーを投げ、法事ではお寺で焼香をするが、それらに形式以上の価値を見出していない。

おそらく、多くの日本人がそうじゃないかと思う。

だからといって、この世界の人々に「神などいない」と論じたところで、行き着く先は磔《はりつけ》か火焙《ひあぶ》り。

日本人らしい「長い物には巻かれろ」「郷に入っては郷に従え」の精神でスルーするのが賢明だろう。

宗教というのは人に寛容、寛大さを説きながら、その排他性が暴走した時の恐ろしさは、歴史が証明しているのだから。

（みんな、気さくないい人だけどね）

仲間意識や村意識なのかもしれないが、ミカに対して村人は本当に優しい。

怪我をして倒れていた話はすでに村全体に伝わっていて、ミカを見かけた大人たちはみんな「元気になって良かったね」と言ってくる。

今朝畑で採ってきた果物を「いっぱい食べて元気におなり」と、くれる人も一人や二人じゃない。

つい、これがもし久橋律という余所者《よそもの》だったらどういう対応になるのかと考えるが、それは少々意地が悪い仮定だろう。

村の子供と余所者を同列に扱うのは、いくらなんでも無理というものだ。

「さーて、着いたぞ」

ミカは村の南門にやってきた。

この三日間、村の子供たちと一緒に近所の手伝いをしているが、午後は村の中を散歩していた。

ミカ・ノイスハイムの記憶で村の様子は分かっているが、自分の目で見ないと気づかないことも多い。

子供と大人とでは、注目する点に違いがある。

ましてや文化水準の差が桁違いなら、それを当たり前と考える者と、初めて目の当たりにした者ではまったく異なる感想を抱く。

そのため、実際に自分の目で見て来ようと散歩を日課にしたのだ。


初日は北門に行ってみた。村のメインとなる出入口だ。

午前中にも畑の手伝いで通ったが、その時はただ通り過ぎただけ。

なので、今度は北門の周辺も含め、いろいろと観察してみた。

門は石と材木で組まれた、かなり頑丈そうな作りだった。

門扉は金属製の格子になっていて、内側に開く。

コトンテッセに行く街道は、この北門の正面から真っ直ぐ北に延びている。

街道の両側には畑があり、ほとんどが綿花畑だ。

門を出てすぐに川があり、川に架けられた橋は三十メートルを優に超えるくらいはある。

村の生命線とも言える橋だ。木造だがしっかりとした造りをしていた。

北門から村に入るとすぐに物見櫓《ものみやぐら》があって、真っ直ぐに村を貫く『大通り』と呼ばれる広い道が南へ向かっている。

ミカが見た時、物見櫓には誰もいなかった。

いいのかそれで、と思うがいないものはいない。人手不足なのだろうか。

大通りの先には、村の中心というにはかなり北に寄った、中央広場と呼ばれる場所がある。

広場の手前に教会があり、広場の周りには村長宅、集会場、村で唯一の商店などがあった。

村長宅の前には、大きな箱型の時計らしき物が広場からも見えるように置いてあり、その横に鐘楼がある。

時計は機械式のように見えるが、残念ながら中身を確認することはできない。

針は一本だけで、おそらく短針のみの時計なのだろう。

分や秒を必要としない、大らかな生活が容易に想像できた。

一周して二十四時間を表す時計で、朝六時と夕方六時が水平になる位置に設定されている。

翌日は村の西側に行った。といっても、こちらは特に何かがあるわけではない。

広い範囲にぽつんぽつんと家が建っているだけなので、そこを「ここは○○さんち」「ここは[redacted]

[redacted]さんち」と遠巻きに眺めながら確認していた。

一言で言えば徘徊していたわけだが、元いた世界でそんなことをしていたら通報案件だろう。

（……まあ、顔見知りの子供ならどっちの世界でも通報されることはないか）

どうしても久橋律としての視点で物事を捉えてしまうが、それは仕方のないことだ。

むしろ元四十七歳のおっさんが三日で七歳の子供になりきれたら、そちらの方が怖い。

少し気をつけてミカ・ノイスハイムの振りをする、くらいの気持ちでやっていけばいいだろう。

ぐるっと村の西側一帯を歩いてみたが、やはり見ておくべきものはなかった。

あえて言うなら柵の向こうに森があるくらいか。

ミカは柵に近づき、横板の隙間からその先にある森を眺めた。

この森は村の南から東と西を囲んでいる。

というより、この森に北から食い込むように村ができたという方が正解か。

もしかしたら、村の拡張で少しずつ森に食い込んでいったのかもしれない。

「なんでこっち側に村を作るかね？」

ミカは森を見て、疑問に思った。

北にある川のことだ。

森には獣がいて、危ないから行かないように言われている。

実際、昔から野犬や狼などの群れが村を襲ったり、猪などが柵を壊して侵入してくることがあったようだ。

獣による怪我人は毎年必ず出るらしい。

だが、森があるならそれくらいの被害は誰にでも予想がつくだろう。

すぐ北に川があるのだから、川の向こうに村を作ればそういった被害はかなり減らせたはずだ。

川は天然の要害。これを利用しない手はない。

森との間に川が一本あれば、獣による被害はかなり減ると思う。

腕を組み、顎に手をやり「んー……」と考え込む。

(想定している外敵が獣じゃないのか……？)

森の獣による被害を減らすのなら、川の北に村を建設するべきだろう。

だが、北からの外敵を想定しているのなら今の立地は理に適う。

「……考えすぎか」

西の空が赤みを帯びてきたのを見て、ミカは踵《きびす》を返すのだった。


そして今日は南門。

北門と比べても遜色のない大きく頑丈そうな門で、物見櫓もあった。

こちらは物見がちゃんといて、森を警戒していることが窺《うかが》える。

だが、南門は閉じられているようで、大きな門《かんぬき》がかけられていた。

人の行き来がほとんどない南門が、なぜこんなに大きいのかと思ったが、もしかしたら材木を運び入れるためかもしれない。

薪や食材を取ってくるだけなら、こんな大きさは必要ない。

馬車や牛車を使って、まとめて材木を運び込むことがあるのだろう。

「こんにちはミカ君」

南門の周辺を観察していると、後ろから声がかけられた。

振り返ると、修道服を身に着けた女性がミカの方に歩いてくる。

優しく微笑み、陽の光にきらきらと輝く美しい金髪と相まって、その姿はまるで聖母のようだ。

だが、この美しい聖母が笑うとおっさんくさいことを俺は知っている。

突然ロレッタに抱きつかれて慌てふためくミカの姿を、腹を抱えて爆笑していたことを俺は忘れていなかった。

「こんにちは、シスター・ラディ」

そんなことを考えているとは微塵《みじん》も感じさせない、明るい声で返事を返す。

ラディは毎日のように村の年寄りや怪我人、病人の所へ赴き、【癒し】を与えたり様々な相談に乗っていたりするらしい。

今も村人の誰かの家に行った帰りなのか、若しくは誰かの家に向かう途中なのだろう。

「もうすっかり元気なようね。良かったわ」

「はい。シスター・ラディに助けてもらったと聞きました。ありがとうございました」

ミカは丁寧に頭を下げる。

つい「おかげ様で」とか「お礼が遅くなり申し訳ありません」とか言いそうになるが、年齢を考えればこれはさすがに変だろう。

多少乱暴な言葉遣いでも「子供だから」で済まされるだろうが、むしろそっちの方がやりにくい。子供にしては丁寧くらいの方が、元社会人としてはまだやりやすかった。

「ふふ……ミカ君はちゃんとお礼が言えて偉いわね。いいのよ気にしなくて。でも、もう危ないことをしてはいけないわよ？　みんなが心配するんだから」

「ごめんなさい」

ラディは目の前にしゃがみ込み目線を合わせると、素直に謝るミカの頭を優しく撫でる。

真っ直ぐラディの目を見つめると、その青い瞳にミカの姿が映る。

ミカには、ラディについてどうしても気になることがあった。

そう、【神の奇跡】だ。


ミカが街道で行き倒れた時、その命を救ったのは【癒し】という【神の奇跡】らしい。

ロレッタに説明された時に出てきた言葉で、ミカ・ノイスハイムの記憶にもあった不可思議な現象。

入れ替わる前にも、何度か見たことがあったようだ。

農作業で怪我をした人や、獣に襲われた人を瞬く間に治してしまう【神の奇跡】。

不思議だし不気味とも思ってしまうが、その現象自体を否定する気はミカにもなかった。

ミカ自身が全身に擦り傷を負い、それが一晩で治っていたからだ。

だが、どうしても思ってしまうのだ。

それはいったいなんなのさ、という疑問を。

今いるこの世界が、元いた世界とはまったく違うと言える最大の根拠。

そして、この力があるために人々の『思考』の中心に神様とやらが居座り、そこで思考が停止してしまう。

重力も燃焼も熱伝導も天気も天体の動きも人の病も生き死にさえ、神の行うことなのだそうだ。

実際にこの〝とんでも〟な現象があるから、人はそれ以上踏み込もうとしない。

まったく【神の奇跡】の介在しない、ただの物理現象さえ「神様の定めたこと」で済ませてしまうからだ。


「シスター・ラディ。【神の奇跡】とは何ですか?」

ミカは、ラディに直接聞こうと思っていた。

こういう時、子供というのは有難い。知らないことを責められないで済む。

大人なら知らなかったでは済まされないことも、子供なら許されることが大半だ。

何かあっても「ごめんなさい」で許してもらおう。

「【神の奇跡】は、…………神々の愛です」

一瞬きょとんとした顔のラディだったが、次の瞬間にはとてもきらきらした表情でそう言った。

そんなラディを見て、今度はミカがきょとんとする。

「神々がその偉大なる御力で世界を創造された時、人もまた一緒に創造されました。神々は世界の管理を人々に任されましたが、人の身では大いなる自然の力に立ち向かえませんでした。それは当然のことでした。人は神々により創られましたが、世界もまた神々により創られたのです。神々は人が正しく世界を形作れるようその大いなる御力の一部を貸し与え――」

出てくる出てくる。

それは神々を賛美し、褒《ほ》め称《たた》えるオンパレードだった。

いかに神々が素晴らしく、慈悲深い存在か。

その溢れる愛で人々を包み、見守ってくださっているかを延々と語り出した。

（あ、やべ……）

ラディの口から紡がれる神々への崇敬の念と愛は留まることなく、その表情はいつしか陶酔から恍惚へと変わっていく。

（ここが地雷だったかー。……頼むから誰か止めてくれ）

どこかでうまく口を挟めないかとタイミングを計るが、「いつ息継ぎしてんの？」と不思議になるほどラディの言葉は淀みなく紡がれる。

「その御力は正しき者を癒し、満たしますが、邪なる者は乾き、滅します。水の神は言いました。聞け、忠実なる神の子たちよ。そなたたちは永遠に潤い、癒し、満たされるであろう。最初の聖人。最初の【神の奇跡】の使い手。聖者ヒルディンランデルが水の神より祝福を賜り、その栄光の右手を掲げると――」

どうすりゃいいんだ、と思わず頭を抱えたくなる。

その時、頭上から声が降ってきた。

「どうしたんです、シスター・ラディ？」

見上げると、物見櫓からミカたちを見下ろす男がいた。

四十歳くらいだろうか。少し長めの髪を後ろで縛った、左頬と顎の右に傷のある厳つい顔だった。

少々迫力のある顔だが、今はなんだか気の抜けた表情をしている。

「あら、ディーゴさん。お勤めご苦労様です」

「ええ、シスターもご苦労さま。それより、こんなとこにいていいんですかい？　今日はもう終わりで？」

ミカ・ノイスハイムの記憶に、この男のことはほとんどないようだった。

たまに姿を見かけることがある、というくらいしか分からない。

ディーゴと呼ばれた男の言葉に、ラディは「あっ！」と声を上げる。

「そうでした。この後まだ用事がありましたね。ありがとうございます、ディーゴさん。それではミカ君も。その様子なら明日は大丈夫そうですね」

それでは失礼しますね、と言ってラディは歩き出すが、すぐに立ち止まるとミカの方に振り向く。

「明日、教会に来た時に試してみましょう。少し早いですが……いい機会かもしれませんね」

微笑みながらそれだけ言うと、ラディは再び歩き出した。

ぽかーんと見送るミカに、再び頭上から声がかかる。

「災難だったなぁ坊主」

ラディには届かない、ぎりぎりミカに聞こえる程度の声でそう言うとディーゴは苦笑を浮かべる。

どうやら、ミカが困っていると思い声をかけてくれたようだ。

「あの……ありがとうございました」

「おう」

物見櫓の手すりに肘を乗せ、頰杖をついたままラディを視線で見送る。

「あの人もなあ、いい人だし、すごい人なんだが。あれだけはどうも……な」

そう言ってディーゴは渋い顔をする。

ラディの溢れすぎる神への愛に、少々辟易しているのかもしれない。

「僕もこの前助けてもらいました」

「おお、大変だったって？　まあ坊主くらいの年になると、そういうこともあらぁな。なあ？」

七歳で死にかけるって、そうそうあるのだろうか？

なかなか怖いこと言うな、この人。

返事をできないでいると、またディーゴから声をかけられる。

「まあ、あんま無茶はしないこった。周りが心配するってのもあるが……」

「……あるが、なんですか？」

「今急いで無茶しなくてもよ、そのうち嫌でも無茶する時が来るさ。楽しみにしとけ」

そう言って、ディーゴはわっはっはっと豪快に笑い出した。

その後、「加減を憶えるために、適度な無茶はしとけ」という有難いお言葉も頂いた。

言いたいことは分かるけど、子供に言うことじゃないだろ、それ。

第5話　陽の日学校

南門でラディやディーゴと会った次の日、ミカは朝から教会へ向かっていた。

ラディが、今日ミカが教会に行くことを当然のように話していたが、その理由が分かった。

今日は『陽《よう》の日学校』のある日だからだ。

学校とはいうが、別に校舎があるわけではない。ただの青空教室だ。

週に一度、教会が陽の日に開く子供向けの勉強会である。

陽の日というのはこの世界での曜日のことで、いわば日曜日のようなものだ。

陽の日、月の日、火の日、水の日、風の日、土の日の六日で一週間。

ちなみに一カ月は五週間で、一年は十二カ月。

つまり、一年は三六〇日だ。

（公転周期がそうなってんのかね？）

この世界の天文学はあまり発展していないと思っていたが、暦がある以上それなりに研究はされているのだろうか？

まあ、受け入れられなかっただけで、地動説も紀元前には存在していた。

天文学とあまり関係なく暦を定めることも可能ではある。

ズレや矛盾が生じるだろうが、そんなものは適当に辻褄を合わせればいい。

多少のズレはあろうが、暦がまったくないよりは一年という周期を定めた方が生活はしやすい。

簡単な天体観測と、川が氾濫しやすい時期を起点に暦を定めた例もある。

どういった根拠での暦かは知らないが、そういうものだと受け入れた方が楽だろう。

（……でも、言いにくいんだよなあ）

月は三カ月を一セットとして、土の一～三の月、水の一～三の月、火の一～三の月、風の一～三の月と言う。

水の一の月、水の二の月、水の三の月ときて、次は火の一の月といった風に。

そしてこの世界の日付は○月○日ではない。月、週、曜日で表す。

例えば元旦なら「土の一の月、一の週の陽の日」、大晦日は「風の三の月、五の週の土の日」といった感じだ。

ミカの感覚に当て嵌《は》めると土の月が冬、水の月が春、火の月が夏で、風の月は秋。

おそらく土の一の月が、一月。水の一の月が四月に相当する感じだと思う。

（月を1月～12月、週と曜日を1日～30日に置き換えれば、それだけで暗号になるか？）

ミカにとって理解しやすく、かつ周りの人には理解し難い日付の記述法の出来上がりである。

3／18や9／23と書かれても、ぱっと見、この世界の人には理解できないだろう。

（というか、日本語で書けば全部暗号か）

元の世界ですら特殊な部類に入る言語だった。

この世界でなら、まさに『異世界語』である。

ちなみに、俺はこの世界の言葉にまったく苦労していなかった。

これもミカ・ノイスハイムの記憶のおかげか、身体が憶えているとでも言えばいいのか。

何の苦労もなく二言語話者《バイリンガル》だ。


ミカはてくてくと歩き続け、中央広場の先にある教会に着いた。

ノイスハイム家は村の南東の端に近いため、ミカの足では普通に歩くと十分くらいかかる。

一般の家屋には塗装などしないのが普通だが、教会は壁を真っ白に塗り、屋根は青いので非常に目立つ。

そして、屋根の上には光神教のシンボルである、六つの輪が掲げられている。

六つの輪は、四つが縦に並び、二番目と三番目の輪の左右に一つずつ輪がある。

（……なんか、クリオネを彷彿とさせるフォルムだな）

ふと思いついただけだが、つい一番上の輪からバッカルコーンが飛び出すところを想像してしまい、吹き出しそうになった。

慌てて口元を手で隠し、落ち着け……落ち着け……と自分に言い聞かせる。

通勤電車の中でネットを見ていて、笑い出しそうになった時によくやった誤魔化し方だ。

まあ、肩が震えているので周囲にはバレていただろうが。

光神教は光・闇・火・水・風・土を司る六柱の神々を主神とする宗教らしい。

本来、この六柱の神々に優劣も上下もないため六神教とすべきだが、神話の内容か教義の都合かは知らないが光神教を名乗っている。

この世界では、揺り籠から墓場まで光神教のお世話になるのが当たり前のようだ。

ミカとしても、特に信心などなくても、必要な時だけお世話になることに何の違和感もない。

子供の頃からクリスマスにケーキを食べてプレゼントを貰い、一週間後にお寺で除夜の鐘を撞《つ》き、翌朝には神社へ初詣に行き、賽銭を投げるくらいには臨機応変である。

子供にとって、陽の日学校という教会で開かれる勉強会が当たり前のものなのであれば、それに参加することに何ら異存はなかった。

少しだけ、面倒だなあ……と思ってしまう以外は。


教会の前にはすでに六人ほどの子供が来ていて、わいわいと何やら騒いでいた。

その中に交ざって積極的に騒ぐ気にはなれないので、「おはようございます」とだけ声をかけて端の席に座る。

教会の建物横の広いスペースに、椅子が半円状に十脚ほど出ていて、大抵はそれで足りる。

リッシュ村の子供はもっといるが、陽の日学校は任意参加だ。

文字の読み書きや計算がある程度できるようになれば、自然と参加しなくなっていく。

もしも十人以上集まって椅子が足りなくなれば、教会の中へ取りに行けばいい。


席に座って少し待つとラディがやって来て、陽の日学校が始まった。

子供たちが元気よく挨拶をすると、ラディも優しく微笑んで挨拶をする。

相変わらず陽の光を浴び、きらきらと輝くその姿は聖母のようだ。

（……笑い方おっさんのくせに）

笑われたことを、まだ根に持っているミカだった。


ラディが小さな黒板とチョークのような物を子供たちに配っていく。

黒板は木の板で、子供が足の上に置いて使用できるサイズ。

表面には黒っぽい塗料のような物が塗られている。

チョークは記石《しるしいし》といって、見るとその名のとおり石だった。

ぱっと見はサイズもチョークそのものだが、何かの石を書きやすいように加工した物のようだ。

それらと一緒にボロ布も渡される。書き間違えた時に消すためだ。

渡された黒板にはすでに何かが書かれており、それが計算の問題だとすぐに気づいた。

（前回の復習か？）

ミカ・ノイスハイムの記憶を探ると、この問題が前回習ったことの復習だと分かる。

三桁と四桁の足し算と引き算だ。それぞれ二問ずつが書かれていた。

隣の席の子供を見ると、そちらの黒板には違う内容が書かれている。

おそらく年齢や習熟度で教える内容がバラバラなのだろう。

ふむ……、と少し考える。

別に計算の答えを考えているわけではない。

この程度の足し算引き算など、考えるまでもなく答えを出せる。

考えているのは、それをさっさと書いてしまって大丈夫だろうか、ということだ。

ミカ少年はあまり勉強が好きではなかったようだ。

まあ、勉強が好きな子供などいたら「目を覚ませ！」と引《ひ》っ叩《ぱた》きたくなるくらいには俺も勉強は嫌いだった。

そのミカ少年がいきなりすらすらと答えを書いてみせたら、ラディに変な疑念を抱かせないだろうか。

そのことを考えていたのだ。

「この前やったところだけど、忘れちゃった？」

ミカがどうしようかと悩んでいると、順番に子供たちを見ていたラディが声をかけてきた。

他の子供たちは答えが分からなくても、分からないなりにガシガシと黒板に何かを書いている。

まったく手をつけようとしないミカを見て、気になったようだ。

「大丈夫です。この前のをちょっと思い出していました」

「そう？　それなら頑張ってみて。分からなかったらいつでも言うのよ？」

そう言って、他の子供の方へ行く。

（いきなり出来るようになって注目されるのは嫌だが、出来な過ぎて気にされるのも困るな）

出来過ぎず、出来な過ぎず。もっとも手のかからない普通の子でありたい。

正体がバレるリスクを減らすために。

とりあえず、ラディが次に来るまでに二問。その後に残りの二問を解くペースにしてみよう。

そうして問題を解くと、次にラディが回ってくるのを大人しく待つ。

（………この世界でも、数字は十進法なんだな。扱いやすくていいが）

元の世界でなぜ十進法が定着したのか知らないが、同じような理由でこちらの世界でも採用されたのかもしれない。

プログラマーをやっていたので二進法や十六進法も扱えるが、やはり日常生活でもっとも触れることの多い十進法が一番扱いやすい。

もしもこの世界が七進法や十二進法でもすぐ扱える自信はあるが、やはり直感的で馴染みやすいのは十進法だろう。


余談ではあるが、手の指を折って数を数える時、普通は一本ずつ折っていくので片手では〇～五までが限界だろう。

だがごく一部、本当にごく一部の変人《プログラマー》たちはこの指を一ビットとして扱うことがある。

そう、二進数で数えるのだ。

すると、片手で〇～三十一までを数えることが可能になる。

両手を使えば、なんと〇～一〇二三まで数えることが可能だ。

………当たり前の話ではあるが、これが役立ったことなど一度としてない。

そうして計算の時間が終わると、少しの休憩を挟んで今度は光神教の教典の話になった。

と言っても難しい話ではなく、神々のエピソードの中から教訓になりそうなものをピックアップして、子供にも分かりやすい寓話として話すのだ。

そうやって光神教の教えを子供たちに刷り込みながら、生活の中の知恵のようなものも一緒に憶えていく。

例えばある果実の話だ。

その果実はとても美味しいのだが、皮の部分に強烈な苦みを持つ。

なぜその果実の皮に苦みがあるのかを、神話で理由をつける。

元々は皮にも苦みなどなかったが、人が食用にしていたその果実を迷惑な獣が食い荒らしてしまった。

そこである神様が皮に苦みを持たせることで、その迷惑な獣を追い払った。

そして神様は人々にその果実の食べ方を教える。

皮を剝けば今まで通り食べられる、と。

こうした寓話を通じ、子供たちはその果実をそのままかぶりつくのではなく、皮を剝かないといけないと教わるのだ。


ラディは子供たちの前の椅子に座り、お話を朗読していく。

今日の話は【偽りの神】の話のようだ。

名前からして怪しい【偽りの神】ではあるが、この神様が『神様の偽物』ということではなく、何かを偽ったりするという行為を司る神様らしい。

特に重要な六柱の神のうちの一柱、【闇の神】の眷属神で、偽りの姿、嘘やイタズラ、隠し事なんかもこの神様の守備範囲だ。

そしてこの神様、実は子供たちに結構人気だ。

というのも、イタズラを司るということでかなりの頻度で寓話に出てきては、いろいろな神様にイタズラを仕掛ける。そして毎回痛い目に遭う。

それが面白いのだろう。

今回の話でも懲りずに【火の神】の大事な杯にイタズラして、壊してしまったようだ。

壊れた杯を見て【偽りの神】の仕業だと怒った【火の神】は、【偽りの神】を懲らしめようとする。

だが【偽りの神】はその姿を象に変えて、まんまと逃げ果《おお》せた。

怒りが収まらない【火の神】は、【真実の神】と【遠見の神】に【偽りの神】を捜してくれと頼む。

頼まれた【真実の神】と【遠見の神】は協力し合い、「象よりも大きければ、世界のどこにいても見つけられよう」と【偽りの神】を捜す。

それを聞いた【偽りの神】は「これでは見つかってしまう」と、今度は牛に姿を変えた。

なかなか【偽りの神】を見つけられない【真実の神】と【遠見の神】は、「もっとよく見てみましょう」と今度は牛よりも大きければ見つけられるように、よーく世界を見渡した。

それを聞いた【偽りの神】は「これでは見つかってしまう」と、今度は狼に姿を変える。

そんなことを何度か繰り返し、最終的に【偽りの神】は蠅になった。

どれほど世界を見渡しても【偽りの神】を見つけられない【真実の神】と【遠見の神】は、【火の神】に謝るが、今後も捜し続けることを約束する。

まんまと逃げ果せた【偽りの神】はほくそ笑むが、そこに一匹の蛙がやって来た。

そして【偽りの神】が変身した蠅を食べてしまうのだ。

元の姿に戻れば蛙の腹から出られるが、そうすると【真実の神】と【遠見の神】に見つかってしまう。

仕方なく蠅の姿のまま、今も蛙のお腹の中に【偽りの神】がいる、というお話だ。


子供たちの反応は上々のようだ。

次々と姿を変え、その度に監視の目から逃れる【偽りの神】に子供たちは「えぇ～……」と落胆と抗議の声を上げていた。

だが、最終的に蛙に食べられると「やったぁ！」と大喜びだ。

幼稚な寓話ではあるが、教訓としては神様が見てるから「悪いことはしてはいけないよ」ということと、「うまく逃れても報いはくる」といったところか。

あとは「蛙を殺さないように」というのもありそうだ。

蛙は益虫だから、と言っても子供には理解しにくいかもしれない。

だから「お腹の中に【偽りの神】がいるかも」ということにしているのではないだろうか。

しかし、壊れた杯を見て即【偽りの神】を疑うのは、どうかと思ってしまうのは俺だけか？

そして【偽りの神】も、何で逃げるために変身するのが最初に象なんだ？

もっと目立たない物に変身しろよ、と言いたくなる。


こうして陽の日学校は終わる。

陽の日の午前中二時間くらいを使い、少しずつ文字や計算、そして寓話を通じて神々のことや生活の知恵を憶えていく。

義務教育などない、なんとも緩い教育システムだ。

しかし、それも教会があればこそだ。

もし教会が陽の日学校を行わなければ、それこそ文字の読み書きや計算ができないことが当たり前になっているだろう。

もちろん、教会も将来の信者を確保するという下心があるのだろうが、それを差し引いてもこの陽の日学校による恩恵は大きい。

しかも陽の日学校は無料だ。月謝などなく、教会への寄付によって賄われている。

リッシュ村の寄付だけでここの教会が維持できるとは思えないので、おそらく教会全体に集まった寄付金から予算が分配されているのではないだろうか。

そんなことを考えていると、ラディはミカともう一人、マリローラという女の子に残るように言った。


（……なんかやらかしたっけ？）

一瞬ドキリとするが、それならミカだけを残すだろう。

自分以外にも残る子供がいるのなら、そう大したことではないだろうと思い直す。

みんなが帰った後、椅子や黒板などの片づけを手伝う。

片づけが終わると、ラディは教会の一番前の席にミカとマリローラを並んで座らせた。

教会の中はこぢんまりとしていて、ステンドグラスなどはない。

大き目の家屋を教会に改造しただけのように思える。

奥の台に六体の神像が並び、そちらに向けて長椅子が並んでいるだけのシンプルな作りだった。

「二人は、春に村長さんのお家に呼ばれ、水晶に触るように言われたことを憶えていますか？」

最初は「は？」と思うが、記憶を探るとすぐに思い当たる。

どうやら三カ月くらい前のことで、確かにそんなことがあったようだ。

アマーリアに連れられ村長の家に行くと、村長以外にも見知らぬ数人の男たちがいて、水晶に触るように言われたのだ。

水晶に触りはしたが特に何もなく、そのまま家に帰された。

その時、ミカの横に座っているマリローラも呼ばれていたことを思い出す。

マリローラがこくんと頷くと、ミカも頷く。

二人が頷くのを確認すると、ラディは言葉を続ける。

「あれは二人の魔力を調べていたのですよ」

「……魔力？」

ラディの言葉に、マリローラが呟く。

（おいおいおい、また〝どんでも〟な単語が出てきたぞ）

何度か瞬きし、「本気で言ってんのかこの人？」とラディを見る。

ラディはミカたちが理解しているかを確認するように、一つひとつ丁寧に説明する。

この国はエックトレーム王国といい、国の法律により七歳と九歳で魔力の量を調べるらしい。

それが春の村長宅での出来事だ。

魔力量は九歳までに一定量以上に達していないと、以降はあまり増えないらしい。

それなら九歳の時だけ調べればいいと思うが、早い子供では七歳ですでに基準の量に達している。

そして、そうした子供は九歳で基準に達した子供よりも伸びがいいらしく、早ければ早いほど、鍛えれば鍛えるほど伸びていくのだ。

もし七歳で基準に達していれば、近隣領のそうした子供たちを集めた学院で八歳から【神の奇跡】を学び、十歳で王都の学院に行く。

九歳で基準に達した子供も、十歳で王都の学院に行くそうだ。

十歳の学院は法で義務付けられており、八歳の学院はその地方の領主が任意で行っている。

領主としては才能ある者と早い段階で繋がりを持てば、学院修了後に自分の領地に来てもらえるかもしれない、というメリットがある。

すぐに自領に来なくても、いずれは故郷で、と考える者は多いらしい。

ならば、その才能を大いに伸ばしてもらいたい、というわけだ。

「……ということは、僕たちは才能ないのでは？」

そうミカが言うと、マリローラもこくんと頷く。

「エックトレームの法ではそうなのでしょうね」

予想された言葉だったのか、ラディはまったく気にしていないようで、いつも通りの微笑みを浮かべている。

国の定めた法があり、基準に達していたら『学院』とやらに行くことが義務らしい。

そして、その基準に自分たちは漏れたのだから、そこで話は終わりだろう。……普通なら。

腕を組み、顎に手を添えて「んー……」とミカは考える。

（国の法律で明確にラインが決まっているのだから、そこで話は終わりだろ。なんでラディは俺たちを呼んだ？　そういえば、昨日試すとか言ってたが……）


ラディは、ミカが考え込んでいるのを見て、面白いと思った。

自分が思っていたよりも、好奇心の強い子なのかもしれない、と。

つい一週間前、たった一人でコトンテッセまで行こうとしていた。

それは非常に危険な行為であり、実際にミカは途中で倒れ、命の危険もあった。

だが、そうせざるを得ない何かが本人の中にあったのだろう。

そして、昨日もラディに聞いてきた。【神の奇跡】とは何か、と。

これまでにも何度か【癒し】を見ていたはずだ。

だが、今までは一度もそんなことを聞いてきたことはなかった。

怪我を治すところを見て「すごい」と言っていたことはあったが、それが何であるかを尋ねてきたことはなかった。

単純に【神の奇跡】で納得していたのだ、これまでは。

どのような心境の変化なのかは分からないが、ラディはミカが降参するまで辛抱強く待ってみようと思った。


（国の法、義務。魔力の測定。村長宅の男たち。国か領地の役人？　ラディ……シスター、教会）

ミカはそこまで考えて、閃くものがあった。

「……教会の、基準？」

国は魔力量の基準を定めている。

そうやって、才能ある者を国がごっそり持って行ってしまう。

では、教会は？

教会にも【神の奇跡】を使う者がいる。ラディのように。

何らかの基準を設け、国の法に抵触しない方法で才能のある者を選別しているのではないか？

例えば人の魔力量の限界が百だったとして、仮に国の基準が六十だとしよう。

では、五十九だった人はどうなる？

うまく指導すれば六十だった人と同程度の使い手に成長するのでは？

具体的な方法は分からないが、国の基準とは違う方法で才能のある者を選別しておき、九歳で国の基準に達した者は国が学院で育て、達しなかった者を教会が育てるのではないだろうか。

頭の中で考えを整理しながらそれらを伝えると、ラディは驚きで固まってしまった。

「お家の人に……、アマーリアさんやロレッタさんに聞いていたわけではないのね？」

ミカが頷くと、ラディは「ふぅー……」と大きく息を吐いた。

「聞いて知っていたという子はよくいますが、考えて自分で気づいた子は初めてです。聞いたこともありませんよ？」

ラディは本当に驚いているようだ。

（まあ、普通はそこまで考えないか。七歳が対象だしな。そんな子供がいたらそりゃ驚くか）

尋ねればラディも普通に答えてくれただろう。

そのために呼んだのだから。

気を取り直して、ラディは説明を続けた。

「これから二人には私の魔力を少し流します。何かを感じたら、それを教えてください」

非常に曖昧な内容だった。

（何かを感じたらって何をだ？　魔力か？　魔力ってどんな感じなんだ？）

まったく意味が分からなかった。

だが、その後の説明でようやく少し理解できた。

要は感受性？　を試す、ということらしい。

「魔力量を調べるというのは確かに理に適《かな》っているのですが、【神の奇跡】を扱う上で他にも重要なことがあります。魔力を感じる力です」

魔力というのは、そもそも誰にでもあるものらしい。

というか、そのへんにある物も含めてすべてが魔力を持っている。

空気も含めてだ。

つまり、この世界は魔力に満ちているのだとか。

だが、普通は魔力を感じることはないし、見ることもできない。

自分の魔力は自分で感じることができるが、それ以外の魔力を感じることはできないらしい。

その自分の魔力も、生まれてからずっと満ち足りた状態で安定しているので、揺らぐことがなければ自覚することはないのだという。

これからやるテストもラディの魔力を感じるのではなく、ラディの魔力に干渉された自分の魔力を感じる、ということのようだ。

魔力の多い人でも感受性が低いとなかなか上達しにくく、逆に多少魔力が少なくても感受性の高い人は上達しやすい。

そして多少の魔力量の多い少ないなど、後からいくらでも逆転できる。

そこまでラディが明言したわけではないが、どうやら教会はそういう考えらしい。

これなら魔力量重視の国の方針とぶつかることなく、教会も【神の奇跡】の使い手を確保することができる。

「それでは、手を」

そう言ってラディはマリローラに両手を差し出す。

手のひらを上にして、マリローラがその手の上に自分の手を重ねる。

「ゆっくり大きく息を吸って、吐いて。痛いことも怖いこともありませんよ。気持ちを落ち着かせて」

言われた通り、マリローラはゆっくりと大きく息を吸い、そして吐く。

ミカは二人の様子をじっと見守るが、見ている方が緊張してくる。

少しずつ大きく、早くなっていく鼓動を感じ、落ち着け……落ち着け……と自分に言い聞かせるのだった。

第6話　初めての魔力1

【ラディ視点】

ラディは両手を差し出し、マリローラがその手に自分の手を重ねる。

マリローラは少し緊張しているようだった。

ラディは緊張を解《ほぐ》すため意識して笑顔を作った。

「ゆっくり大きく息を吸って、吐いて。痛いことも怖いこともありませんよ。気持ちを落ち着かせて」

言われた通り、マリローラはゆっくりと大きく息を吸い、そして吐く。

マリローラが落ち着いたことを確認したラディは、自分も意識を集中する。

この〝秘端覚知《ひたんかくち》の儀《ぎ》〟は『聖別』の一つだ。

魔力量という【神の奇跡】を扱うにあたって最も重要な要素を、国に押さえられた教会が考え出した次善の策。

だが、それは思いの外うまくいった。

こうして選別された子供の中には非常に高い魔力量の伸びを見せる者もおり、ラディ自身がそうした子供の一人だった。

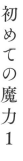

ラディは自らの両手に魔力が集まっていくのを感じた。

多くの魔力を集めるが、その魔力はまだラディの内にある。

この集めた魔力の、ほんの僅かな量だけをマリローラに送る。

普通【神の奇跡】を行う時は、こんな魔力の使い方はしない。

魔力を集めたら、それをそのまま神々に捧げるからだ。

なので、この儀式は経験と修練を積んだ【神の奇跡】の使い手だけが行うことを許される。

魔力の操作という特別な訓練を修めた者だけが。

もっとも、学院に行けば初歩の技術として魔力の操作を学ぶらしい。

それでも通常では扱わないくらいに弱々しく、か細い魔力を、繊細な操作で操るようなことは学院でもやらないだろう。

ラディは学院には行かず子供の頃に修道院へ入ったので、そうした術を年配の修道士に習ったが。

手のひらから細い糸のように魔力を伸ばし、マリローラの手のひらに触れる。

だが、マリローラに反応はない。

その細い糸を、ゆっくりとマリローラの手の中に入り込むように進ませる。

実際には、入ろうとしてもすぐにマリローラの魔力に干渉され霧散してしまうのだが。

そうして糸を送り込みながら、少しずつ糸を太くしていく。

干渉し合う魔力量を増やすために。

どの時点でこの干渉に気づくかで、魔力に対する感受性を調べる。

もちろん、まったく気づかない子もいる。というより、大半がそうだ。

そういう時は、ある程度のところで打ち切るのだ。

しばらく干渉を続け、そろそろ打ち切ろうかと考えた時に、ピクンとマリローラの手が動いた。

小さく「あ……」と呟きが聞こえる。

「どうしました？」

「………」

マリローラは答えず、迷っているような顔をしている。

きっと微かに感じた〝何か〟がよく分からないのだろう。

これが魔力かもしれないが、気のせいかもしれない、と。

マリローラはまだ手を重ねたままなので、ラディは微笑んでマリローラが答えるのを待った。

「なんだか、手がくすぐったくなって……、風が当たってるみたいだった」

「そうですか。分かりました」

ラディはそう言うと、ポケットから飴玉の入った小瓶を取り出す。

「今日はありがとう。もう帰ってもいいわよ」

そう言って飴玉をマリローラの口に入れてやる。

ご褒美があるとは思っていなかったのか、マリローラは嬉しそうに帰っていく。

試しはするが、ここで合否のようなものを伝えることはしない。

本人が気になるなら後で教えることもあるが、その場で伝えることはしないようにしている。

才能があろうとなかろうと、九歳の測定まではどちらにしろ同じだ。

測定で漏れた場合に限り、才能があれば『選択肢』を与える。

もっとも、教会に入るのに才能は関係ない。

誰でも入れるし、入れば誰でも生活の保障はされる。

だが【神の奇跡】が使えるようになれば、多少の優遇があるのは事実だ。

無論、それに見合った奉仕を求められるが。

ラディはマリローラを見送ると、今度はミカの前に立つ。

ミカは明らかに緊張しているような顔をしていた。

「それではミカ君、やってみましょうか」

ラディは先程と同じように両手を差し出す。

ミカはラディに言われる前に自分から深呼吸をして、その手に自分の手を重ねた。

「そう緊張しなくても大丈夫ですよ。気持ちを落ち着かせて。何かを感じたら教えてください」

そう言ってラディは集中を始めた。

魔力を両手に集め、先程と同じように糸状にして押し出していく。

その糸がミカの手のひらに触れた瞬間、ミカはパッと手を引っ込めた。

「どうしました？」

「…………なにか、音が……、それと、波紋……？」

ミカはまじまじと自分の両手を見つめ、それから自分の身体を見る。

何か、身体の異変を探るように。

さすがに反応が早すぎて、どう解釈すればいいのかラディは迷った。

ミカが落ち着くのを待って、もう一度試すことにする。

「もう一度いいかしら？　また、何かを感じたら教えてね」
そう言ってラディは両手を差し出す。
ミカは真剣な面持ちで、先程と同じように手を重ねた。
その手は微かに震えているようだった。
ミカは目を瞑《つぶ》り、集中している。
ラディも再び集中して両手に魔力を集めた。
だが、今度は両手ではなく片方の手だけで試してみる。
（まずは、右手）
右手の魔力だけを伸ばし、ミカの手に触れる。
するとミカがすぐに答える。
「……左手に感じます。何か、そこから身体全体に広がっていく感じ」
ラディは驚き、目を見張った。
ここまで早く反応を返す子供を、今まで聞いたことがない。
試しに今度は左手の魔力を伸ばす。
すると今度は「右手に感じます」と、同じようにすぐ反応する。
ラディはあまりにも驚きすぎて、完全に思考が停止してしまうのだった。

◇　◇　◇

一緒に残っていたマリローラは、飴を貰って嬉しそうに帰っていった。

（お願い、置いてかないでぇー……て、俺も帰りたいよ、まじで）

外へ出ていくマリローラを見送り、一人残されたミカはこっそり溜息をつく。

なんでこんなことに付き合わされにゃならんのだと思うが、それを実際に言う勇気はない。

（というか、結果はどうだったんだ？）

ラディは何も言わず、マリローラも何も聞かなかった。

試しておいて結果を教えないってどうなの？　と思うが、他人の前で堂々と結果発表はしないという配慮なのかもしれない。

相変わらずミカの心臓は早鐘を打ち、胃の辺りがキュー……としてくる。

（こんなことで緊張するとか、俺も大概気が弱いね）

自分が緊張しいなのは自覚している。

もっとも、意識して開き直ることもできるので、さほど困ってはいないが。

「それではミカ君、やってみましょうか」

ラディが微笑みながら両手を差し出す。

その手を見て、しゃーないやるか、と腹を括る。

一回二回と深呼吸し、ラディの手に自分の手を重ねた。

ひんやりとした、冷たい手だ。

(冷え性かな？)

これも感じたことになるのだろうか？　と考えていると、ラディが声をかけてくる。

「そう緊張しなくても大丈夫ですよ。気持ちを落ち着かせて。何かを感じたら教えてください」

へーい、と心の中で返事をし、黙ったままこくりと頷く。

するとすぐに、キィ――――……ンという澄んだ音が微かに聞こえた。

ガラスのコップに水を入れ、棒で叩くと楽器のように鳴る。

あんな感じの澄んだ音が聞こえた。

そして手のひらの真ん中あたりに軽く触れるものがあり、そこから何かが広がっていった。

それは静かな水面に一滴の水が落ちたように、ミカの身体に波紋となって広がっていく。

思わずミカは手を引っ込め、まじまじと自分の両手を見る。

波紋はまだ身体の中を広がり、跳ね返り、波が干渉し合いながら残響のように響いていく。

少しずつ弱くなっていくその波紋を、意識を集中して追いかける。

「どうしました？」

ラディが問いかける。

ミカも何と言えばいいのか、この初めての体験をうまく表現できない。

「………なにか、音が……、それと、波紋……？」

それは不快な感覚ではなかった。

むしろ楽しかった、気持ちよかったとも言える。

だが、その音もすでに聞こえなくなり、波紋のようなものも感じ取れなくなってしまった。

ミカは、自分の中で異様に気分が高揚していることに気づいた。

これまで感じたことのない、未知の感覚に興奮していると言っていいかもしれない。

身震いをするほどに。

「もう一度いいかしら？　また、何かを感じたら教えてね」

ラディも少し戸惑っているような様子だったが、再びミカに両手を差し出す。

ミカは昂った気分を鎮めながら、慎重にその手に自分の手を重ねた。

手が震えそうになるのを抑えながら。

そうして目を閉じ、意識のすべてを耳と手に集中する。

先程の音と波紋を、決して逃すまいと。

キィ――――……ンという澄んだ音はすぐに聞こえた。

だが、波紋は先程とは違って左手からしか伝わってこない。

左腕から左肩に伝わり、そこから体幹に広がり、身体全体に広がっていく。

左手だけだからなのか、先程より広がりも跳ね返りも弱く、残響のような響きもあまり感じない。

それを少し残念に思いながらラディに伝える。

「……左手に感じます。何か、そこから身体全体に広がっていく感じ」

すると左手の波紋が止まり、今度は右手から波紋を感じるようになった。

左手に感じたのと同じように、最初のような響き合いはない。

「右手に感じます」

そう伝えるが、ラディからの反応はない。

右手から伝わっていた波紋も止まり、しばらくそうして待っていたが、ラディからの反応がなかった。

ゆっくりと目を開けラディを見上げると、驚いた顔で固まっている。

（あれ？　なんかまずかったか？　ていうか、この人のこんな放心した顔初めて見るな。いつも余裕そうな顔してるし）

手を引っ込め「シスター・ラディ？」と声をかけると、ラディは我に返ったようだった。

「……あ、ああ、ごめんなさい。ありがとうミカ君。もう帰ってもいいですよ」

「結果はどうですか？」

慌てて小瓶から飴玉を取り出そうとするラディに、ミカは質問する。

（わざわざ残らされて結果は教えないとか、それはないだろ、ラディ？）

ミカの質問に、ラディは難しい顔をする。

なんと伝えたものかと悩んでいるようだった。

「ミカ君、これはあくまで試しているだけで――」

「はい。ですが何の根拠も基準もなく、試したりしませんよね」

「……ええ。そうね」

「確定するのは九歳の測定をしてから。それも分かっています。その上で、シスター・ラディの意見が聞きたいんです」

ミカが続けて言うとラディは息を呑《の》み、そして大きく吐き出した。

「私としては、大きな可能性を感じました」

「可能性……？」

「ええ。もしも国の基準に達していなくても、ミカ君なら教会に入れば【神の奇跡】を使えるようになる可能性があると思います」

「神の奇跡……」

思わず呟く。

あの不可思議な現象を自分にも使えると聞き、ミカは頭の中が真っ白になった。

（……使える？　俺が……、あれを？）

あっという間に怪我を治してしまう謎の力。

あんなものが使えたら、夢が広がりまくりじゃないか？

ゲームにある、所謂〝僧侶〟や〝聖騎士〟という職業に自分がなれるのか？

聖職者に特に思い入れはないが、ファンタジーの世界で自分が魔法を使って活躍するという夢想に胸がときめく。

「使える可能性があるんですか!?　僕にも、【神の奇跡】が！！！」

「え、ええ。しっかりと修行して、神々に祈り続ければ、その祈りは神々に届くようになります。その時にはきっとミカ君にも【神の奇跡】が使えるでしょう」

「…………祈り？」

急に冷や水をぶっかけられたように、ミカの中で興奮が鎮まっていく。

（祈るの？　神に？　祈って、それでどうなるん？）

急激に頭が冷やされていく。

（詠唱とか、ラディも唱えてたよな？　あれで発動するんじゃないの？）

詠唱を唱え、魔力を消費して魔法発動、というわけではないらしい。

祈りを神々に届かせるとか、そんなのどうすればいいんだ？

「あの、シスター・ラディは何か詠唱をしてますよね？　あれは？」

「詠唱も神々への祈りの一つですね。イメージをしやすくなりますので、祈りが届きやすくなります」

「イメージ……」

どうやら、詠唱そのものにはあまり意味はないようだ。

祈る内容をイメージしやすくするために詠唱がある、ということらしい。

「……詠唱って、僕も教わることはできますか？」

「詠唱をみだりに教えることは固く禁じられています。これは教会だけではなく、学院でも同じようですね」

申し訳なさそうに、ラディはしゃがんでミカと視線を合わせると、諭すように優しく伝える。

実際にミカが見たことのある【癒し】以外に、どんな【神の奇跡】があるのか分からないが、誰にでも教えるというわけにはいかないようだ。

もしも殺傷力の高い魔法を悪党が知れば、被害は甚大なものになるだろう。

それを考えれば当然の対応といえた。

しかし、そうなるとミカも魔法を教わるのは随分と先の話になりそうだ。

しかも『素質あり』とならなければ、それすらも叶わない。

ラディの見立てでは、とりあえず可能性だけはありそうだが。

（……イメージが大事で、詠唱もそのため。ということは、イメージがしっかりしていれば、必ずしも詠唱って必要ないのでは……？）

あとは神々に祈りが届けばということだが――。

（信じる信じる。ていうか、信じてるし。だから神様仏様、魔法をどうか……！）

臨機応変というより、もはや信仰を侮辱しているとしか言いようのないミカの変わり身の早さ。

当然そんなことで【神の奇跡】が扱えるようになるわけもなく、その日はそのまま家に帰されるのだった。

◇　◇　◇

自宅に戻ったミカは、ラディに言われたことをずっと考えていた。

自分の中にある魔力を感じることが重要だと話していたが、あの時感じた波紋のようなものや澄んだ音が魔力なのだろうか。

身震いするほどの高揚感を感じたが、その感覚はすでになくなっている。

もう一度同じ感覚を得ようと意識を集中するが、まったく感じられるものがない。

（言い方は悪いが、あの時はラディが強引に俺の魔力に干渉したってことだよな？　俺の意思で何かしたわけじゃないし）

干渉され、揺らいだからこそミカにも感じることができた。

安定した状態では普段と何ら変わらず、いくら意識を集中したからといって魔力を感じられないのは当たり前かもしれない。

その程度で感じ取ることのできる感覚なら、ラディに試される前に自分で気づいていてもおかしくない。

座禅の真似事をしてみたり、『循環が大事』と某漫画のように手を合わせてみるが、そんなことでできるようになるわけもなく、ついにはうんうん唸る姿をアマーリアやロレッタに心配される始末だった。

とりあえず、二人に午前中にあったことを伝えると「ああ、あれね」と理解をしてくれた。

ロレッタはもちろんのこと、アマーリアも憶えがあるそうだ。

二人とも、教会で試した時はコトンテッセから司祭が派遣されて来たという。

ロレッタが七歳の頃は、まだラディも修道院で修行中で村にいなかったらしい。

教会が対象となる子供に毎年行っているというのは、どうやら随分と昔からのようだ。

そんなことを考えながら、家の中を忙《せわ》しなく動き回るアマーリアとロレッタを見る。

今日は二人とも陽の日でお休みらしく、普段できない家事を楽しそうにしていた。

（一人暮らし歴ウン十年。全自動洗濯機ですら面倒に思っていた俺からすると信じ難いが、家事が好きって人は確かにいたな……）

かつての上司であるハゲ部長がその一人で、意外と言っては失礼だが料理が趣味だと話していた。休日に普段はできない手間と時間のかかる料理をし、それを食べながらの晩酌が生き甲斐だと言っていた。

趣味とまではいかなくても、料理や掃除を楽しいという人はそこそこいた気がする。

二人が家事をしているのに自分は見ているだけでは悪いと思い、手伝おうとしたがやんわり断られた。

この世界では『家事は女性がするもの』という考えが浸透している上、以前にミカが手伝おうとして却《かえ》って邪魔をし、手間を増やしたことがあったらしい。

すごいのは、それでも二人はミカを叱ったりせず、楽しそうに後始末をしていることだ。

このまま育つと、ミカ少年はとんでもない生活破綻者に育ってしまったのではないだろうか。

（これが当たり前なのか、この二人がミカを溺愛しすぎなのか、この世界での基準は分からないけど………甘やかし過ぎじゃね？）

叱られた記憶がないわけではないが、この二人のミカへの愛情は溺れんばかりだ。

これに慣れてしまってはいけない、と強く自分に言い聞かせる毎日だった。

実は、何日かに一度お湯で身体を拭くのだが、その準備どころか、身体を拭くことまでアマーリアヤロレッタがしようとする。

いつも三人一緒にするらしく、さすがにそれはと辞退したのだが聞き入れてもらえなかった。

二人には俺が清拭を嫌がっていると受け取られたようで、抱きすくめられ身動きができないようにされながら全身を拭かれた。

いくら「自分でやる！」と言ってもまったく信用されなかった。

どうやら、ミカ少年はいつもそう言って適当に済ませようとしていたらしい。

「そうやって、いっつも逃げるんだから。お母さん、私が捕まえてるから拭いちゃって」

「はーい、ミカ。すぐ済むからねー。ロレッタ、ちょっと腕上げさせて」

「はーなーしーてー……っ！　本当にっ、自分でっ、やるって！」

「はいはい。今度はこっちの腕ね」

じたばた暴れるが、簡単にロレッタにあしらわれる。

いくら男女の差があろうと、この年齢での六歳の差は絶望的な差だった。

俺がこの女体地獄を脱するには、まずは信用を勝ち得るところから始めなければならないようだ。

そう考えて、最近は寝る前に毎日身体を拭いている。

暖かくなってきたおかげで、水で身体を拭いてもさほど寒くはない。

お湯でしっかり清拭するのは数日に一度としても、毎日水で拭いていればそこまで汚れを溜めないで済む。

そうやって普段から清拭している姿を見せれば、三人で清拭する時も自分でさせてもらえるようになるだろう。

いずれは、二人が終わった後に一人でやらせてもらえるようにもなる。

そうなると信じ、とりあえずは地道なアピールをすることにした。


夕食を食べ、女体地獄も終わり、一家団欒の時間になった。

アマーリアは雑巾を作り、ロレッタはミカの服の擦り切れた部分を繕っている。

俺は意識を集中し、魔力を感じ取れないかを試していた。

「今日は随分と大人しいのね」

「最近少し元気がないみたいだけど、どうかしたの？」

俺とミカ少年が入れ替わったことで、ロレッタには以前と比べて元気がないように見えるようだ。

いくら気をつけていても、俺に七歳児の溌剌《はつらつ》さを真似しろというのは無理である。

「別に何もないよ」

「そう？」

俺の返答にいまいち釈然としないようだが、ロレッタはそのまま服を繕う方に集中したようだ。

俺も再び意識を集中し、魔力を感じ取れないかを試した。

そうしてしばらく頑張ってみるが、やはりどうにもならない。

午後はずっと意識を集中したり、いろいろ考えていたので、さすがに疲れた。

テーブルに突っ伏してぐったりすると、アマーリアがくすくすと笑う。

「魔力は感じられた？」

「んー……、無理ぃー……」

アマーリアに力なく答える。

「【神の奇跡】が使える人は本当に少ないもの。試してみて、少しでも魔力を感じられたっていう人もあまりいないわね」

「私も分からなかったなー」

ロレッタは繕い物が終わったのか、片付けながら話に入る。

「くすぐったかったとか、ちょっと温かかったとか言う人はいるけどね」

「そうね。お母さんの時はみんな何にも感じなかったけど、ミカは何か感じたのでしょう？」

ミカが頷くと、アマーリアは微笑んで優しい目で見つめる。

（これ、完全に『プロ野球の選手になる』って言う子供を見守る親の目だよな。それぐらい難しいってことなんだろうけど）

あまりの手応えのなさに、思わず溜息が漏れる。

「焦らないで、じっくりね。さあ、そろそろ寝ましょう。明日からまたお仕事があるわ。ロレッタも準備して」

はーい、と返事をしてロレッタが寝室に向かった。ベッドを整えるのだろう。

俺はロレッタを見送りながら、疲れにプラスして更に憂鬱な気分になる。

こっそりと、先程よりも大きな溜息をついた。

ノイスハイム家には寝室がある。

だが、ベッドは二つしかない。

一つはアマーリアが使い、もう一つをロレッタが使う。

じゃあ、俺はどこで寝ているのか？

もちろんベッドである。

毎日アマーリアとロレッタのベッドに一日交替でお邪魔しているのだ。

当然ながら俺は抵抗した。それはもう必死に。

床でもいいと訴えた。

だが、ミカを溺愛するこの二人がそんなことを許すはずがなかった。

抵抗したところで所詮は七歳の子供、敵うはずがない。

こちらとしても、まさか怪我をさせるほど抵抗するわけにもいかないので手加減せざるを得ない。

結果、あっという間にベッドに引きずり込まれる。

そして、もがけばもがくほど強く抱きしめられる。

結局、無抵抗に従うのが最も穏便に済むのだ。

今日はアマーリアのベッドにお邪魔して眠る番だった。

アマーリアはミカを抱きしめると額にキスをする。

「おやすみなさい、ミカ」

「……おやすみなさい」

こうして、ミカの一日は終わるのだった。

第7話　初めての魔力2

次の日、ミカは朝から教会に来ていた。

屋根を見上げると、そこには変わらず〝六つ輪《クリオネ》〟が載っている。

アマーリアとロレッタは仕事に出掛け、ミカも普段ならご近所さんの畑の手伝いをしている時間。

だが、今日はどうしてもラディに頼みたいことがあった。

もう一度〝アレ〟をやってもらおう、と。

（ちょっとこれは……、自力ではどうにもならないぞ）

いくら頑張って集中しても、何の手応えもない。

あまりの手応えのなさに、そうそうに独力での練習を諦めたのだ。

せめて、もう少し慣れれば何か摑めるかもしれない。

そう思って教会にやってきたのだが、残念ながらラディは不在だった。

教会にいた老司祭のキフロドに許可をもらい、ミカは建物の横で待つことにした。

リッシュ村の教会には、キフロドとラディの二人が住んでいる。

元々はキフロドが教区の大聖堂から派遣されてきた司祭なのだが、ラディがどこかの修道院から押しかけてきて住み着いたらしい。

キフロドはもう何十年も前からリッシュ村に派遣されている司祭なので住民からの信頼も厚く、ラディのことも修道女となる前から知っている。

というか、何気にリッシュ村で最高齢がこのキフロドらしい。

真っ白な髪に長い髭、皺くちゃの顔に朗らかな笑顔のキフロドは、七十歳にも百歳にも見える。


そうして待っていると、大通りを歩いてくるラディに気がついた。

ラディも気がついたらしく、にっこりと微笑む。

（相変わらず、見た目だけは聖母のようだ。これからは〝笑う聖母《ラフィンマリア》〟と呼ぼうか）

とても教えを請いに来たとは思えない失礼なことを考えていると、ラディが教会の前までやってきて「おはようございます、ミカ君」と声をかけてくる。

ミカは挨拶を返すと、軽く会釈する。

「こんな所でどうしたのですか？　どうぞ、中に入って」

ラディに促され、ミカは教会の中に入った。

昨日と同じ一番前の席に座るように言われるが、ミカは座らずにそのまま頭を下げる。

「シスター・ラディ、もう一度昨日やったのをお願いします」

頭を下げたままラディの返事を待ったが、「いい」とも「だめ」とも返事がない。

そのままの姿勢で待ち続けると、しばらくして「顔を上げてください」と声がかかった。

その声が決して明るいものではなかったため、ミカは恐るおそる顔を上げる。

そこには、予想通り困った顔のラディがいた。

「ミカ君、慌てなくても魔力は少しずつ成長していくし、扱い方も学院や教会に入れば教わることができますよ？」

「それは、そうなのかもしれないけど……」

今すぐに何かあるわけではない。

時期が来れば再び測定され、『素質あり』となれば学院行きとなり、そうでなくても教会で学ぶことができるらしい。

それは分かっているが、ミカはどうにも落ち着かない自分を持て余していた。

そわそわする、とでも言えばいいのだろうか。

新しい楽しみを見つけ、それに没頭したいという欲求とも言える。

切り替えの下手さが、ここでも発揮されてしまっていた。

見上げるようにじぃー……と見つめると、ラディは溜息をつく。

「もう。そんな目で見ないの」

ラディは一層困った顔で、ミカの頭をぐしゃぐしゃと撫でる。

普段のラディとは少し違う、やや乱暴な撫で方だ。

ちょっと珍しい、葛藤しているような様子のラディに対し、構わずじぃー……と見続ける。

「……分かったわよ、もう。仕方ないですね」

諦めたように言い、少しぼさぼさになったミカの髪を丁寧に撫でつけ、昨日と同じように両手を差し出す。

「何をしたいのかは分かりませんが、ミカ君の魔力は決して多くはありません。それは測定で分かっています。今無理をしてもあまり意味はありませんよ？」

いつもより少し厳しい声でラディが言う。

はい、と返事をしてラディの手に自分の手を重ねる。

「では行きますよ。意識を集中して。決して無理をしないように」

真剣なラディの声に、ミカはこくんと頷く。

目を閉じ、手と耳に意識を集中する。


キィ――――……ンという音はすぐにやってきた。

続いて両手から波紋が広がり、身体全体に響いていく。

（来た来た来たっ！　これだよこれ！）

身体の中に心地好く響く、澄んだ音と波紋。

身震いをするほどの高揚感。

思わずこのまま意識をなくし、心地好い響き合いに身を任せたくなるほどだ。

不意に、ラディが神の愛について語りながら、恍惚とした表情をしていたことを思い出した。

もしもラディが同じような感覚を体験していたのなら、ああなるのも納得できるような気がした。

（……浸ってる場合じゃなかった。何かヒントを掴まないと）

しかし、身体中に反響する〝音〟を掴むようなものだ。

知覚はするが、触れるようなものじゃない。

闇雲に意識を向けても、ただ身体中に反響する音と波紋を感じるだけで、何かができるわけではなかった。

（どうすればいい？　どうすれば自分の意思で〝これ〟を動かせる？）

更に意識を集中し、響き合う〝何か〟を追いかける。

だが、それはミカの意思など関係なく、勝手に広がり響き合う。

何の手掛かりも得られないことに悔しさが込み上げ、思わず身体が強張る。

「大丈夫ですか、ミカ君」

悔しさに身体が強張っていたミカの様子に気づき、ラディが声をかけてきた。

「はい……、大丈夫です」

目を閉じ、集中したままミカは答える。

そんなミカの様子を注意深く見守りながら、それでもラディは〝秘端覚知《ひたんかくち》の儀《ぎ》〟を続けた。

ミカは意識を集中し続けた。

両手に感じる魔力干渉の波、――――波紋。

ラディは昨日『魔力を流す』という言い方をしていたが、具体的にどういう手段で干渉しているのかは聞いていなかった。

「……シスター・ラディはどうしてるんですか？」

ふと、ミカの口からそんな言葉が漏れた。

ひどく曖昧な問いかけだったが、ラディには正しく伝わっていた。

「私の魔力は弱く、か細く、糸のようにしてミカ君の手に触れていますよ。少し押し込む感じですね。すぐに消えてしまいますが」

「……弱く」

ラディの言葉を繰り返す。

「強くしたりもできるんですか？」

「ええ、もちろん。いろいろやってみましょうか？」

そう言うとラディは、ミカに送る魔力を少しずつ強くする。

といっても、本当にごく僅かずつだ。

そうして今度は変化をつけていく。

左右の手で送る魔力の強さを変えたり、いくつか変化させてみる。

先程までの綺麗な響き合いとは打って変わって、今は様々な響きと波紋がミカの中を乱れ飛んでいる。

一言で言えば、無茶苦茶、である。

別に騒音というわけではない。

音が大きいわけでもない。

ただ、まったく調和のとれていない音が好き勝手に響き合っている状態だ。

その音が、その時々で右に寄ったり左に寄ったり、前から聞こえたかと思えば今度は後ろから。

わけの分からない音の洪水が、波紋とともにミカに押し寄せてきた。

思わず、押し寄せる音に向かって押し返すように意識すると、微かに、ほんの僅かにだが抵抗があるように感じた。

何だろうと思い、そちらに意識を向けるが何もない。

だが、そうやって押し寄せる音に向かって、何度か押し返すように意識を向けると、時々何かの抵抗を感じる時があった。

（……これが、手掛かり？）

そうして何度か押し返すと、今度は押し寄せる音を押し返すのではなく、その勢いに自分の意識を上乗せするようにしてみる。

右へ向かうなら右へ押し、左に向かうなら左へ押し、とやっていくと反響が強くなり、どんどん勢いも増していった。

ゆっくりとラディから手を離し、自分の中の音と波紋の流れに集中する。

右へ押し、左へ押し、と勢いを落とさないように意識を動かすと、その反響は弱まることなく続いていた。

「ミカ君？」

ラディが呼び掛けるが、ミカは返事を返すことができなかった。

自分の中の反響と波紋に意識を向けすぎて、聞こえていなかったのだ。

今、意識下でやっているイメージとしては、手で水を掻く感じか。

お風呂のお湯を混ぜるように、手で掻いている感じだ。

水の抵抗ほどしっかりとした感触があるわけではないが、お風呂のお湯を右に掻き、左に掻きといった感じに自分の中の魔力に干渉している。

そうすることで、反響を弱めることなく維持することができた。

ゆっくりと目を開くと、ラディが心配そうにミカを見ている。

ミカは意識が散漫にならないように気をつけながら、ラディに頭を下げた。

「ありがとうございます、シスター・ラディ。少し、手掛かりが得られた気がします」

「そう、それは良かったわ。でも、あまり無茶なことをしてはだめよ。ミカ君なら、慌てなくてもきっと魔力を扱えるようになるから」

はい、と返事をしながら、ミカは意識が外に向かい過ぎないように注意しつつ、自分の中の魔力を右へ左へと動かしていた。

「気をつけて帰りなさいね。魔力を扱うのはとても疲れるから、気づいた時にはふらふらなんてこともあるわ」

「はい。気をつけます」

そう言ってミカは教会を後にした。

ゆっくりと身体が左右に揺れるミカを見て、ラディは家まで送った方がいいかしら、と心配になるのだった。

◇

◇

◇

教会からの帰途。

ミカは歩きながら、それでも意識は自分の中の魔力に向けて、右へ左へと動かしていた。

水槽の中の水が大きく揺れているような感じだ。

右に偏り、左に偏りと動くのに合わせ、自分の意識も左右に動くようにする。

魔力の揺らぎは強くなったり弱くなったり、思うように動いていた。

それはすでに波紋ではなく、大きな水のうねりのようなものだ。

「これが魔力か……」

相変わらず手応えは薄いが、それでも揺らぎを維持し続けることができている。

これをどう使えば【神の奇跡】になるのかさっぱり分からないが、とりあえずはもう少し動かす練習をしよう。

そう思い家に向かって歩いていたが、時間はまだ早い。

このまま帰るのもどうかと考え、散歩へ行くことにした。

まだ村の東側の探索が終わっていなかったので、そのまま東側の柵へ向かう。

村の東側、北東の端にはアマーリアとロレッタが働く織物工場がある。

北の川に沿う形で村から東に突き出す織物工場は、近くで見るとかなり大きかった。

普通の家屋よりも少し屋根が高い、まるで市民体育館のような広さの建物が四つ並んでいる。

北門に行った時にも見えてはいたが、遠かったのであまり気にしていなかった。

(織物工場と言ってるけど、紡績工場もくっついてるんだよな)

リッシュ村とコトンテッセを結ぶ街道の左右には、綿花畑がある。

村に近い一部には野菜畑もあるが、それ以外のすべてが綿花畑だ。

どうやらリッシュ村は、糸と織物の生産のために開拓された村のようだ。

途方もない広大な綿花畑を管理し、紡績と綿織物という二つの産業によってリッシュ村は成り立っている。

実際、リッシュ村の労働人口のほぼ一〇〇%が綿花畑か織物工場に従事しているらしい。

染色は行わず、『生成り』の糸と織物を領主に納め、賃金を得ることで生活をしている。

畜産などはほとんど行っていないので、必要な物はすべて領主の住む隣街、コトンテッセから買ってくるのだという。

かなり危うい生活基盤と経済基盤に思えるが、この世界の文化水準からすると、おそらく経済活動自体が発展途上なのだろう。

領主にお金も物資も握られたリッシュ村の現状にぞっとするが、この世界ではそれが当たり前なのかもしれない。

(領主の匙加減一つで生かしも殺しもできる……。コトンテッセ以外とは街道が繋がっていないから、選択肢もない)

自分の将来を考えると、暗澹たる気分になる。

職業選択の自由など、この村にいる限りはないだろう。

下手をすると『この世界には』かもしれないが。

(完全な世襲制度とかだったら嫌だなあ)

自分の中の魔力を動かしながら、どうしたものかと考える。

すると、織物工場の建物の一つから男が出てきた。

隣の建物に行こうとしているようだが、ミカに気がつくと抱えていた箱を置いて、ミカの方にやって来る。

男は短身だがガッシリとした体格で、どこか樽を思わせるような容姿だった。

見覚えのあるその男に向かって、ミカも近づく。

「やあ、ミカ君じゃないか。どうしたね、こんな所で。お母さんに用事かな?」

「こんにちはホレイシオさん。この間は助けて頂きありがとうございます」

丁寧に頭を下げると、ホレイシオはびっくりした様子でミカを見る。

ホレイシオとは、入れ替わる以前からの知り合いだ。

アマーリアやロレッタの勤務先の責任者なので、これまで何度も会ったことがあり時折お菓子をくれることもあった。

(……あの時は、この人の判断のおかげで助かったと言っても過言じゃないからな)

熱中症で倒れていたミカを発見し、保護してくれたのがこのホレイシオだ。

だが、保護してくれたから助かったという単純な話ではない。

ミカの倒れていた場所はリッシュ村とコトンテッセを繋ぐ街道だが、場所は圧倒的にコトンテッセ寄りだった。

そして、コトンテッセにも教会があり【神の奇跡】の使い手もいる。

だが、ホレイシオはリッシュ村で治療することを即断した。

理由は簡単、お金だ。

通常、【神の奇跡】による【癒し】は有料なのだ。

いちおう名目は寄付ではあるが、寄付をしないと【癒し】を施してもらえない可能性が高かった。

そして、当然ながら重い病気や怪我ほど求められる寄付額は高くなる。

その場で寄付を納めないと【癒し】を断られるというリスクを考え、ホレイシオは迷わずリッシュ村に戻ることを決めた。

ラディならば、村の子供を見捨てるようなことは絶対にしない。

それを知っていたので、近いコトンテッセではなく、遠くてもリッシュ村に戻る方が確実だと判断したのだ。

助けてもらってからラディには度々会っていたが、まだホレイシオとは会えていなかった。

基本的に工場に詰めているホレイシオとは、会う機会がなかったのだ。

「少し見ない間に、随分としっかりした挨拶ができるようになったね。おじさんびっくりしたよ」

感心したように言うと、ホレイシオは「はっはっはっ」と笑う。

見た目は闘牛すら殴り殺せそうなのに、子供好きなホレイシオは子供にも人気がある。

収穫祭などの村の祭りの時、忙しい合間を縫って子供たちと遊んでやる姿をよく見かけた。

もっとも、初めて会う子供は例外なくその外見で泣き出すのだが。

もちろんその子供の中には、かつてのミカ少年も含まれる。

ホレイシオはミカの姿を軽く確認すると、一つ頷く。

「もうすっかり良さそうだね。良かった。あの時は本当に驚いたよ。心臓が止まるかと思った」

「……ごめんなさい」

ミカは素直に謝った。

この人がいなければ、本当に命を落としていたのだ。

「元気なのはいいことだが、あまりお母さんやお姉さんに心配をかけるのは良くないよ」

ミカは、はい……と返事をして項垂れる。

あの時のことはロレッタからも説明されていて、どれだけ周りに心配と迷惑をかけたかを知っている。

「それで今日はどうしたのかな。お母さんに用事があるなら呼んであげるけど」

「大丈夫です。散歩をしているだけなので」

「そうかい？　まあ何かあったらすぐ言いなさい。呼んであげるから」

そう言ってホレイシオは戻ろうとするが、立ち止まって少し怪訝そうな顔をする。

じっとミカを見つめたかと思うと、ひょいと抱き上げる。

「え？」

「やっぱりまだ体調が良くないみたいだ。少し休んでいきなさい」

「ちょ……、なんで？」

「自分で分からないのかい？　少しフラフラしているよ。そんな状態でそのまま帰すわけにはいかないよ」

そう言うと、ホレイシオはミカを抱えたまま建物の一つに入っていく。

廊下をずんずん進んで行くと広い部屋に入る。

そこは休憩室、というよりは社員食堂のようだった。

長いカウンターがあり、その向こうでは数人の女性が忙しく昼食の準備をしている。

食堂には十卓以上のテーブルが並び、部屋の隅にはいくつか長椅子もあった。

その長椅子に座らされると、テーブルを拭いていたお婆さんが声をかけてきた。

「おや、工場長。どうしました？　そっちの子は……ミカ君じゃないかい。どうかしたのかい？」

「調子が良くなさそうだったんでね、少し休ませてやってくれ」

「おやおやまああ。ちょっとお待ちよ」

そう言ってお婆さんはコップに水を入れて持ってくる。

ちょっと見ててくれ、と言うとホレイシオはどこかに行ってしまった。

まったく体調不良に心当たりのないミカは、この扱いに居た堪《たま》れなくなる。

「あの……、大丈夫なので、本当に」

「まあまあまあ、子供が遠慮なんかするもんじゃないよ」

コップを受け取りながら言うが、お婆さんにはまったく通じなかった。

温かく見守るお婆さんの視線にいよいよ逃げ出したくなるが、さすがに行動に移すわけにもいかない。

どうしようか悩みながら、とりあえずコップの水を一口飲む。

意識を内に向け、魔力の揺らぎを探ると少し弱くなっていた。

突然のことに驚いて、魔力のことをすっかり忘れていた。

再び意識を集中し右へ左へと揺らすと、魔力の揺らぎはすぐに元に戻った。

「ミカ！」

しばらく魔力を揺らして時間を潰していると、アマーリアが食堂にやってきた。

急いでやって来たらしいアマーリアは、少し息が上がっている。

(ちょっとホレイシオさん！　アマーリアまで呼んだの!?)

仕事中の親まで呼び出すとか、どれだけ大袈裟にする気なのか。

げんなりしたミカの姿を体調不良のためと解釈したのか、アマーリアの心配はすでにＭＡＸに近いように見える。

ホレイシオも戻って来て、「家まで送って」とか「教会に」とか「ラディに【神の奇跡】を」などと相談し始めた。

「待って待って！　そんな心配しないで！　何ともないから！　本当に何でもないから！」

「何でもないわけないでしょう。そんなにフラフラして」

「…………………、ふらふら？」

きょとんとした。

そう言えば、さっきもホレイシオがそんなことを言っていた気がする。

何のことだろうと考えた時、自分でも身体が揺れていることに気がついた。

魔力を右へ動かすと身体も一緒に右へ動き、魔力を左へ動かすと身体も一緒に左に動いていた。

(ぐあ!?　魔力を揺らしてたら、無意識に身体も揺れてたのか!?)

あまりにも間の抜けた理由に、ミカは恥ずかしくなり顔が赤くなる。

「ほら、そんなに顔も赤くして。やっぱりシスター・ラディに診てもらって――」

「本当に！　本当に何でもなくて！　そのぉ……」

何か言い訳を捻り出さなければならない。

だが、何と言うか？

正直に話すのはなんとなく恥ずかしくて、思わず零《こぼ》れた言葉は――。

「ちょっと、筋肉痛で、落ち着かなくて……」

「え？」

「へ？」

アマーリアとホレイシオは、ぽかーんとした表情。

なぜかお婆さんだけはニコニコしていた。

思わず出てきた言い訳のあまりの微妙さに、却《かえ》って恥ずかしい思いをしてしまう。

しかも、ちょっとおっさんくさい。

そんな赤面しているミカを見て、ホレイシオも少し困った顔をする。

「あ――……、その、なんだ。私の勘違いだったってことか。……すまん、大袈裟にしてしまって」

ホレイシオは、もうミカが元気になったことは聞いていたが、一週間前のこともあったので何かあってはいけないと慌ててしまったらしい。

早とちりとはいえ、そこまで真剣に村の子供のことを考えるホレイシオは、本当に優しい人だなと思う。

「僕の方こそ、その……ごめんなさい」

アマーリアも心の底から安堵したように、はぁ――……と大きく息を吐くとミカを優しく抱きしめる。

「もう……、あんまり心配させないで」

「ごめんなさい」

ますます恥ずかしくなり、このまま穴があったら入りたい気分だ。

アマーリアは「ミカ君の様子がおかしい」「この前のこともあるし」と不安を煽られていたようだ。

それが大したことではないと分かり、本当に良かったと胸を撫で下ろす。

「はいはい。何ともないと分かったんだから。さあ、お仕事お仕事」

パンパンと手を叩き、雰囲気を変えてくれたのはニコニコしていたお婆さんだった。

ホレイシオはお婆さんに背中を押されて仕事に戻って行き、アマーリアは出口まで見送ってくれた。

「今日はお家で大人しくしてなさいね」

そうアマーリアに言われてしまい、まあ仕方ないかと家に戻ることにする。

意図したものではなくても騒ぎを起こしてしまったのは事実なので、気分はちょっとした自宅謹慎だ。

どうせ帰り道なので、少しだけ大回りして村の柵沿いに歩く。

村の東側は、西側と同じように、特に何かがあるわけではない。

広い範囲にぽつんぽつんと家屋があるだけだった。

柵の向こうに森があるのも西側と同じだ。

「……やっぱり変だよなあ」

村を一通り見てきたが、どうにも腑に落ちないことがある。

村が広すぎるのだ。

リッシュ村の住人は二百人超らしいが、それに対して村の範囲が広すぎる。

今の三分の一の面積、織物工場を除くなら五分の一の面積でも十分に一戸あたりの面積が確保できるように見える。

しかも、これだけの面積を持ちながら、野菜畑は村の外にある。

家屋も一定の範囲に集めるのではなく、柵で囲われた村の全体に分布している。

あまりにも非効率すぎる。

柵で村の周りを完全に囲っているが、それだけでも相当な労力が必要だったはずだ。

もしも村の面積が今の五分の一だったら、そうした労力も削減できただろう。

何を考えてこんな設計にしたのか、まったく理解できなかった。

相当な労力をかけて開拓したリッシュ村だが、それに見合う〝何か〟があるようにも見えない。

織物工場以外には、本当に何もない村なのだ。

「……本気で、何も考えてないとか？」

郷土史など知らないのでいつ開拓された村か分からないが、かなり無計画な思いつきで始めた開拓なのかもしれない。

ここまで何もないと、糸と織物のために開拓された村という予想はおそらく当たっていると思う。

大風呂敷で始めたはいいが入植者が予想よりも集まらず、無駄に土地を持て余しているのではないだろうか。

織物工場が村から突き出す形になっているのも、村の面積を確保するため。

もしかしたら今の四棟だけではなく、もっと建てる予定だったのかもしれない。

今の領主なのか、以前の領主なのかは知らないが、内政手腕については相当にお粗末なようだ。

まあ、それでも何とか破綻せずに済んでいるのは評価すべきか。

それが領主によるものなのか、はたまた別の人の尽力によるものなのかは知らないが。

「さーて、それじゃあ本格的に練習するか」

二十分ほどかけて村を観察しながら帰宅すると、ミカはいつもの席に座る。

そうして目を閉じ意識を集中して、自分の中にある魔力を動かすのだった。

…………身体は動かないように気をつけながら。

第8話 魔力操作の練習

呼吸はゆっくりと深く、目を閉じ、集中する。

石の上に座像のように座り、両手は手のひらを上に向けて膝の上に置く。

全身の力を抜き、身体はリラックスさせるが、神経はむしろ研ぎ澄まされていた。

周囲の音は聞こえず、ただキィ――……ンという澄んだ音が静かに響き、全身に満たされた魔力を隅々まで感じられた。

その魔力を足から腰へ、腹から胸へと少しずつ押し上げる。

そうして胸まで押し上げた魔力を、今度は両腕に押し込む。

高まった魔力が反発して押し返そうとするが、構わず押し込んでいくと肘から前腕部を伝い、最後は手首から先だけに集まる。

その状態を維持する。

少しでも集中力が切れれば、あっという間に集まった魔力は元に戻ってしまう。

この状態を少しでも維持することが大事だ。

ばしゃっ。

「うひゃぁあ――――――――っ!?」

いきなり背中に冷水をかけられ、思わず悲鳴を上げてしまった。

「あははは！　ひゃ――だって！　あはははははは！」

「ミカちゃん、何してるのー？」

「あそぼー」

子供たちが川に入って水浴びをしていた。

魔力を操作する手掛かりを得てから一週間が経ち、月が替わった。

すでに季節は夏になりつつあり、今日は村の子供たちに誘われて川遊びに来ていた。

最近はずっと魔力を操作する練習ばかりしていて、子供たちと遊んでいなかった。

たまには遊んでやるかと思い、誘いに乗ったのだ。

(最近は気温も上がってきたしな)

冷房のない世界ではあるが、家の中に籠もっても窓さえ開けていればそこまで暑くはない。

だが、最近は家に閉じ籠もりっぱなしだったこともあり、ビタミンDの補給のつもりでやってきた。

そうして川に来たはいいが、やはり子供たちと一緒に騒ぐ気にはなれず、つい魔力の操作を練習してしまった。

川の中の石に座っていると、川の水に冷やされたいい風が来るのだ。

そうしてじっと座っていたら、子供たちにイタズラで水をかけられたらしい。
背中に突然冷水をぶっかけられたのだから、悲鳴の一つも出ようというものだ。

俺は魔力の操作は諦め、組んでいた足を降ろして川に浸す。
「あ――――、気持ちいいなあ」
冷たい川の水に素足を浸けると、清流の流れを感じる。
川のせせらぎと相まって、清々しい気分になった。
子供の人数を数え、周りに全員いるかを確認する。
川幅は十メートルくらいで、深さは大したことないが、中央は流れが少し早そうだ。
子供たちが流されたりしないよう、注意することにした。
といっても、リッシュ村の子供たちにとって川は慣れた遊び場だ。
みんなも川の中央あたりは危ないと分かっているので、あくまで念のため。
石に座ったまま近くにいた子供に水をかけてやると、お返しに数倍の水をかけられた。
しかし懲りずに、また別の子供に水をかける。
「キャッ!?」
急に水をかけられた女の子が、小さく悲鳴を上げた。
びっくりした様子の女の子が振り返ると、ちょっと涙目になっていた。
先日、教会で一緒に居残りしたマリローラだった。
「あ……、ごめん!?」

まずい、と思い咄嗟に謝るが、マリローラの目にみるみる涙が溜まっていく。

これは本当にまずい！

「あ――っ！　ミカちゃんがマリローラちゃんいじめてるぅ！」

「い、いじめてない、いじめてない！」

マリローラの様子に気づいた他の子供が、声を上げる。

「そういうことしちゃ、いけないんだよー」

「やり返せ！」

「それえっ！」

周りの子供たちから、集中砲火を浴びた。

全方位からの、全力の水飛沫攻撃だ。

「ちょっ!?　ぶはっ！」

「あははは　っ！　それ、それ！」

「わるいこには、おしおきなのー」

こちらも全力で応戦するが、多勢に無勢。

あっという間に全身がずぶ濡れになった。

そして、すぐに誰彼構わず、みんなで水をかけ合うようになる。

半泣きだったマリローラも、笑顔で水のかけ合いをしていた。

その様子に、こっそり胸を撫で下ろす。

キャッキャッとはしゃぐ子供たちを相手にしていると、たまにはこういうのもいいなと思う。

あくまで、たまになら、だが。

毎日は御免蒙《こうむ》る。

俺は、自分に保育士やら小学校の先生が務まるとは、微塵も思わないからだ。


そうして午前中を川で過ごし、家で昼食のパンと果物を食べると、午後は魔力操作の練習をする。

最初はただ動かすだけだったが、これに少し苦労することになる。

特に朝起きてすぐが、もっとも大変だった。

寝ている間は魔力操作などできないので、当然寝起きは魔力が安定した状態だ。

この安定した状態から、揺らぎ始めるまでがとにかく大変なのだ。

そして、揺らいだ魔力を振り子のように右へ左へと動かすのは簡単だが、右に寄せたままにするとか、一部分の魔力だけを動かすとか、そういう操作は厄介だった。

何しろ手応えが非常に薄いので、上手くいっているかどうかもしばらく試してみないと分からないのだ。

だが、そういった操作もとりあえずは数日である程度できるようになった。

そして今度は魔力を集める操作を始めた。

川でもやっていた、両手にそれぞれ集めるという操作だ。

これも最初は右手だけ、左手だけという風に一カ所ずつしかできなかった。

だけど、慣れてくれれば両手に集めるというのは割と簡単にできるようになった。

というのも、魔力の手応えが変わってきたからだ。

ただ魔力を動かしていた時は手応えに変化はなかったのだが、この『集める』という操作をするようになってから、明らかに手応えを感じやすくなった。

寝起きの安定した状態からでも、容易に動かせるようになってきたのだ。

もしかしたら、自分の中の魔力の量が増えたのか、若しくは濃度が上がったのかと予想し、今はこの魔力を集めるという操作を積極的に行っている。

まだ、魔力操作は意識を集中しないと上手くできない。

これをキーボード入力のタッチタイピングのように、意識しないでも指が動く、というレベルにまで引き上げたいと思っている。

「早く魔法が使いたいなあ……」

詠唱やら神に祈るやらと、よく分からないことも多いが、とにかく魔法が使いたい。

こんな夢のような力を使うチャンスがあるのなら、確実にモノにしたいと誰だって思うだろう。

そのための努力なら一切惜しむつもりはない。

……努力で何とかなる程度の問題ならば、だが。


実際のところ、ここ数日で魔力の手応えは変わってきたが、それで何か前進しているのかというと微妙だ。

まず、魔力量を測定する手段がない。

村長宅で測った時は知らない男たちがいて、おそらく魔力を測定する水晶はその男たちが持ってきた物だ。

ラディの話によると、毎年春になるとすべての村を回って、子供たちの魔力量を測定しているらしい。

おそらくは国か、若しくはこの領地の役人だと思う。

魔力量を測定する手段がそれしかないのであれば、そもそも俺のやっている努力が意味あるものなのかどうか確認する術がない。

次に測るのは九歳になった時だ。

その時に基準に達していなかったら、今やっていることが無意味だったということになる。

ぶっつけ本番で挑むのは、できれば避けたい。

何とかして、成長している、という何らかの基準や根拠が欲しいと思っている。

そして一番の問題が、神に祈るということだ。

はっきり言ってしまえば、俺は祈ったことがない。

もちろん願ったことはある。

「ああなって欲しい」

「こうなってくれ」

だが、それはおそらく祈りとは違うだろう。

そもそもが、祈るということがどういうことなのか理解できていないのだ。

教会の教典を読め、音読しろ、ということなら、言われるがままに実行することはできる。

神を賛美する文章を暗記しろと言うなら、いくらでも暗記しよう。

でも、それって祈りなのか？

神に届く祈りって、それって何なの？

どうにも目に見える形で測れる物でないと、どうすればいいのかいまいち分からなかった。

（まあ、祈るうんぬんは学院に潜り込めさえすれば何とかなるだろ）

毎年、素質だけで選ばれた真《ま》っ新《さら》な子供たちを鍛えているのだから、マニュアルもノウハウもそれなりにあるだろう。

とにかく九歳の測定で選ばれさえすれば、あとはきっと何とかなるはずだ。

まだ一年半くらい先の話になるが、おそらくそれがもっとも確実な道だと考えていた。

九歳の測定で選ばれず、教会で教わる、というルートはできれば避けたい。

あくまで俺の中の印象ではあるが、まだ夜も明けないうちに起き出して清掃などの奉仕活動をし、ぶ厚い教典をひたすら読み書きして毎日を過ごす。

そんなのは、きっと俺の精神がもたない。

いくらインドア派の俺でも、ストレスで死んでしまう。

教会で教われば、たしかに魔法を使えるようになるかもしれない。

だが、ただ使えればいいってものじゃない。

魔法はあくまで手段であって、大事なのはそれでどう面白おかしく生きるか、だ。

教会に行ってそれが叶うのかは、正直微妙なところだと思う。

まあ、教わるだけ教わって還俗するという手もあるが、さすがにあまり不義理は働きたくない。

俺の好きな言葉に「かけた情けは水に流せ、受けた恩は石に刻め」というのがある。

そこまで聖人のようには振る舞えないが、せめて心掛けようとは思っている。

ちなみに「睚眦《がいさい》の怨《うらみ》」という言葉もある。

紀元前の中国にいた、とある宰相の「睨み付けられただけの恨みにも必ず報いた」という逸話を表した言葉だ。

この人は「一飯の恩にも、睨まれただけの恨みにも、すべてに報いた」といわれる凄まじい人だ。

ここまでの苛烈さはちょっとどうかと思うが、恩を簡単に忘れるような人間にはなりたくないな、とは思う。


椅子の背もたれに寄りかかり、腕を組み、顎に手を添える。

(魔力量が増えていることを確認する方法……、何かないか？　ラディに聞けば教えてくれるかもしれないけど)

あの〝笑う聖母《ラフィンマリア》〟ならいろいろ知っているだろうが、今はまだ避けたい。

先日の頼みに行った時の様子を見る限り、今の俺があれこれやることをあまり良くは思っていなそうだ。

今は自然に成長するのを待ちなさい、というのがラディの考えなのだろう。

(自然の成長に任せるにも、そうするべきとか、それで良いと言える根拠がないからなあ)

一年半――――。

無為に過ごすには長すぎる。

何かを成すには短すぎる。

目標は定まっているが、そのための手段が手探りという状態に、ミカは焦燥感を抱いていた。

(……弱く、か細く、糸のように)

先日のラディの言葉が不意に浮かんできた。

(俺の手に押し込んでるって言ったか……?)

ラディに魔力の干渉をしてもらった時は、軽く手を重ねただけだ。

手のひらは触れていない。

だが、波紋を感じた最初の場所は手のひらだった。

手のひらを、じっと見つめる。

「魔力は、外に出せる……?」

ラディは自分の魔力を糸のように伸ばし、俺の手のひらに触れ、押し込んだ。

自分の外に放出する魔力量が増えれば、それは魔力量が増えたと言える根拠になるのでは？

まだ感覚に頼る部分はあるが、取っ掛かりにはなる。

一定量を放出する練習をすれば、それを何回行えたかで魔力量の増加を数字で比較できる。

一回の放出量に多少の誤差があっても、十回だったものが二十回三十回とできるようになれば、明らかに増えたといえる根拠になる。

「これだ！」

思わず叫び、ガッツポーズをとる。

単なる仮説ではあるが、どうすればいいのかと悩んでいた中に見えた、一筋の光明。

さっそく試してみることにする。

椅子の上に座像のように座り、手のひらを上にして膝の上におく。

いつも魔力を集める時にやっているポーズだ。

最近は両手に集める練習をしていたが、とりあえずは片手でいいだろう。

意識を集中し、いつものように足から順番に押し上げるイメージで魔力を集めていく。

右肩から肘を通り、強い反発を感じるが構わず押し込む。

すべてが手首から先に集まったところで、右手を見る。

目の前に持って来た右手をじっと見つめ、魔力を手のひらの上に押し上げる。

すると右手全体が薄っすらと青白い光のようなものに包まれる。

（………出た……！）

驚きはあるが、集中が切れないように注意し、その青白い光を更に押し上げる。

そして、球体をイメージして光が集まるように思い描くと、手のひらの上にはソフトボールくらいの球体ができる。

（できた……！）

まさか、試してすぐ成功するとは思っていなかったため、この成果には自分でも驚いた。

はぁー……と息を吐くと、光の球は音もなく一瞬でふわっと霧散してしまった。

一息ついたら、維持するだけの集中が切れてしまったようだ。

「出たよ出たよっ！　まじかよ！　ていうか、目で見えるのかよ!?」

魔力が目に見えるものだとは思わなかった。

これなら放出量を一定に保つのもやりやすい。

「目に見えるなら、一定量にするよりも、単純に大きさの比較でもいいのか？」

先程のはソフトボールくらいの大きさだったが、限界まで大きくするとどのくらいになるのだろう。

ボーリングの球や大玉スイカのような大きさになるのだろうか。

視認することが可能なことで比較方法もいろいろありそうだ。

もう一度大きく、はぁ――……と息を吐く。

興奮していて気づかなかったが、身体に少し倦怠感があった。

「……そういえば、魔力を扱うのは疲れるとか言ってたな」

ラディに言われたことを思い出し、ミカは椅子の上で伸びをした。

気怠さは残っているが、身体が解れたことでやる気が漲《みなぎ》ってきた。

「まぐれじゃ意味ないしな。何回かやって感覚を摑んでおかないと」

先程と同じポーズになり、意識を集中する。

だが、今度は魔力を集めるのに苦労した。

精神的にも疲れているのかもしれない。

思ったように集まらない。

集中力が足りないようだ。

時間をかけて慎重に魔力を集め、右手に押し込む。

押し上げるようにイメージすると右手が青白い光に包まれるが、その光も少し弱い気がする。

集中力が落ちたのか、自分の中の魔力が減ったのだろうか。

球体を思い描くと魔力はイメージ通りに形作れるが、今度はソフトボールほどの大きさはない。

野球のボールくらいだった。

（……集中力の問題か、魔力量の問題か）

そんなことを考えていると、突然胃の中のものが込み上げてきた。

「うぐっ!?」

椅子から飛び降り、口元を押さえると、転げるように玄関から外に飛び出す。

椅子が倒れる大きな音が聞こえたが、それに構っている余裕はない。

家の横の草叢に胃の中のものをすべて吐き出し、それでも吐き気が治まらない。

しばらく吐き続け、もはや胃液すら出なくなるがそれでも吐いた。

そうして時間が経つと、少し吐き気は治まってきた。

平衡感覚も狂ったのか、ふらふらと覚束ない足取りでなんとか家に戻ると、水甕《みずがめ》から柄杓《ひしゃく》でコップに水を注ぐ。

その水を口に含み、口の中を洗い流す。

それから水を飲むが、飲んだ途端に再び吐き気に襲われふらふらと外に出る。

飲んでは吐き、飲んでは吐きを何度か繰り返し、もう水分を摂ることも諦める。

コップをテーブルに戻すと、その場で倒れてしまった。
（………まじで、やばいぞ……。なんだ、……これ）
立ち上がろうと手を伸ばし、テーブルに手をかけるが、手足がガクガクと震える。
（……ここは、だめだ。せめて、ベッドに……）
最近は、度々アマーリアやロレッタに心配をかけている。
これ以上は心配をかけたくない。
ベッドで横になっていれば、昼寝してただけと言い訳ができる。
震える手足に力を籠める。
ゆっくりと立ち上がり、テーブルで身体を支え、倒れた椅子を元に戻す。
そうして何とか寝室に辿り着くと、俺はベッドに倒れ込んで意識を手放した。

◇　◇　◇

目が覚めて周りを見るが、まだ明るかった。
窓から外を見ると、まだ夕方にもなっていないようだ。

（……気を失っていたのはせいぜい二時間くらいか？　三時間は経ってなさそうだ）
気怠さの残る身体をゆっくり起こし、ベッドから降りる。
身体は重いが、ふらつくことはなかった。
寝室を出て、テーブルの上のコップを手に取ると、柄杓で水を注ぐ。
その水を喉を鳴らすように飲み干し、一息つく。
吐き気も治まり、体調の異変を思い出させるのは気怠さだけになっていた。
（何だったんだ、あれは？）
椅子に座ると背もたれに寄りかかり、先程の自分の状態を考える。
突然のひどい吐き気と、立っていられないほどの倦怠感。
気を失うような経験は先日の熱中症以来で、自分の人生においても二度だけだ。
この世界に来てから、もう二回も気を失っている。
（……熱中症の時は仕方ないにしても、今回のは何でだ……？）
右手をじっと見つめた。
あの時やっていたことといえば、思い当たることは一つしかない。
（自分の中の魔力を、外に出したから……？）
最初に試した時はソフトボールくらいの光の球。
その球はどうなった？
空気中に霧散したように見えた。
自分でも、光の球に自分の中に戻るようにはイメージしていない。

それならば、見たままの通り、空気中に霧散して消えたのだろう。

その分の魔力が自分の中から失われた、と考えるのはおそらく正しい。

そして次に試した時は、野球のボールくらいの光の球。

最初の時よりも小さくなっていた。

同じように魔力を集め、むしろ二回目の方が集まりが悪い気がしたので、より慎重に集めた。

それでも一回目よりも小さい球しか作ることができなかった。

(決めつけるのもどうかと思うが、思い当たるのはやっぱり魔力か)

魔力が減りすぎると、体調に強い影響がある。

そう考えるのが自然な気がする。

(そういえば、ラディにも無茶をするなと言われてたな)

こういうことになるから、まずは自然に成長するのを待てということなのだろうか。

(……先人の有難い忠告を聞かないのは、愚か者のすることか)

自分の浅はかさに、思わず苦笑する。

新しい玩具を手に入れた子供のように、この『魔力』という玩具に夢中になってしまった。

だが――――。

(得難い経験を得た。俺の今の魔力は、ソフトボール一個と野球のボール一個分)

苦笑はいつの間にか、会心の笑みに変わっていた。

これを基準にすれば、魔力が増えたかを判断できる。

自分の限界を明確にすることができた意義は大きい。

限界に達した時に、どうなるか分かったのも収穫だった。

（魔力が集め難くなったら、そこでやめればいいってことだろ？　つまり、そこまではやれるってことだ）

今後、魔力が増えた時にも「そろそろ限界が近いぞ」という目安になる。

少しずつ明確になっていく目標までの道標に、気分の高揚を感じる。

（……それじゃあ、先人の有難いお言葉に従うとするか）

椅子の上で大きく伸びをして、気怠さの残った身体を解す。

「加減を憶えるためにも、適度な無茶はさせてもらおうか」

そう、ディーゴの言葉を口にし、俺は魔力を動かす練習に入るのだった。

第9話　初めての魔法

よく晴れた青空の下、俺は家の横の草叢に座り込み、魔法を放出する練習をしていた。

初めて魔力の放出に成功した日から、今日で十日目。

俺の中の魔力量はソフトボール二十個分を超えていた。

「とりあえずは、こんなもんでいいか」

朝から始めて、すでに両手に十個ずつ。

二十個分の魔力の放出を行っている。

魔力を集める練習をしていた時、手応えが変化して扱いやすくなったが、魔力の放出はその比ではなかった。

それまでは身体中から魔力を集めてくるイメージだったが、今は手に集めようとするだけで簡単に集まってくる。

魔力を放出するのも、意識を集中する必要がほとんどない。

タッチタイピングでキーボードを叩くように、自在に扱えるようになってきたのだ。

魔力量も日に日に増えていく。

魔力の放出に初めて成功した日、ぶっ倒れた後はさすがに魔力の放出は控えた。

翌日に慎重に試したが、ソフトボール二個分の魔力球を作っても倒れることはなかった。

三個目を作ろうとして魔力の集まりが悪くなってきたのでそこでやめたが、その翌日には五個作っても少し気分が悪くなっただけだった。

魔力球を作った分の魔力量がそのまま増えるのか？　と思ったが、さすがにそこまではなさそうだ。

増え方が日によってまちまちで、いまいち規則性が分からない。

だが、なかなかのペースで増えているのではないか、と自分でも感心している。

（あとは、合格ラインが分かればいいんだけどな）

日々、魔力の扱いに習熟していき、魔力量も増えている。

だが、それで合格ラインに達するのかどうかが分からなかった。

（こんな魔力球じゃ一万個作っても合格ラインに達しません、なんてレベルだったら泣くぞ、まじで）

魔力の成長を感じられるようになってモチベーションは高いが、それもいつまでもつか。

（まあ、まだしばらくはこの練習でいい。一つひとつの魔力球のサイズを大きくするとか改良はしていくとしても、方向性はこのままで問題ない。今はまだ……）

魔力の放出で魔力量が増えていくことが分かったので、これは今後も継続していくつもりだ。

しかし、「これだけでいいのか？」という思いも少しずつ湧き上がっていた。

ごろんと草叢に寝転がり、青空をぼー……と見上げる。

ラディに話を聞きに行こうか、と考えるがすぐにやめる。

今聞いたら魔力の練習について強く止められそうな気がする。

〝笑う聖母《ラフィンマリア》〟とはいえ、真剣にミカのことを心配しているのだ。

そんなラディに本気で止められたら、それを無下にはできない。

少しの休憩後、再び魔力球を作る。

寝転んだまま、今度は一つずつ慎重に作っていく。

魔力の放出が容易になったことに気づいた時、調子に乗って魔力球をポンポン作っていたらいきなり吐いた。

作るペースが早すぎて、気分が悪くなったことに気づく前に更に魔力球を作ってしまったらしい。

最初の時の教訓から、いつ吐きそうになってもいいように外で練習していたので室内を汚すことはなかったが、それからはある程度の数をこなしたらペースを落とすようにしている。

両手で交互に魔力球を作っていき、十個作ったところで一旦休む。

まだ気分が悪くなったりはしていなかった。

たった十日で俺の魔力量は、魔力球二個から三十個以上にまで成長したようだ。

（……魔法……魔法……魔法。あー……早く使ってみたい）

ゲームならレベルアップで勝手に覚えたりするが、この世界では神に祈りが届かないとだめらしい。

（詠唱して、魔力を消費して魔法発動、でいいじゃないか）

何で『祈る』とか、面倒な手順をいれるのか。

はぁー……、と思わず大きな溜息が漏れる。

目を閉じ、気持ちを落ち着かせる。

草の匂いとそよ風に、波立っていた心が少しだけ落ち着きを取り戻す。

（ない物ねだりをしてもしょうがない。今やれることをやってくしかないだろ）

大きく息を吸い、大きく吐き出す。

心に溜まった鬱屈を吐き出すように。

両手を空に伸ばす。

脳裏に浮かぶのは水の塊。

子供の頃に見た映画の一シーンだ。

あれは魔法ではなく、異星人の超能力か科学の力で作られた水の球だった気がする。

その水の塊は空中に浮いていて、人が何十人も入れるくらいに巨大だった。

もう何十年も前の映画。今見れば、きっとチープなＣＧ映像だろう。

だが、当時まだ子供だった俺は、その映像の綺麗さに見惚れてしまった。

今でもその映像はありありと思い出せる。

むしろ、実際の映像よりも今の進化したＣＧに見慣れている分、想像の方が綺麗かもしれない。

思い出は美化される、というやつだ。

魔法が使えるようになれば、あんなファンタジックな物を映像としてではなく、本物で作れるようになるかもしれない。

（それも夢があっていいな）

懐かしい映画のことを思い出し、すっかり気持ちを落ち着かせることができた。

その時、不意に身体の中の魔力が動きだす。

驚いて目を開けると、両手の向こうから水の塊が降って来た。

「は？」

その大玉スイカよりも更に大きい水の塊は、そのまま俺の顔面に落ちる。

ばしゃっ。

「うぶっ!?」

そして半開きになっていた口から、大量の水が入り込んできた。

「うぐっ!?　……げほっ！　ごほっ！」

気管に入り込んだ水に、盛大に咽《む》せてしまう。

「……なんっ…………これっ!?　げほっ！」

一頻《ひとしき》り咽せてから起き上がる。

まだ呼吸に違和感がある。

「なんだ、これ？　なんで!?」

全身がびしょ濡れになってしまい、少し気持ち悪い。

濡れて気持ち悪いだけでなく、本当に気分が悪くなってきた。

いつもの、魔力放出し過ぎの合図だ。

「うぁー……、やばい」

吐きそうなほどではないが、くらくらと眩暈《めまい》がする。

とりあえずじっとして、落ち着くのを待つ。

服を着替えたいが、今動くのはちょっとつらい。

大人しく落ち着くのを待つことにした。

若干混乱気味の頭で考える。

先程の水の塊は何なんだ？

濡れた服や身体を見るが、ただの水のように見える。

特に匂いもしない。

バケツをひっくり返したような雨、と言うがあんな水の塊が降ってくることはあり得ない。

空から降ってきたのなら、落下時の空気抵抗でバラバラにされるはずだ。

そこまで考えて、自分の思考が無意識に逃げていることに気づく。

見たくない物から目を逸らすように。

「……もしかして、俺がやったのか？」

何が、どうして、そうなったのか。

過程は分からない。

だが、原因は魔力、結果は水の塊。

そう考えることはできないだろうか。

もしもそうならば、記念すべき初めての魔法ということになるが、喜びも嬉しさもない。

むしろ――――。

「…………最悪だ。ていうか、神様関係ないじゃねーか」

祈りもへったくれもない。

ただ想像したら、それが叶ってしまった。

そんな夢のような話だが、夢は夢でもこれは悪夢の類だろう。

それなりに集中して、具体的にイメージしなければ発現しないのだとしても、考えたことがそのまま叶うというのはもはやホラーだ。

何かが燃えたり、壊れたりすることを想像したら、それが起きてしまう。

そんなのはもう人ではない。

歩く災害のようなものだ。

(もしかして、これって物凄くまずい状況じゃないか……)

まだ本当に自分がやったのか確認できない。

だが、もしもこれが予想の通りならば相当にまずい。

試しに同じことを再現できるか試したいが、今は魔力が足りていない。

今無理をすれば確実に倒れるだろう。

「どうすんだよ、これ……」

その場に蹲《うずくま》り、俺は頭を抱えるのだった。

◇　◇　◇

結論から言おう。

クロだった。真っ黒だった。

はい、犯人は俺でした。

次の日に試してみたら、それなりに集中力と具体的なイメージが必要とはいえ、簡単に再現できてしまった。

祈りも詠唱も必要ない。

あの時は控えめに言っても絶望したね。

このままではまずい、と本気で悩んだ。

だが、俺は一つの解決策を思いついていた。

初めて魔法を使ってしまった日。

残りの魔力が少ないので、魔力を放出する訓練を続けることができなかった。

まあ、訓練する気にもなれなかったが。

なので、その時に考えたのだ。

もし本当に想像するだけで魔法が発現してしまうのなら、どうすればいいのか。

答えは簡単。

自分自身に制約をつけてやればいい。

所謂〝条件付け〟だ。

答えは簡単だったが、実際にそれを行えるようになるのには苦労している。

特定の〝魔法名《キーワード》〟を言わないと魔法が発現しないようにし、逆を言えば〝魔法名〟さえ言えば無意識にでも魔法を発現するようにする。

いや、無意識に魔法が発現するのはまずいが、要は一定の条件の時にだけ発現するようにしてやればいい。

それを叶えるためにはどうすればいいのか。

これも単純明快。ただひたすらに繰り返す。

反復練習だ。

「〝水飛沫《ウォータースプラッシュ》〟！」

右手を前に突き出し魔法名を声に出すと、その瞬間に手のひらからバシャーッと水飛沫が勢いよく噴き出す。

身体中の魔力の動きに高揚感が高まり、キィ――……ンという澄んだ音も耳に心地好い。

声に出す魔法名は意識して大きく、はっきりと。

初めて魔法を発現させてから二週間、こんなことをひたすら繰り返していた。

「ふぅ――……。とりあえず、こんなもんか」

朝からリッシュ村の近くの森に籠もり、魔法の練習をしていた。

すでに太陽は高く、そろそろ昼になる頃だろう。

切り倒された丸太に腰かけ、置いていた包みを取る。

この丸太は随分長く放置されていたようで、所々に虫食いの穴が空いている。

長さは五メートルほどあり、直径は五十センチメートル以上。

今のミカにはかなり大きく見える。

地面に近い部分には苔が生えているが、全体は然程傷んではおらず、しっかりしている。


包みを膝の上で広げると、中に入っているのは硬いパンと果物。

家から持って来た昼食だ。

冷蔵庫のないこの世界では、昼食に作り置きのスープなどは用意されていない。

これはミカ少年と入れ替わる前からだ。

特に本格的に夏になった今の季節、衛生という概念の薄いこの世界でそんな物を口にすればどうなるか。

確実に食中毒を起こすし、あっと言う間に蔓延して村全滅という流れが目に浮かぶ。

まあ、実際に全滅まではいかなくても、相当に恐ろしい未来予想図しか思い浮かばない。

ミカが「〝水球《ウォーターボール》〟」と呟くと、自分の前に現れたバスケットボール大の水の塊の中で手を洗う。

〝水球〟を適当に横に飛ばし、軽く手を振って水気を払うと、パンを手に取りかぶりつく。

以前に頬張りすぎてまともに咀嚼できないことがあったが、さすがに毎日食べていれば加減を憶える。

適当な量を口に入れて飲み込むと、再び「〝水球〟」と呟く。

今度は目の前に小さな水の塊が現れ、それをかぶりつくように口に入れる。

昔、ある宇宙飛行士が浮いている水の玉をこうして飲むパフォーマンスをしていたのを見たことがあった。

それを真似して、水袋などなくても水分補給できるようにしたのだ。

もっとも、魔法で作り出した水を口に入れる時は、かなりの勇気がいった。

最初に盛大に全身で浴びてしまったが、飲んでも大丈夫な物なのかは慎重に試すことにした。

口に含んだだけですぐに吐き出したり、ごく少量だけを飲み込んでみたり。

そうして数日かけて無害であることを確認して、今は何の躊躇《ためら》いもなく飲めるようになっていた。

むしろこの水に味が付けられないか、炭酸飲料にならないかなどの要求が増えている。

まあ、成功はしていないが。


昼食を食べ終わり、一息つく。

木漏れ日がきらきらと零れる森の中は静かで涼しい。

森の中といっても、入って二十～三十メートルくらいの所だ。

そもそも人口密度の極端に低いリッシュ村なので、家の近くで魔法の練習をしても、そうそう見られることはない。

それでも毎日やっていれば誰かの目に留まるだろうし、それなりに大きな声を出しているなら猶更だ。

なので森で練習をするようになったのだが――。

「全っ然、言うことを聞かないよな、俺」

思わず苦笑する。

森に入るなと言われているのに平気で破っている。

森に入るには村を囲む柵を越えなければならないが、所々に柵の壊れた箇所がある。

それほど大きく壊れているわけではないが、子供のこの身体なら労せずにくぐり抜けることができた。

自分なりに理由があってのことではあるが、それでも隠れて破っているのだから、バレたらまた叱られそうだ。

これで「家族にはなるべく心配させたくない」とか言っているのだから、他人《ひと》が聞けばどの口が言うかという感じだ。

自分でも分かっているのだが、そこは「必要にかられて」と自分に言い訳をしている。

自分の中の魔力に気づいてからは、魔力の操作に夢中になり、魔法が使えるようになってからは、魔法に夢中になっている。

切り替えが下手なことは自覚しているが、今はもう寝ても覚めても魔法のことばかりだ。

このとんでもない力を使いこなすことに、完全に虜になってしまった。

「よし。次いくか」

腹も満たされ、さっそく次の練習に移る。

丸太から飛び降りると、少しだけ森の奥に入る。

五メートルほど離れた場所にある岩に向かって〝水飛沫〟を盛大にぶちまける。

そして、岩の周りの木に向かって同様に〝水飛沫〟をぶちまけていく。
下準備が終わったところで気合を入れ、右手を岩に向けた。
「〝火球《ファイアボール》〟！」
そう口にすると同時に、右手からテニスボールほどの真っ赤な火の玉が飛び出す。
その火の玉は岩に当たると瞬時に破裂して消える。
周りに火の玉の欠片が飛び散るが、先程撒いた水のおかげで燃え広がることはない。
できればこんな森の中でやりたくはないのだが、誰かに見られたくないので仕方ない。
せめて森林火災になることがないよう、下準備と後始末の消火は念入りに行っている。
更に数回〝火球〟を撃ち込み、次の魔法の練習に移る。
「〝火炎息《ファイアブレス》〟！」
今度は岩に向かって炎を放射する。
ドラゴンの吐くブレスをイメージしたのでこの魔法名にした。
炎は岩の表面を舐めるだけで、岩を溶かすような火力はない。
しばらくそうして炎を出し続けるが、火力が上がる様子はない。
一応、火力が上がるようにイメージしているのだが、目に見える効果はなかった。
〝火炎息〟を一旦止めて、後始末に入る。
再び〝水飛沫〟を周囲に盛大にまき散らして消火を行う。
まあ、初めから目に見えるような延焼はどこにもないのだが、念のためだ。
「なーんで火力が上がらないいんだろうなぁ。イメージはしてるつもりなんだけど」

もっと具体的なイメージが必要なのだろうか。
しかし、火力の具体的なイメージって何だ。
先程の丸太まで戻り、少し考えを整理してみる。

まず、この二週間〝条件付け〟を第一に考えて練習してきた。
そこで考えたのが、この魔法名という仕組みだ。
魔法名と効果が、イメージ的に一致しやすい組み合わせをいくつか考えた。
そして、魔法を発現する時は必ずはっきりと魔法名を口にし、それを繰り返す。
まずは〝水球〟。
最初に偶然発現してしまったやつだ。
こいつの練習をずっとしていたが、最近ふと思いついたのだ。
もしかしたら、すでに他の魔法も使えるのではないか、と。
大事なのはイメージ。
イメージさえしっかりできれば、きっと〝水球〟以外もできるはず。
そこで次に試そうとしたのが〝火球〟だ。
ただ、そこで問題になったのが練習している場所だ。
森の中、其処彼処《そこかしこ》に可燃物がある。
生木は燃えにくいと言うが、燃えないわけじゃない。
実際、アマゾンなどの森林火災は世界的な問題になっていた。

森の中で火遊びをするなど、愚か者のすることだ。

だが、森以外に人に見られず練習する場所もない。

そこで考えたのが、水撒きという下準備と後始末。

万が一にも森林火災になることがないよう、万全を期すために。

その下準備と後始末のために考えたのが、〝水飛沫〟だ。

最初〝水球〟で周囲に水を撒いていたのだが、狭い範囲ならともかく広範囲となると大変だった。

盛大に周りに水を撒けないかと考え、即興でやってみたら思いの外うまくいった。

こうして準備が整い、〝火球〟を試し、次いで〝火炎息〟へと発展していった。

だが、この〝火球〟と〝火炎息〟。

見た目は満点なのだが、火力についてはいまいちだった。

対人でなら十分だろうが、イメージ的にはもっとこう『岩をも溶かす』みたいな感じだったのだが。

ドラゴンのブレスって、そんなイメージするし。

「まあ、この短期間にこれだけできれば上出来か」

ほんの二週間前までは「魔法が使いたい」とぶつくさ言っていたのだ。

それが今では四種類の魔法を使っている。

しかも、他にもやってみたいアイディアがいくつもある。

〝条件付け〟のこともあるので、一つひとつをしっかりと身につけてから進めるべきではあるが、いろいろ試したくてうずうずしている。

「火力アップについてはまた明日だな」

今日の練習はここまでにしようと、先程〝火球〟の的にしていた岩に近づく。

周囲も含めよく確認し、もう一度〝水飛沫〟を浴びせる。

更に周りの木に、上にも下にも〝水飛沫〟をぶちまける。

消防車による放水をイメージして周囲に水を撒きまくる。

魔力不足で気持ち悪くなる前の、ギリギリまで余分な魔力を出し尽くす。

そうして自分の中の魔力量を少なくし、魔法の練習を終える。

「〝制限《リミッターオン》〟」

そう呟き、気持ちを切り替える。

身体の中の魔力の動きが弱まると同時に、高揚感が鎮まり、キィー……ンという澄んだ音も聞こえなくなる。

実際はそんな簡単に切り替えられるものではないのだが、これも〝条件付け〟として行っている一つだ。

魔法を使わない時は〝制限〟。

そして、魔法の練習をする時は〝制限解除《リミッターオフ》〟。

魔法の暴発を防ぐための〝条件付け〟として、これも二週間前からやっている。

〝制限〟を口にしたら、それ以降は自分の中の魔力が動かないように気をつける。

意識的に魔力を押さえつけ、動かないようにするのだ。

まあ、それでも自信がないので練習の終わりには魔力をギリギリまで減らしておくのだが。

家族を巻き込むような魔法の暴発だけは、絶対に避けなければならない。

あまり言いつけを守らない俺だが、それだけは『絶対』だと固く心に誓っている。

そのために取り入れた〝条件付け〟が、魔力を動かさない〝制限〟というわけだ。

ついこの間までは必死に魔力を動かす練習、魔力を放出する練習をしていたのに、今度はその真逆のことをやっている。

〝制限〟中は、魔力を動かさず、漏れ出ることもないように常に意識する。

魔力に気づく前は当たり前のことだったのに、今ではそれが結構疲れる。

気が休まる時がない、というのは贅沢な悩みか。

力を手に入れた者、手に入れようとする者は、相応の責任を負うものだ。

〝条件付け〟には他にも構想があるのだが、まずは〝魔法名〟と〝制限〟。

この二つを確実なものにし、更なる発展はそれからだ。

「さて、帰るか」

木から滴り落ちる水に、夕立にでもあったのかと言わんばかりにびしょ濡れになったが、そのまま森を後にする。

タオルを持ってくれれば清拭をこれで済ませられるかな、などと考えながら帰途に就くのだった。

第10話　熱エネルギーと癒しの魔法

「熱《あっ》っっっ！！！！」

森の中にミカの叫びが響く。

ミカは後ろに倒れるようにのけ反り、そのままごろごろと転げ回る。

あーっ！　くぅーっ！　と呻きながら、右手首を左手で掴みじたばたと暴れる。

少しの間そうして転げ回ったが、落ち着いても起き上がる気力が湧いてこない。

「あ——っくそっ、もう少し考えろよ俺っ！」

自分に向かって悪態をつくのだった。


火魔法の火力アップを試行錯誤して今日で二日目。

岩が溶けるところを思い描いたり、温度によって炎の色が変わるイメージを思い浮かべたりといろいろ試したが、結果は芳しくない。

そこで行き着いたのが、「そもそも熱とはなんぞや？」ということだ。

燃焼という化学反応でお馴染みだが、熱とはエネルギーの一形態である。

より正確には、エネルギー移動の形態だったか。

物理学やら熱力学やらで、学生の頃に習ったのはもはや遠い思い出。

記憶の彼方である。

そんな朧げな記憶を引っ張り出し、〝熱〟というものについて考える。

仕事や内部エネルギー、状態方程式など「そんなの習ったなあ」と懐かしい気持ちになる反面、試験前に苦労させられた苦い記憶も甦る。

憶えている限りの公式などを地面に書き出してみるが、それを眺めてもあまり役に立つとは思えなかった。

今必要なのは机上での数字ではなく、目の前の〝火球《ファイアボール》〟の状態をどうやって変化させるかだ。

そもそも熱とは何か。

原子や分子の振動や回転じゃなかったか？

温度が上がるのは振動が激しくなるためで、温度が下がるのは振動が収まっていくから。

電子レンジの加熱の仕組みは、水の分子を電磁波を照射することで振動させる、というのは割と誰でも知っていることだろう。

あくまで理屈だけは、であるが。

この『振動が激しく』というのが、動きが早くなることなのか、振れ幅が大きくなるのか、回転が早くなることなのか、あるいはこれらすべてなのかは分からない。

ミカは科学者でも研究者でもないので、何かで読んだり聞いたりした、あやふやな知識しか持ち合わせていないからだ。

単純に〝火球〟に「高温になれ」と思うだけでは変化しないことは散々試して分かったため、ダメ元でアプローチを変えてみることにした。


「原子の振動に激しくなれってのも、随分と抽象的ではあるけど……」

具体的なイメージのしようがない。

原子を、そしてそれが振動しているところを見たことがないのだから。

すべての物質は原子で構成され、その原子さえ突き詰めていけばクオークやヒッグス粒子などで構成されるというが、そんなのを聞いたところで「ふーん」以外の感想などなかった。

だが、他に思いつくこともないので、とりあえずは試してみることにする。

「〝火球〟！」

右手の手のひらを上に向け〝火球〟を作り出す。

ゴルフボールサイズの〝火球〟は、右手の十センチメートルくらい上に浮いている。

メラメラと燃えているが、さほど熱いわけじゃない。

だが、すでに季節は夏となり、そんな中で〝火球《こんなもの》〟が目の前にあれば、熱くはないが暑苦しい。

汗がじわりと浮かぶのを感じ、さっさと試してみることにした。

（原子の振動って言ってもな……。まあ、やるだけやってみるか）

目の前の炎の塊をじっと見つめ、振動が激しくなり、徐々に温度が上がっていくところを想像する。

すると、僅かだが変化が見られた。

炎の上がり方が少し大きくなり、燃え方が強くなったのだ。

「ぉお？　もしかして効果あり？」

気のせいか？

いや、確かに炎は大きくなったように見える。

ミカは目を閉じ、真剣に集中して更にイメージを強める。

振動がより激しくなり、炎の温度が上昇するところを。

すると、すぐに変化が起きた。

目を閉じ、またあまりにも急激に変化したので気づくのが遅れたが、〝火球〟の温度が数倍に跳ね上がったのだ。

ミカの右手の、ほんの十センチメートルほど上で。


「あっちー……。あー……やばい。まじで火傷したな……」

右手を見ると全体的に赤くなり、大きな水膨れができている。

「〝水球《ウォーターボール》〟！」

左手でバスケットボールほどの〝水球〟を作り出し、その中に手を突っ込む。

が、まったく冷えない。

常温の水だった。

「どうにかして冷やさないとまずいな」

冷凍庫など存在しないこの世界で、どうやって氷を手に入れるか？

そういえば、川の水も冷たいと言えば冷たい。

そっちの方が現実的か、と考えたところで思いつく。

「熱エネルギーの操作……」

右手を突っ込んだ目の前の〝水球〟を見る。

温度を上げることができたのなら、下げることもできるのでは？

「……………………、やってみるか」

眉間に皺《しわ》を寄せ、一瞬だけ躊躇《ためら》うがとりあえずやってみることにする。

右手を引き抜き、目の前の水の塊をじっと見つめ、原子の振動が止まるところを想像する。

実際には完全に止まることはないらしいが、あくまでイメージだ。

右手がじんじん痛むが気にしないようにして、意識を集中する。

振動の動きに急ブレーキをかけるように念じ、氷の塊を想像すると、水の塊が徐々に氷の塊に変わっていく。

目に見えて凍りついていく様子に、呆気にとられる。

「おお……。おおおお？　まじか」

思わず呟くと集中力が切れたのか、宙に浮いていた氷の塊はそのまま地面に落ちる。

どすん、という重そうな音が完全に凍っていることを証明する。

地面に落ちた氷の塊に触れようとして、手が止まる。

「水が凍っただけだよな……？」

水が凍っただけなら何の問題もない。

だが、もしもこれがドライアイスのような物だったら？

目の前で水が凍っていくのを見たのだから、まず間違いないとは思う。

だが、もしもこれが水が凍った物ではなく、仮に水素と酸素が固体化した物だったら？

火傷を冷やそうとして、もっと悲惨な状況になりかねない。

「いやいやいや、どう見たってただの氷だろ。固体化した水素や酸素だったら、ばんばん気化して湯気が出てるだろうに。馬鹿馬鹿しい」

そう言いつつびくびくしながら氷から離れ、〝水飛沫《ウォーター・スプラッシュ》〟を氷の塊にかける。

目に見えて何かが気化しているような様子はない。

指先でつんつんと突《つつ》くが、指が張り付いたりもしない。

どうやら、本当にただの氷のようだ。

痛い目にあったせいか、つい慎重になり過ぎてしまった。

願わくば、その慎重さを痛い目に遭う前に発揮してほしかったが。

しゃがんで右手をそっと氷に乗せると、熱を持った手が急速に冷やされていくのが分かる。

「あぁ――……、冷めてぇ――……」

はぁー……と溜息をつき、自分の愚かさを呪う。

熱エネルギーの操作という新たな領域が開けたのはいいが、自分の行動があまりにも馬鹿すぎる。

「ちょっと考えれば分かるだろうに……」

あんな近くで温度が上がればどうなるか、子供でも分かる。

あまりにも考えなしの行動に、自分で情けなくなる。

「……俺って、こんなに馬鹿だったか？」

実際に痛い目に遭うまで分からない。

しかも、この世界に来てからそんなことばかり繰り返しているような気がする。

熱中症で死にかけたのはともかく、この前は魔力不足でぶっ倒れ、今度は火傷だ。

もう少し慎重になるべきじゃないだろうか。


何と言うか、自分の行動に少し違和感を覚える。

これまでの自己評価は、どちらかと言えば「保守的で慎重派」だ。

あまり変化を望まず、山あり谷ありの人生よりは、平坦で穏やかな人生を望む。

もちろん便利になる、自分にメリットのある変化は受け入れるが、その受け入れまでにも時間をかける。

本当にそれは自分のメリットになるのか、と。

そうした生き方をしてきた自分と、ここ最近の自分の行動に乖離《かいり》がある気がする。

この世界に来てからの行動は、今までの自分の基準で見れば『はっちゃけ過ぎ』だ。

「この世界に来て馬鹿になったか？」

いきなりこんな世界に放り出されたのだから、自分の中で何か変化が起きるのは不思議なことではない。

性格とは、経験によって形成される。

こんな突拍子もない経験が、人に何の影響も与えないということは考えられない。

だが、それにしても変化が大きすぎる。

そうなると、思い当たるものは一つしかない。

「……ミカ・ノイスハイムの記憶か」

経験が蓄積されるのはどこか。

記憶として、脳に蓄積されるに決まってる。

そのミカ・ノイスハイムの記憶を持っている俺が、何の影響も受けないわけがない。

今の俺の主体となっているのは久橋律だが、ミカ・ノイスハイムと混ざりあい、すでに明確な線引きなど不可能になっていると考えるのが自然だ。

ここにいるのは久橋律でも元のミカ少年でもない、第三の存在としてのミカ・ノイスハイム。

「あー……冷めて」

氷から手を離し、水膨れをふにふにと触る。

広範囲に、がっつりと水膨れができてしまった。

火傷は表面だけの問題ではなく、内部にまで浸透している。

冷たいからといって、すぐに冷やすのをやめるのは良くない。

再びぺたんと氷に手を置く。

「どうすっかなあ……」

何とはなしに呟く。

すでに自分の知る久橋律はいない。

その事実に、一抹の寂しさを覚える。

「まあ、しょうがないよな。俺は、俺だし」

もはやどうにもならない。

ならば受け入れるしかないだろう。

「それならせめて、反省して今後の教訓にすべきか」

すでに久橋律はいない。

そして、ここにいるミカ・ノイスハイムはどうやら結構無茶な性格な気がする。

自己覚知。己を自覚し、知るというのはとても大事だ。

それが分かったのなら、後は意識して慎重に事に当たればいい。


水膨れをふにふにと触り、また氷に戻す。

「こいつをどうするかだなあ」

もちろん火傷についてだ。

火傷自体やっかいだが、できた場所が最悪と言える。

利き手。しかも手のひらだ。

怪我を治したいなら動かさないのが一番だが、利き手の手のひらとなるとそうもいかない。

何より衛生状態が非常に良くない。

火傷は自然に治るかもしれないが、それまで清潔な状態を保つというのが至難だ。

というか不可能だ。

化膿や感染症は既定路線。そうなるのは確定してると言っていい。

となると、ここで採り得る選択肢は多くない。

というか、一つしかない。

「やっぱラディか――……」

がっくりと項垂れる。

あの〝笑う聖母《ラフィンマリア》〟ならすぐに治してくれると思う。

だが、きっと聞かれるだろう。

なぜこんな火傷をしたのか、と。

本当のことを話すべきだろうか？

それとも誤魔化すべきだろうか？

どちらを選んでも叱られるのは分かっている。

魔法のことを話せば、禁止されるのは確実だろう。

どちらを選ぶか、なかなか決められず頭を抱える。

「【癒し】は欲しいけど、魔法禁止はきついなあ……」

だが、ラディに嘘をつきたくない。

アマーリアやロレッタもそうだが、この村にはミカのことを真剣に想ってくれる人が多すぎる。

あんなに真っ直ぐ愛情を向けられては、ちょっとした嘘でも罪悪感が半端ない。

ただでさえ、ミカ・ノイスハイムに成り代わっているという負い目があるのだから。

でも、【癒し】は欲しい。

だがしかし、魔法禁止は嫌だ。

そうした葛藤の中で、ふと悪魔の囁きが聞こえる。

そう、悪魔のような解決方法。

(待て待て、待てってて。それはない。それはあかんて)

ふと浮かんだその考えを即座に否定する。

だが、しばらく頭を抱えて考えても、それ以外の方法が思い浮かばない。

(馬鹿か俺は。慎重になるって決めたばかりじゃないか)

頭では、即座に否定する。

それでも、心が悪魔の囁きに惹かれているのが自分でも分かった。

左手で頭を掻きむしり、その考えを追い出そうとする。

だが、すぐにまたその考えに魅入られる。

「あーっ、くそっ！　本当にバカタレか、俺はっ！」

自制心が足りな過ぎるのを自覚しながら、それでも自分を止められない。

「……やってやるよ、くそったれが」

腹を決め、自分に対してまた悪態をつく。

だが、いくら何でもぶっつけ本番はさすがに避けたい。

最低限の慎重さだけは働き、まずは実験から試すことにした。


自然治癒力。

ごく単純に言えば、病気や怪我を自分で治す機能のことだ。

病原菌が体内に入れば白血球が攻撃したり、怪我をすれば欠損したり壊れた細胞を排除して、正常な細胞で修復する。

もちろん万能ではないが、ある程度は薬も治療も必要なく自分で治してしまう。

魔力を使って、この能力を引き上げることはできないだろうか。

おそらくだが、【癒し】なんてものがあるのだから、可能だとは思う。

問題は、それが俺に可能なのか？　という一点だけだ。

足元の雑草を幹の部分で引き千切る。

そして、分断された部分が触れるか触れないかという所まで近づけて魔力を送る。

細胞の活性化。

壊れた細胞を排除し、平常な細胞に分裂を促し、分断された部分を修復するイメージを強く持つ。

植物の構造的に、水が通る管のような部分があったりするが、そのあたりは植物のＤＮＡに任せよう。

俺はただ細胞分裂を促し、分断された部分が再び繋がることをイメージするだけだ。

一気に魔力を送って、あまり活性化させ過ぎると何が起きるか分からない。

少しずつ魔力を送って、ゆっくりと修復させる。

そうして二～三分くらいかけてゆっくり魔力を送っていると、分断されていた部分が繋がっているように見えた。

手を放してみるが、千切れていた部分から折れることも落ちることもない。

軽く引っ張るが千切れることもない。

「………ちゃんと繋がってるのか？」

見た目からは分からない。

繋がっているように見えて、内部的には滅茶苦茶で明日には枯れているかもしれない。

だが、一応は繋がった。

繋がってしまった。

「やれなくは、ない……かもしれない」

こんな草一本を実験してみただけで、自分の身体を使って人体実験するなんて正気の沙汰じゃない。

だが、治癒魔法の獲得という魅力に抗えなくなってしまった。

なまじ実験が成功したことで猶更だ。

「……蝿男の博士もこんな気分だったのかね？」

とある有名な映画を思い出す。

物質転送の実験をしていて、その実験に自らの身を投じてしまった科学者の話だ。

本番を前に、失敗する未来しか想像ができなくなり苦い顔をする。

治癒魔法と言ってはいるが、実際には新陳代謝を促進しているに過ぎない。

通常ではありえないほどの早さで新陳代謝が進むことにより、結果として早く怪我が治る。

ただそれだけだ。

そういう意味では、手から火が出たり水が出る現象よりも、遥かに常識的ではないかと思う。

まあ、その促進される早さが非常識なのだが。

「よし、やるか」

映画の結末を頭から追い出し、自分のやるべきことに集中する。

「右手に魔力を集めて、火傷が治っていく過程をイメージするだけだ」

損傷した細胞を少しずつ排除し、分解。

それと同時に正常な細胞の分裂を促し、火傷を内側から修復する。

元々身体に備わっている機能だ。特別なことじゃない。

そう自分を納得させ、治癒を開始した。

水膨れした手を自分に向け、じっと見つめる。

魔力を集め、ゆっくりと修復されるイメージを保つ。

ゆっくりでいい、少しずつでいい。慌てるな。

そう自分に言い聞かせながら、右手に魔力を送り続ける。

青白い光が薄っすらと右手を包むが、以前にミカ少年が見た【神の奇跡】の【癒し】は、黄色い淡い光の粒がふわふわ漂う感じだったはずだ。

（青白い光は魔力そのものの色だよな。今やってるのは【癒し】とは別物ってことか？）

そうして五分ほどすると、少しだけ水膨れしていた皮膚に皺が寄ってきた。

一旦集中を切り、治癒を中断する。

水膨れに触ってみると、明らかに皮膚が余っている。

ぱんぱんに溜まっていた浸出液が減っているようだ。

「……治すのに必要な物質が吸収されたってとこか？」

他に何か変化はないか、じっくり観察を行う。

まだ火傷の痛みは続いている。

だが、目に見えてまずいことが起きたりはしていない。

数回深呼吸をして、再び右手の治癒に集中することにした。

そうして何度も中断し、確認しながら治癒を進めると一時間もかからずに痛みがなくなった。

浸出液はすっかり吸収されてしまったようで、今は手の皮が手首から指まですべて浮いている状態だ。

正直、この状態はとても気持ち悪い。

「この皮……、剝いてもいいよな？」

手のひらを指で押しても痛みはない。

治癒が完了したのなら、きっとこの皮の下に再生した新しい皮膚があるはずだ。

…………たぶん。

端の方を少しだけ破ってみる。

痛みもないし、他に気になるようなこともない。

すべての皮を取ると、すっかり元の状態に戻っていた。

手の形を残した皮を見ていると、まるで蛇の脱皮のようだ。

「は、はは……、まじかよ」

あまりにも凄すぎて、乾いた笑いが漏れる。

個人的には水や火を発現させたことよりも、この火傷が治せてしまったことの方が遥かに衝撃が大きい。

「本当にとんでもないぞ、この力」

自分でやっておいて何だが、改めて啞然とする。

「…………そういえば、あの映画でも異常が起きたのは時間が経ってからだったな」

そんな、余計なことを思い出すミカだった。

第11話　魔獣

火傷を負った日から数日が経った。

夕方というにはまだ少し早い時間、いつものように森で魔法の練習をした帰り道。

遠くにディーゴを見かけた。

ディーゴは綿花畑で働いていて、普段はあまり村の中にいない。

村にいる時も物見櫓に詰めていることが多く、見かけることが少ない。

たまに見かける時はほとんどが自警団の人たちと一緒で、剣や槍をみんなに教えている。

どうやら、ディーゴは戦うことについて、相当な経験と腕の持ち主らしい。

そのため、リッシュ村の自警団の団長を務めているらしかった。

そのディーゴが、自警団の人たちに何やら大声で指示を出している。

剣を教えている時も真剣な顔だが、今日は真剣というよりも気が立っている感じだ。

殺気だっている、と言えるかもしれない。

(どうしたんだ？　自警団の人たちも、あんなにばたばたしてるのは初めて見るな)

何事だろうと見ていると、遠くから鐘を鳴らす音が聞こえた。

カンカンカンカンカンと五回鳴らして数拍置くと、再びカンカンカンカンカンと五回鳴る。

何だ？　と思っていると、不意に頭に浮かんだことがある。

鐘の音に反応して、ミカ・ノイスハイムの記憶が浮上してきたのだ。

（鐘五回は集会場に避難、か。何があったんだろう？）

ミカ・ノイスハイムの記憶により、これまでにも集会場に避難した経験があることが分かる。

いずれも森にいる野犬や狼の群れがリッシュ村近くに現れた時だ。

ちなみに鐘の音三回は火事、四回は自宅待機だ。

鐘の音一回と二回は時報として使っている。

時報は村長の家にある鐘楼で、警鐘は鐘楼と物見櫓に設置された鐘で知らせる。

ミカは、すでに自宅のすぐ近くにいた。

だが、赤ん坊を抱いた村人が集会場の方へ向かうのを見て、ミカも集会場に行くことにした。


中央広場に着くと、すでに多くの村人が集会場に集まっているのが見える。

村長宅の前には自警団員と思われる男たちが集まり、何やら打ち合わせ中のようだった。

そうした自警団員のうち、何人かの集団が南門へ走って行く。

手には剣を持ったり、木を削った槍のような物を持つ男もいた。

（南門で何かあったのか）

ミカの中で何かが疼《うず》くのを感じる。

これは所謂、好奇心というやつだ。

最近のミカにとっては〝悪い病気〟といえるかもしれない。

気になり出すと、行動してみないと気が収まらないのだ。

（ちょっとだけ見て来ようかな）

そんな考えが浮かんだ瞬間――――。

「ミカ！」

ロレッタの声が聞こえた。

声の方へ振り向くと、ミカの歩いて来た道をロレッタが走って来るのが見える。

自宅に行っていたのかもしれない。

「もう、何してるのよこんな所で。ほら早く。行くわよ」

そう言ってミカの手を取ると、有無を言わさず集会場に走り出す。

小走りで集会場に着くと、入口にいる人に「ロレッタ・ノイスハイムとミカです」と声をかける。

「はい、ノイスハイムさんね。お母さんは？」

「後から来ます。先に、私とミカだけ」

簡単に確認を済ませると、集会場の奥に行くように指示される。

集会場の中にはすでに五十人ほどが避難しているようだ。

ミカと同じように手を繋がれた子供たちの姿や、赤ん坊を連れた母子もちらほら見える。

（アマーリアはまだ織物工場かな？　先にロレッタだけ派遣して、俺を確保しろと密命でも受けたか？）

心の中で「避難くらい一人でできるわ、失敬な」と文句を言うが、南門に行こうとしていたことはもちろんなかったことにする。

行動に移していないのだから、ないも同然だろう。

ロレッタがアマーリアより先に避難してきたのは、ミカを心配したアマーリアに指示されたからではあるが、それは密命でも何でもない。

まだ幼い子供を持つ家族なら、ごく当たり前の行動といえる。

集会場は学校の体育館よりは狭いが、それでも十分な広さがあり、二百人超の村人全員を収容してもまだ余裕がある。

正面の出入口以外にも建物の横には扉がついていて、その扉もいくつかある窓もすべて開け放っている。

だが、夏場のせいでかなり熱が籠もっていた。

ロレッタに手を引かれ奥に来たのはいいが、とにかく暑い。

室温は三十五度を超えていそうだ。

何があったかは知らないが、こんな所にずっといてはまた熱中症になりかねない。

「……暑い」

〝水飛沫《ウォータースプラッシュ》〟で頭から水をかぶりたい気分だが、今日はすでに魔法の練習を終えて魔力は空だ。

もっとも、魔力が残っていたとしてもそんなことはやらないが。

魔法が使えることをバレたくないし、みんなが避難してくる場所を水浸しにすれば怒られるのは分かりきっている。

不幸中の幸いと言うか、今のミカは服が湿っている。

森で後始末として〝水飛沫〟を撒き散らしたからではあるが、それもすでにびしょびしょと言うほどではない。

日本の湿度の高い夏と比べると、リッシュ村の夏は随分と過ごしやすい。

湿度が低いおかげで、直射日光さえ避ければ体感温度がまったく違う。

集会場に熱が籠もっているのは、さっきまでは誰も使っておらず、閉め切っていたからではないだろうか。

開けていればそのうち涼しくなると信じたい。

信じたいとは思うが、今暑いことに変わりはない。

一番近い扉に涼みに行こうとして、ロレッタに手を繋がれたままなのに気づいた。

ロレッタは不安そうな顔で出入口を見つめている。

「お姉ちゃん、手」

繋がれたままの手を持ち上げて振ると、ロレッタが摑んだままの手に気づく。

が、そのまま出入口の方に視線を戻してしまう。

「お姉ちゃん、手。放して」

「…………だめ」

「なんで!?」

拒否されるとは思っていなかったため、つい大きな声が出てしまう。

ロレッタは手を繋いだままミカの後ろに回り、背中から手を回されてしまう。

余計なことを言って、警戒レベルが上がったようだ。

「なんでこんなに濡れてるのよ」

「……水浴びしたから」

もう、と呆れた様子で口にするが放してはくれないようだ。

先程よりも身体がくっついて、余計に暑くなってしまった。

信用度が限りなくゼロに近い気がするが、それはきっと以前のミカ少年のせいだろう。

きっとそうに違いない。

街道で行き倒れたり、清拭で暴れたり、共寝を拒否したりしたがきっと俺のせいじゃない。

（最近は大人しくしてたんだけどなあ）

入れ替わってからしばらくはいろいろと戸惑い、心配も手間もかけたが最近は大人しくしている。

……表面上は。

だが、そんなことではこれまでの評価を覆すには至らなかったようだ。

はぁ……と溜息をつき、諦めてミカも出入口を眺める。

その時、ふと気づいた。

ロレッタの手が、身体が、微かに震えていることに。

上を見上げ、ロレッタの表情を窺うと、相変わらず不安そうな顔で出入口を見つめている。

（……怖い、のか？）

そうだ、怖いのだ。

何が起きているのか分からないが、村人に避難の指示が出て、母親であるアマーリアもいない。

幼い弟を守らなければならないと気丈に振る舞ってはいるが、ロレッタもまだ十三歳の少女なのだ。

怖いに決まっている。

すっと頭の芯が冷え、急速に思考が回り始める。

「……〝制限解除《リミッターオフ》〟」

誰にも聞こえないように、ぼそりと呟く。

(今は魔力もほとんど残ってないが、最悪ぶっ倒れてでも〝魔法〟をぶっ放す)

最優先は家族の安全。

これまでの経験では、集会場への避難指示は獣の群れに村が襲われた時に出ている。

最悪の状況として、この集会場にも獣の群れがやってくることを想定しておくべきだろう。

(でも、安易に〝魔法〟に頼るなよ。俺の迂闊な行動はロレッタたちに被害が及びかねない。これを使うのは、本当に被害を免れ得ないと判断した時だ)

ミカが何かしようとすれば、家族はそれを止めるだろう。

浅はかなミカの行動が、却《かえ》って家族を危険に晒すことになる。

(想定される敵の脅威度も村の戦力も分からないんじゃ、どっちみち俺にできることはないな。大人しくして、迷惑かけないのが最善か)

いざという時の覚悟だけはしておいて、それまでは見える範囲での情報収集に留める。

あれこれ聞いて回るのも迷惑がかかる。

今はじっとしているのが一番だろう。

開けられた扉の外に、木を削った槍やでかいフォークのような農具を手にした自警団員らしき男たちが見えた。

集会場の周りの歩哨だろうか。

（まだ襲撃は起きていないのか？　今まさに戦ってますって状況なら、扉も窓も封鎖してるよな）

周囲の様子から状況を予想する。


出入口の方が少し騒がしくなり、人の出入りが激しくなった。

数人の男たちが荷車を使って何かを運んで来たようだ。

村長らしき中年のおじさんが指示を出し、大人たちが何か荷物を運び込んでいるようだ。

（あの箱や水甕……。水と食料、医薬品ってとこか？）

出入口の人の動きを観察していると、その中にラディとキフロドを見つける。

避難していた村人たちも、ラディとキフロドの姿に気づいた人がいたようだ。

あっと言う間に、周りに人が集まっていた。

ラディたちは村人を誘導して、出入口から少し離れた所に集まる。

不安そうにする村人一人ひとりに声をかけ、何も心配などいらないと言わんばかりに優しく微笑む。

（〝笑う聖母《ラフィンマリア》〟の面目躍如ってとこだな。こういう時は、本当に宗教ってのは役に立つな）

人々の精神的支柱としての役割は大きい。

困難や脅威を前に、常に前を向き、歩みを止めずにいられる者は多くない。

それでも多くの人が混乱に陥ったり自棄を選んだりしないのは、自分一人だけではないという精神的な支えがあるからだ。

別に宗教に限定する必要はないが、この世界においては光神教の果たしている役割は本当に大きい。

お祈りを始めた一団を眺めていると、窓の外が夕焼けで赤く染まってきた。

集会場の中の温度も下がってきて、開けられていた扉や窓を閉め始める。

窓は格子ガラスなので、外側に板をかけるようだ。

何かあった時、割れないようにするための工夫だろう。

壁にかけられたランプが灯され、持ち運ぶタイプのランプもいくつか置かれる。

それでも、窓を閉められるとすっかり薄暗くなってしまった。

程なくして、二十人ほどが出入口から入って来るのが見えた。

その中にはアマーリアの姿もあり、おそらく他の人たちも織物工場の従業員なのだろう。

アマーリアが、集会場全体をぐるっと見渡す。

「お母さん！」

手を上げ、ロレッタがアマーリアを呼んだ。

すぐにアマーリアも気づいたようで、ほっとした様子でこちらに歩いてきた。

「二人とも無事で良かったわ。ミカはすぐに見つかった？」

「うん。家も板をかけておいたから」

「そう、ありがとう」

アマーリアは微笑み、ロレッタの頭を撫でる。

どうやら、密命は本当にあったらしい。

ロレッタは織物工場から一度自宅に戻り、窓に板をかけ、それからミカを捜しに集会場に向かったようだ。

ミカが自宅にいればそれでよし、もしいなければ集会場で合流。

もしも集会場にもいなければ、村中を捜すことになったのだろう。

素直に集会場に向かっておいて良かったとホッとした。

「何で『避難』が出たのか、お母さん聞いた？」

ロレッタが尋ねる。

アマーリアは少し表情を曇らせ、一歩近づく。

「……詳しくはお母さんも分からないのだけど。森から魔獣が来そうって」

「魔獣？」

声を潜め、周りに聞かれないようにしてロレッタに伝える。

（魔獣って何だ？　ミカ・ノイスハイムの記憶にも引っかからないぞ）

初めて聞く単語に興味が湧く。

ミカは黙って頭の上で交わされる会話に、聞き耳を立てた。

「前に出たのは、もう十年くらい前よ。あの頃はまだロレッタも小さかったから、憶えてないかもしれないわね」

「……うん」

どうやら、魔獣というのは滅多に出ないらしい。

ミカが生まれてからは初めてということになる。

それならば、ミカ・ノイスハイムの記憶に引っかからなくても不思議はない。

ロレッタも一度は経験しているが、憶えがないらしい。

まだ小さい頃のことなので、そもそも理解していなかったのかもしれない。

たとえその時は理解していても、その後はずっと獣の襲撃で避難することばかりだったのだから、あの時も同じだったと記憶が変化した可能性もある。

（しかし、森に魔獣か……。もしかして俺、結構やばかった？）

今日もいつも通りに、森で魔法の練習に勤しんでいたところだ。

ばったり出くわしていた可能性も決して低くはなかったろう。

一言で森と言っても相当な広さがあるので運良く遭遇《エンカウント》しないで済んだが、これは森での練習は考え直すべきか。

（運に任せてもロクなことにならないからな。今回は命拾いしたと考える方がいいだろう）

いくら魔法が使えたところで通用するとは限らないし、練習後で魔力のない状態ではその辺の子供と何ら変わりはない。

実戦の経験などないのだから、甘い考えは捨てるのが賢明だ。

そう改めて考えると、自分のこれまでの行動の危険さをしみじみと実感した。

ミカが自らの行動の危うさに肝を冷やしている時、出入口の周りがバタバタと慌ただしくなった。

出入口の扉を閉めてテーブルで塞ぎ、避難した村人に集会場の中心に集まるように指示が出される。

一カ所に集まると、みんながそこに座り込んで口々に不安を零す。

中には泣きそうになっている子供もいた。

教会で一緒に魔力を試したマリローラは、目をギュッと閉じて母親らしき人にしがみついている。

(状況がまったく分からないのは困ったな)

今のミカは守られる対象なので、情報共有されないのも仕方ない。

終わった後、結果だけが知らされるだろう。

そうして五分過ぎ、十分が過ぎるが何も起こらない。

(ネットがあれば情報収集できるんだが)

災害の時などは、いつもそうして情報収集をしていた。

地震や台風、川の増水など、その時必要な情報は大抵苦もなく集めることができた。

もっとも、実際に被災した経験はないので、当事者の本当の大変さなどは分からないのだが。

そうして三十分が過ぎ、一時間が過ぎた頃、何かが聞こえてきた。

ヒッと息を呑む音が聞こえ、ミカを後ろから抱きしめているロレッタも、ビクッと身体を強張らせるのを感じた。

アマーリアがロレッタに寄り添い肩を抱く。

(……何かの咆哮？　遠吠えって感じじゃなかった。熊か何かの咆哮っぽい気がするな)

それなりに距離があるのだろう。

そこまで大きな咆哮ではなかったが、避難した村人たちを怯えさせるには十分な効果があった。

何人かの子供は泣き出し、大人たちの中には一心不乱に神に祈り始める人がいた。

ラディとキフロドはそうした人たちを慰め、励ましていく。

その時、不意にミカは知らない女性と目が合った。

その女性は赤ん坊を抱き、ミカをじっと見つめた後、すぐにまた赤ん坊をあやし始める。

それからしばらくして、外から男たちの怒号が微かに聞こえるようになった。

魔獣の咆哮も、先程よりも大きく聞こえる。

どうやら、こちらに近づいているらしい。

（本当に、最悪が現実味を帯びてきたな）

下腹が疼き、胸がざわつく。

恐怖心が湧いてくるが、怯えている場合じゃない。

自分自身を奮い立たせ、覚悟を心の中心に置く。

いざという時にブレないよう、揺らがぬように自分に言い聞かせる。

（……魔力は搾り出しても〝火球《ファイアボール》〟一発分ってとこか。精々、熱いのをお見舞いしてやる）

腹を決め、自分の中の魔力を確認する。

ほとんど回復していないので、魔法を使えば確実にその後ぶっ倒れる。

だが、後のことなど知ったことではない。

ロレッタの手を解き、腕の中から抜け出す。

「ミカ、だめよ」

「ここにいるよ。ずっと座ってたからお尻が痛くなっちゃって」

間の抜けた理由を口にし、その場で立ち上がる。

(抱えられたままじゃ、いざって時に動けないからな)

ずっと座っていて強張った身体を軽く解す。

外の音に耳を澄ませ、状況を予想する。

(音はまだ少し遠い。広場にもまだ来てないか？　……だが、確実に近づいてる)

咆哮も怒号も大きくなってきている。

怒号も最初は何を言っているのか分からなかったが、今は気合の叫び以外にも「下がれ！」とか「塞げ！」といった指示をしているのが判別できる。

すでに周りの子供たちはほとんどが泣いていて、親が懸命に宥めている。

(まあ、泣きたい気持ちも分かるな。俺だって泣きたいし逃げたいよ。割と本気で)

明らかな危険から逃げたくなるのは、子供も大人も関係ないだろう。

そして、その危険が一歩また一歩と近づいている。

グゥウオオオオ――――――ッ！

先程までとは違う、はっきりとした咆哮が聞こえてきた。

確実に「近い」と分かる声量だ。

「ミカッ！」

アマーリアが腕を引っ張り、覆い被さるように抱きしめる。

(ちょ、待って!　動けないってこれじゃ!?)

何とか顔だけは咆哮の聞こえた方向、正面の出入口に向ける。

すると、何かが壊れる音に続き、ドガンッと出入口の扉にぶつかる。

「「キャアァ―――――ッ!!!」」

一斉に悲鳴が上がり、中央に集まっていた村人たちは集会場の一番奥に後退《あとずさ》る。

「大丈夫かっ!?」

「そっちに行かせるな!」

「塞げ塞げっ!　三班っ!　前に出るぞっ!」

「ウォォオオオッ!」

「誰かヤスケリを下げろ!　巻き込んじまうぞ!」

自警団員たちの声がはっきりと聞こえる。

扉一枚隔てた向こうで、自警団員たちが命懸けで魔獣と戦っていた。

魔獣の咆哮と自警団員の怒号は集会場の正面から横に移っていき、時折何かが壁にドンッと当たると、その度に其処彼処《そこかしこ》から悲鳴が上がる。

一際強く何かがぶつかると、衝撃で窓のガラスが割れて飛び散った。

どれだけ激しく戦っているのか。

魔獣とはどれほど強いのか。

その戦いを音でしか知ることのできないミカは、それでも恐怖に身体が震える。

ミカやロレッタを守ろうと、必死に覆い被さるアマーリアも震えている。

目をギュッと閉じ、ミカの肩を掴む手は痛いほどに力が入り、強張っていた。

（ビビってる場合か！　家族を守るんだろうが！）

必死に己を奮い立たせ、自分の中の魔力を集める。

魔力量が少ないため思うように集まらないが、問題はおそらく魔力量だけではないだろう。

恐怖心が邪魔をして、いつものように集中できない。

それでも必死に魔力をかき集め、いつでも発現できるように準備を整える。

（こんな〝火球《の》〟一つじゃ倒せないかもしれないが、目を焼けば逃げるチャンスくらいは掴めるだろう？　そのまま脳みそも灰にしてやる！）

震える身体を、無理矢理に押さえ込む。

まだ見ぬ魔獣の姿を想像し、戦いの音を必死に探って魔獣の位置を予想する。

すると、再び大きな衝撃で窓ガラスが割れ、窓にかけられた板が吹き飛ばされた。

その窓枠に現れた手は真っ黒な毛に覆われ、熊のような魔獣がその顔を覗かせる。

魔獣は目が四つあり、そのすべての目が真っ赤に爛々と輝いていた。

「「ウワァ――――――ッ！」」

「「キャ――――――――ッ！」」

グゥウオオォォオオオオ――――――――――――ッッッ！！！

周囲から大きな悲鳴が上がると、その声に反応するように魔獣も大きく咆哮する。

ビリビリと建物全体を震わせるほどの咆哮。

それは、大量の餌を見つけて歓喜しているようにミカには見えた。

(ここからじゃ遠すぎる！　避けられたら終わりだ！)

一発しか撃てないのだから、確実に当てなくてはならない。

歯を喰いしばり、アマーリアに覆い被さられたまま左手を魔獣に向ける。

(その窓を越えて来たら、〝火球《こいつ》〟を喰らわせてやる！)

魔力を左手に集中し、いつでも発現できるように準備する。

すると、魔獣がそれまでよりも一際大きな咆哮を上げた。

ギャガガァァアアオォォォォオオオッ！！！

(来るかっ⁉)

ミカが魔法を発現させようとしたその時、外の自警団員たちの怒号と歓声が一気に膨れ上がった。

「やったっ！　やったぞっ！！」

「行け行け行けっ！　刺せ刺せっ！」

「さすがディーゴさんっ！」

「油断するなよ！　六班一旦下がれ！」

「オラァァア！　くたばれぇぇえ――っ！」

どうやら、ディーゴが致命的な一撃を魔獣に与えたようだ。

まだ魔獣の抵抗はあるようだが、怒号にも先程までの鬼気迫る感じはない。

(終わった、のか……？)

そんなフラグっぽい感想を抱きながら、全身の力が抜ける。

はぁ――――……っ、と特大の息を吐く。

「……お母さん、もう大丈夫みたいだよ」

未だミカたちに覆い被さり、必死に家族を守ろうとするアマーリアの手をポンポンと優しく叩く。

それでもしばらくは気づかないアマーリアだったが、魔獣が倒されたことが分かると涙を流して家族の無事を喜んだ。

（こいつは、とんでもない世界に来ちまったようだぞ、俺は）

アマーリアとロレッタに抱きしめられながら、そんなことを思うミカだった。

第12話　元冒険者

集会場、正面出入口の前。

中央広場には多くの村人が集まり、炊き出しの準備と怪我人の治療に大わらわだった。

村の自警団が熊のような魔獣を倒したが、ミカたちは集会場に留まっていた。

どうやら南門が壊されてしまい、他の魔獣や獣たちが村に入り込んでいないかを確認しているのだという。

応急的な南門の修復は急ピッチで行われている。

今、集会場前は野戦病院や難民キャンプのようになっていた。

傷だらけの自警団員たちは、集会場前にいるキフロドの所に行ったり、集会場の中に運び込まれたりしている。

集会場の中では、ラディが【神の奇跡】による【癒し】で治療を行っていた。

倒された魔獣は広場の中央付近にいる。

ディーゴによる致命的な一撃を受けた魔獣は逃走を図るが、そこで仕留められたようだ。

先程遠巻きに見てきたが、大きな黒いもじゃもじゃとした何か、としか分からなかった。

もう少し近くで見てみようと歩き出したところを、横にいた大人に止められた。

倒しはしたが、万が一を懸念してだろう。

窓から少しだけ見えた様子と、今の黒いもじゃもじゃの大きさから、おそらく魔獣の大きさは立ち上がると二メートルを優に超えていたのではないだろうか。

もしかしたら三メートルにも達していたかもしれない。

姿は熊に似ていたが、あの咆哮は尋常ではなかった。

建物全体をビリビリと震わせるほどの咆哮など、普通の熊では無理だろう。

家族が傍にいたから「一撃喰らわせてやる！」と奮い立つこともできたが、一人で遭遇していたら「あ、死んだ」とそうそうに心折られていたと思う。

それほどの咆哮だった。


「司祭様、回復薬《ポーション》をいただいても？」

自警団員が、キフロドが教会から持ち込んだ回復薬を貰いに来た。

好々爺然《こうこうや》としたキフロドは、その自警団員に労いと祝福の言葉をかけると回復薬を手渡す。

「うむ、好きに使うがええ。そっちの箱にも入っとる。掠り傷でも何でも、すぐに治しておくがええぞ。他にも来ないとは限らんからのぅ」

「怖いこと言わないでくださいよ」

げんなりする自警団員に、キフロドはカッカッカッと笑い飛ばす。

「そう思う気持ちも分からんではないがの。まだ気を緩めるのは早いぞ。他の連中にも言うとくがええ。回復薬は十分ある、遠慮せずに使えとな」

自警団員はキフロドに礼を言い、回復薬の栓を抜く。

その場で半分ほどを、引っ掻かれたような傷のある腕にかけ、残りを飲んだ。

すると、みるみる傷が塞がり、あっという間に治ってしまう。

(回復薬ってすげえーっ！　なんだあれ!?　【癒し】並みに即効性があるぞ！)

集会場前の一角にキフロドが箱を積むと、引っ切りなしに自警団員たちがやって来ては、何かを貰って戻って行く。

それを見て、最初は何をしているのか分からず、気になって近くまでやって来たのだ。

目の前で傷が塞がっていく、謎の薬に驚きを隠せない。

しかも、そんな薬の瓶が箱に何本も入っている。

この薬はすべて、教会からの持ち込みらしい。

(これはこれですごいけど、ラディの【癒し】があるなら必要ないんじゃ？)

そう思うが、単純に手間の問題かもしれない。

このくらいなら薬で治るという傷は薬で治し、ラディにはラディにしか治せない怪我に集中してもらっているのだろう。

どうやら、今回の魔獣退治で六名もの自警団員が重傷を負った。

そのうち一名は瀕死という状態だ。

先程からずっと、ラディはその瀕死の自警団員を救うため、懸命に神に祈って【神の奇跡】の

【癒し】を与えていた。

その甲斐があったようで、何度目かの【癒し】で瀕死だった自警団員は意識を取り戻し、会話が可能な状態になっている。

この瀕死だった自警団員は、ヤスケリという人らしい。

集会場の正面出入口に魔獣が突っ込んで来た時、置いてあった空の荷車を押して魔獣に正面からぶつかって行ったという。

その時、正面の扉に物凄い勢いで叩きつけられ瀕死の重傷を負った。

ヤスケリが機転を利かせて魔獣の勢いを殺《そ》いでいなければ、その時に正面扉は破られていた可能性が高いという。

そうなっていれば、どれほどの惨事となったかは想像もつかない。

（本当に命懸けだったんだな）

見ていただけ、いや聞いていただけのミカでは想像もつかない死闘により、リッシュ村は守られたのだ。

まさに、想像を絶する命懸けの戦いだ。

ミカが集会場内のラディを見ていると、ラディはすぐに別の自警団員に【癒し】を与え始める。

他の人たちも重傷ではあったが、一回の【癒し】で十分に回復したのか、またすぐに次に向かう。

そうして次々に【癒し】を与えるラディの表情にも、さすがに疲労の色が濃く浮かぶ。

魔力がだいぶ減っているのだろう。

避難していた時には村人を励まし、魔獣退治後もこうして自警団員に【癒し】を与える。

それでもラディは優しく微笑み、村人たちに真摯に向き合う。

並大抵の覚悟で、できることではないだろう。


ミカが集会場の様子を眺めていると、周りが騒がしくなった。

みんなが笑顔で労ったり、歓声が上がっている。

その人垣の向こうからやって来たのはディーゴだった。

歓声の中を堂々と歩くディーゴは、まさに村の英雄という風格が漂っていた。

ディーゴは年季の入った鉄製の胸当てや手甲を身につけているが、それらで守られていない箇所は衣服が裂かれ、血が滲んでいる。

大きな怪我はなくとも、全身傷だらけといった感じだった。

僅かに右足を庇うように歩きながら、真っ直ぐキフロドの所へやってくる。

「おお、ディーゴ。無事で何よりだわい。ほれ、使うじゃろ」

「ああ、済まねえ。使わせてもらうよ」

キフロドが二本の回復薬を渡すと、ディーゴは素直に受け取った。

比較的大きめな傷の左肩と左足の傷に回復薬をかけると、残りの一本を一気に飲み干す。

ふぅー……と息を吐くと、空の瓶を空き箱に入れた。

「今回のは、あれはアグ・ベアかの？」

「ええ、ちっとばかりデカかったですがね」

そう言ってディーゴは軽く肩を回し、首を左右に捻る。

ゴキッボキッとすごい音が聞こえてきた。

「自警団じゃあ、ちとしんどいっすわ、あのクラスは。危うく死にかけた奴《の》もいますし。司祭様やシスターがいなかったらどうなってたか」

「カッカッカッ。儂《わし》は何もしとらんわい。まあ、ラディがこの村にいることが奇跡みたいなもんじゃのぉ。普通、あれだけの癒し手は大聖堂から動かさんわい」

「ほんとに……。何でこの村にいるんですかい。あの人は？　しかも無償で【神の奇跡】を使うし」

呆れたようにディーゴは言い、ラディの方を見る。

丁度、重傷として運ばれた全員の治療が終わったところのようだ。

キフロドはカッカッカッと笑って返す。

「ラディなりにいろいろ考えた上でのことじゃろうて。間違ったことをしとらんなら好きにさせるわい。老いぼれは、ただ黙って見守るだけじゃの」

「…………いいんですかい、それで？」

ますます呆れた様子のディーゴだが、それ以上の詮索はやめるらしい。

本人の見てない所でする話ではないし、何よりこのキフロドが喋るわけがないという判断だろう。

「それで、村の方はどうかの？　被害は？」

「アグ・ベア《あれ》の通った道沿いで、何軒か窓が割れたりの被害は出ちゃいるが、まあその程度で済んでますよ。一番の被害は南門ですかね。とりあえずは応急的にでも封鎖しちまえば、後は村の中を捜索。安全の確認が取れれば解散、てとこですか。ただ、夜なんで。確認には、ちと時間がかかりそうですがね」

「お前さんには言わんでも分かっとるじゃろうが、安全を一番に考えるようにの。確認なんぞ、いくら時間がかかっても構わん。朝までここにいても構わんわい。しっかりと確認を頼むの」

「ええ、分かってますよ」

そう言ってディーゴは戻ろうとするが、すぐ横で二人の会話を聞いていたミカに気づく。

「おう、坊主。怖くなかったか？」

ニカッと笑い、片手でミカの頭をガシガシと撫でる。

このおっさんが、あの化け物のような魔獣を倒したとは何とも信じ難い。

少々厳めしい顔つきをしているが、どう見てもただのおっさんにしか見えない。

「ディーゴさんの方が怖い。泣きそう」

「なっ、このっ！」

撫でていた手でミカの頭をガシッと摑むと、左右にぐわんぐわん回す。

あははははっとミカは大笑いし、ディーゴもわっはっはっと豪快に笑いながら、ミカを左右に揺らす。

こうして冗談を言って笑い合っていられるのも、ディーゴがあの魔獣を倒してくれたおかげだ。

「ありがとうございます、ディーゴさん。おかげで助かりました」

急にミカがお礼を言うと、ディーゴは照れたようにそっぽを向いて「おう」とだけ応える。

「すごいですね。あんなの倒しちゃうんだから」

「あー、まぁな。でもなぁ、一人で倒したわけじゃねえからよぉ？　俺も弱くなったもんだ」

ディーゴがしみじみと呟く。

「……弱くなった？　あれで？」

ディーゴがとんでもないことを言いだした。

（あんな化け物を倒しておいて、弱くなったとかどういうことよ？）

あー……、と言いにくそうに言い淀んで、諦めたように溜息をつく。

「古傷のせいでなぁ、昔のようには動けねえからよ。……前は、あれくらいなら一人で何とかなったんだがなぁ」

ディーゴは苦笑しながら右足をトントンと叩き、さらにとんでもない爆弾を投下する。

（あれを一人で倒すとか本気で言ってんの!?　それって、あの化け物以上に化け物ってことじゃねえか！）

ミカが驚きに唖然としていると、そこにラディがやってきた。

疲労からか、いつもの聖母のような雰囲気に少々陰りが見える。

それでも微笑みを湛えたラディは、ミカのぼさぼさになってしまった髪を優しく撫でつける。

「ディーゴさんは元々は冒険者ですからね。戦うことを得意とされる方は、それくらいの力があると聞いたことがあります。おかげで村が救われましたわ。本当にありがとうございます」

ニッコリと微笑み、ラディはディーゴにお礼を言った。

「よしてくださいよ、シスター。助けられてるのはこっちも同じでさぁ。シスターのおかげであいつらも命拾いできた。感謝します」

そう言ってディーゴは頭を下げる。

重傷として運ばれてきた人のほぼ全員が、すでに普通に動いているようだ。

さすがに瀕死の重傷だったヤスケリはまだ安静のようだが、それでも家族らしき人たちと普通に談笑している。

常識ではあり得ない【癒し】なんて力がなければ、医療水準も低く最悪の衛生状態のこの世界では、重傷者たちは全員が命を落としていてもおかしくはない。

それどころか、軽傷と看做《みな》されていた人たちの中にも感染症などで命を落とす人が出ていたかもしれない。

回復薬と【癒し】。

教会が惜しみなく与えたこの二つで、おそらく十人を超える人の命が救われたと考えても大袈裟ではないだろう。

「すべては神々の思し召しですよ、ディーゴさん。……遥か高みより我らを見守る、偉大なる六つ柱の慈悲に感謝を」

ラディは略式の祈りで神々に感謝を捧げる。

いつもならラディにそう言われると苦笑いするディーゴだが、今日は違うようだ。

一緒に略式の祈りを捧げ、「それじゃあ戻りますよ」と言って自警団員たちの所に戻って行った。

「ご苦労だったの、ラディ。彼らの方はどうかの?」

ディーゴがいなくなると、キフロドがラディに話しかける。

重傷者たちのことだろう。

「みなさんもう大丈夫です。ただ、ヤスケリさんだけは明日もう一度【癒し】を使いたいと思います」

「そうか、それは良かったの」

キフロドは好々爺の態でラディを見つめる。

「それで、【癒し】はあと何回使えるかの？」

「………二回は」

「倒れるまで絞り出せばなんとか、というのは『使える』とは言わんわい。何回かの？」

「………申し訳ありません」

ラディは謝罪の言葉を口にした。

魔力を使い切ってしまったのだろう。

「この後また魔獣が来たらどうなるかの？　魔獣でなくとも、もし大怪我をした者が運ばれてきたら？　いつも言うておるの？」

「それは……、はい……」

先程の様子からは一転して、キフロドの口調は抑えられているが、その内容は厳しいものだった。

ラディは言葉を詰まらせる。

余力の残っていないラディでは、怪我人が出ても当然対応ができない。

では、その怪我をした者はどうなるのか。

考えるまでもないだろう。

（………心が抉《えぐ》られるようだ）

横で勝手に聞いていて、勝手にショックを受けているミカだった。

キフロドは万が一の時に備え、常に余力は残しなさいと言っているのだ。

余力を残さないことに反省を促すキフロドの言葉は、まったく意図していないミカにも突き刺さり、心の中で勝手に悶えていた。

魔獣が集会場までやって来た時、後のことなど知ったことかと半ば開き直ったが、本来であれば下策も下策。

自らの失敗で窮地に陥り、その尻ぬぐいに無茶をした挙句、後の始末を放棄するような無責任な行いだ。

目の前のことだけではなく、もっと大局的に物事を見て行動を選択しなくてはならない。

最近のミカは魔法の練習に夢中になり過ぎて、そういった視点がまるっきり抜けていた。

今後の方針について、真剣に考えなければなるまい。

ミカにはキフロドの言うことも、ラディの考えもよく分かった。

キフロドは、救える者を確実に、一人でも多く救うという考えなのだろう。

その救える者の中に、これから怪我をするかもしれない者を含めている。

そのためには、完治させられる人の治療をある程度までに留め、数日に分けて【癒し】を施すなどの手段が考えられる。

ミカには【神の奇跡】についての知識がないため、あくまで予想だが、おそらくそうした方法で魔力を残すことが可能だったのだろう。

そうして魔力に余裕を持たせ、予期せぬ事態に備える。

一方で、とにかく全員を救いたいラディ。

たとえ数日であっても怪我を完治させないのはリスクだ。

これくらいで大丈夫、と思っていても容体が急変することもある。

そうした心配のない状態まで一気に治してしまいたいのだろう。

そして、その状態まで持っていくには、今回は人数が多かった。

瀕死の重傷を負った者もいた。

なので、魔力が底を尽いてしまった。

治してあげられる余力があるのに治療を施さないというのも、ラディにはつらいのだろう。


どちらが正しく、どちらが間違ってるということではない。

現実主義と理想主義。

ラディの限界を超えない範囲ならば、どちらでも結果は同じなのだ。

キフロドが言いたいのは、その限界を超える日は必ず来るから、それに備えなさいということだ。

重傷だった者のうち、ヤスケリを除く全員がすでに自警団員としての活動を再開している。

そこまで一気に回復させず、数日かけて治していくなどの方法を取れば、この後に何かあっても対処が可能になる。

そういうことをキフロドは言っているのだろう。

心情的にはラディの考えや気持ちも理解はできるが、思考的にはミカはむしろキフロド寄りだ。

（魔力を使い切るってのは、それだけで大きなリスクだな）

今回の魔獣騒ぎで、ミカも大いに反省する。

下手に魔力を残して暴発させてはまずい、と思って毎日夕方にはガス欠状態にしていた。

だが、最近では〝条件付け〟も多少は形になった。

魔力を使い切るのはやめた方がいいかもしれない。

〝制限《リミッターオン》〟中は、意識しなくても魔力の動きがかなり重い。

たとえ魔法名を口に出しても、緩慢な魔力の動きを自分の意思で止めることが可能なほどだ。

まったく魔力が動かないようになるのが理想ではあるが、とりあえず暴発の危険はほぼなくなったと考えていいかもしれない。


そんなことを考えていると、キフロドが回復薬をラディに渡す。

「飲んでおくがええ。後のことは任せて休んでおきなさい。ええの？」

ですが……、と言い淀むラディだが、キフロドに一礼して後を頼むとそのまま集会場の中に入っていった。

その後ろ姿は、明らかにしょんぼりとしていた。

ラディを見送っていると、ミカの頭にポンと手が置かれる。

キフロドだった。

「ああでも言わんと倒れるまで無理するからのぉ。困ったもんじゃ」

ラディを見送りながら、キフロドはやれやれと呟く。

そうしてミカを見ると、にっこりと微笑む。

「お前さんも、最近なにやらしておるそうじゃの？　無茶をせんかと心配しておったぞ？」

ぴきっ、とミカの顔が引き攣る。

（バレて～ら）

やばい、と冷や汗が背中を伝うが、おそらく完全にはバレてはいない。

思わず、あははは……と乾いた笑いが漏れる。

（どうする⁉　逃げるか？　って、逃げてもどうしようもないぞ⁉）

このまま詮索されるとボロを出しかねない。

少々露骨な手段だが、話題を逸らすことにした。

「ぁー……、その……。そういえば、冒険者ってなんですか？」

ミカは先程ラディの言っていた素敵ワードを尋ねることにした。

なんとも胸躍る響きじゃないか、冒険者とは。

そんなミカの思いとは逆に、キフロドは少し困った表情になる。

「冒険者に興味があるのかの？」

「はい。ディーゴさんが元冒険者だって。あんな魔獣を倒せるなんてすごいですよね」

それを聞いてキフロドははっきりと苦い顔をする。

「そうかもしれんがのぉ。やめておくがええぞ。冒険者なんぞは」

目を輝かせるミカに対し、キフロドはキッパリと否定する。

「確かに村を守るのに冒険者としての経験は役に立ったじゃろう。じゃがの？　そうした経験は冒険者でなければ得られないわけではないぞ。彼奴《きゃつ》らはゴロツキと変わらん。気ままに暴れ、気ままに喰らう。獣と同じじゃ」

そう言ったキフロドは、真っ直ぐにミカを見つめ頭を撫でる。

「この村に冒険者はおらんからのぉ。分からんのも無理はない。じゃが、今のディーゴを見て冒険者に興味を持つのはやめておくがええ。今はディーゴも改心したようじゃが、昔は手が付けられんでの。一度は村を出て行ったんじゃよ」

どうやら昔のディーゴは、相当な暴れん坊だったようだ。

そして村を出て行った。

キフロドからの一方的な話だけでは判断できないが、キフロドの中では今のディーゴは『改心した』ということらしい。

もっと詳しく話を聞きたかったが、自警団員の数人が回復薬を貰いにやって来た。

そしてミカもロレッタが呼びに来たので、それ以上の話を聞くことができなかった。


ロレッタに手を引かれ、ミカは炊き出しの場所にやって来た。

集会場近くの井戸の傍だ。

十人ほどの村のおばちゃんたちが、簡単に石で組んだ竈《かまど》を使って食事を作っている。

その中には織物工場の食堂で食事の準備をしていた人が何人もいた。

どうやら、一度に大量に作り慣れている彼女らが炊き出しの担当のようだ。

すでに自警団員らしき男たちが十数人、集会場から持ち出したテーブルと椅子で食事をしている。交替で食事休憩を取っているようだ。

「ちょっと待ってて」

そう言ってミカを二つ並んだ椅子に座らせると、ロレッタは食事を取りに行った。

キョロキョロと周りを見回すと、すでに食事を始めている母子の姿もちらほらと見える。

「はい、お待たせ。食べよ」

ロレッタが食事を持って来てくれた。

「お母さんは？」

ロレッタに聞いてみた。

魔獣を倒した後、それぞれで分担しての作業があるようだが、アマーリアの姿をまったく見かけなかった。

「お母さん？　みんなと工場に行ってるわよ？」

アマーリアは織物工場に行っているらしい。

そういえば集会場に避難してくるのもかなり遅かった。

どうやら、織物工場では緊急時に行うことがあるようだ。

まあ、リッシュ村は織物工場で成り立っているので、被害を最小限に抑えるために何かやっているのかもしれない。

「さあ、早く食べましょ」

ロレッタに促され、ミカはスプーンを取る。

豆とベーコンを黄色いペーストで煮た物、数種類の野菜を炒めたっぽい物、野菜スープ、そしてパン。

ぶっちゃけ、普段のノイスハイム家の食事より豪勢なほどだった。

早速ミカは食事を始める。

(うちは家計を節約してるのかなぁ。他の家の食事なんか分からないけど、炊き出しの方が豪華ってどうなの？)

織物工場の給料がいくらかなんて分からないが、ノイスハイム家からはアマーリアとロレッタの二人が働きに行っている。

もしもそれで家計がギリギリなのだとしたら、相当に低い賃金で働かされていることになる。

(……やっぱり、リッシュ村で働くのはナシだな。ってことは出稼ぎか)

少し先の未来を考える。

簡単に村を見て回った感想だが、やはりこの村の生活基盤、経済基盤は脆弱過ぎる。

ごく単純に考えても、もしもミカが織物工場で働いた場合、織物工場に何かあれば一家三人が路頭に迷うことになる。

それならば出稼ぎでも他の収入源を得た方が、万が一のリスク回避になる。

(そう考えると、やっぱ冒険者って魅力的だよなー)

キフロドは否定的だったが、今のディーゴを見ているとそこまで酷い選択ではないような気がする。

もっと詳しく調べる必要はあるが、一方的な話だけを聞いて選択肢から消す必要はないだろう。

そんなことを考えながらパンにかじりつくと、ロレッタの手が止まっていることに気づく。

どうやら、ほとんど食事に手をつけていないようだ。

「お姉ちゃん？」

ミカが声をかけると、ロレッタが明らかに無理をして笑顔を作る。

「……ううん。何でもないわ」

そう言ってスプーンを口に運ぶが、無理して食べているのがありありと分かった。

篝火はあるが薄暗いために気づかなかったが、ロレッタの顔色はあまり良くないようだ。

よく見ると、周りの母子もあまり食事が進んでいないようだった。

さすがに自警団員の男たちは普通に食事をしていたが、戦うことに慣れていない女性や子供なら、とてもじゃないが食事なんか喉を通らないくらいに魔獣の襲撃はショックな出来事だったのだろう。

(……まあ、それが普通か)

むしろ、あんな目に遭いながらその後に普通にしているミカの方がどうかしている。

(俺もショックがないと言えば嘘になるけど……)

それ以上に、胸に湧き上がるものがある。

(あんな化け物を倒して、しかもそれでも前より弱くなったってさ。どうなってんだよ、まじで)

ミカは、自分の〝悪い病気〟が疼くのを感じていた。

第13話　ニネティアナ1

「おはようございまーす」

南門に着き、ミカは元気に挨拶した。

「ああ、ミカ君。おはよう」

「なんだミカ君。また来たのか」

「おう、今日も早いな。あんまりうろちょろして怪我しないようにな」

はーい、と返事をして少し離れた所から周りの様子を見る。

まだ朝早く、自警団員たちはあまり集まっていなかった。


魔獣の襲撃から三日が経った。

魔獣との戦いで壊れた南門や、家屋の修理が進んでいるが、圧倒的に材木が不足していた。

襲撃直後、南門を完全に塞いでいたが、森で木材を調達するために翌日には再び開放していた。

そして、もう少し簡易的なバリケードを築いて、人の出入りが容易になるようにしている。

以前の門と比べると格段に強度が不足しているが、材料がなくてはどうにもならない。

今回のことを機に、森から大量の木を伐採してきて、村の中で管理する方針にしたようだ。

土地だけは余りに余っているリッシュ村なので、今回の修理で必要な分以上に木材を確保しておき、必要な時にすぐ対応できるようにする。

ただ、森に木を採りに行っても、それがすぐに使えるわけではない。

乾かしてからでないと、曲がったり割れたりしてしまうからだ。

なので、以前の南門の壊された材木の中から使える物を選んで、家屋の修理に回す。

南門は生木を使ってとりあえずのバリケードを作り、後でまた乾いた材木を使って頑丈な南門を再建する。

そういうことに決まったそうだ。

そしてミカが何をしているのかというと、そうした作業の手伝いをしていた。

といっても簡単なことしかできないのだが、ちょっとした荷物を運んだり、伝言に走ったりと様々な雑用をしている。

なぜこんなことをしているかと言うと、村の復旧作業に従事している男たちが、基本的には自警団員たちだからだ。

作業の合間などに魔獣襲撃の時の話を、みんなからいろいろと聞かせてもらっている。

そもそも、なぜ南門が壊れたのか。

そこからしてミカには不思議だった。

素人のミカから見ても、門は非常に頑丈に作られていた。

それとは逆に、村を囲う柵は非常に簡素な作りだ。

地面に杭を打ち込み、杭と杭を横板で塞ぐ。ただそれだけ。

どう考えても柵を壊して侵入する方が簡単なのだ。

普通は村を囲う部分を頑丈にして、門がもっとも脆いものだが、リッシュ村の作りは逆なのだ。

おそらく村の敷地を広大にしすぎたために、門は頑丈に作れたが柵までは予算が回らなかった。

そんなところではないだろうか。

この村のちぐはぐさはそれだけではないので、今更ではあるが。

そんなわけで、なぜ強度の低い柵ではなく、頑丈な南門が壊されたのかを自警団員たちに聞いてみると――――。

「魔獣ってのは人が多く集まってるとこに寄ってくる。そういう習性があるんだよ」

「頭のいい魔獣ってのもいるらしいけどな。アグ・ベアの怖さってのはさ、もっとこう単純なんだよ。あの巨体がひたすら追っかけて来て、突進してくるんだぜ？」

「俺も初めて見たけど、あれはおっかねえよ。脇目も振らずにこっちに突っ込んでくんだからよ。奴が体当たりする度に門柱がどんどんひび割れていってさ。あんなのは、もう二度とごめんだね」

ということらしい。

単純に目の前の『餌』に釣られるとかそういう理由かもしれないが、とにかく人が多く集まっている所に寄ってくるようだ。

それが分かっていたから魔獣が森から姿を現した時、柵には自警団員をほとんど配置せず、門に固まっていたらしい。

すると、魔獣は真っ直ぐに門に向かってきて、柵を壊して回り込もうなんて動きはまったくなかったという話だった。

門扉を挟んで槍や剣で突くが、お構いなしで門に体当たりしたり、門扉を殴っていたそうだ。

（……他には一切目もくれず、ひたすら突っ込んでくるとか。それはそれで恐ろしいな）

おかげで絶対に破られないと思っていた門が破壊されるという、村にとっては非常に痛い結果を生むことになる。

もっとも、そこで痛手を負わせていたからこそ倒せたとも考えられる。

そうでなければ集会場に入り込まれ、避難していた村人に犠牲者が出ていたかもしれない。

（あの時は見ていただけだったけど、アグ・ベア《あ　れ》に立ち向かって行けるんだから、自警団の人たちは本当にすごいな）

自警団員たちが普段から訓練をしていたのは知っているが、彼らはあくまで村人だ。

綿花畑や織物工場で働いていて、戦うことを生業としているわけではない。

そんな村人たちが団結し、あれほどの魔獣を倒してみせたことにミカは心底感動していた。


「おう坊主、おめえまた来たのかよ」

少しずつ集まって来る自警団員たちの中から、ディーゴがやって来た。

面倒そうにミカを見ると、はぁー……と溜息をつく。

「あー……、とりあえず邪魔になんねえようにな。あと、あんま迷惑かけんように。みんな作業があるからよ」

「はい！」

ディーゴのうんざりしたような忠告に、ミカは元気に返事を返す。

その返事を聞いて、やや渋い顔をするとディーゴは自警団員たちの所に戻って行く。

ディーゴのこの態度にはもちろん理由がある。

ミカは魔獣退治の話を自警団員たちから聞いて回っているが、一番の目的はディーゴからの話だ。

もっとも活躍したのはディーゴだとみんなが言うし、なにより元冒険者ということで、ミカとしては聞きたいことが山ほどある。

だが、ディーゴとしては自警団の団長として、団員たちに復旧作業を指示していかなくてはならない。

子供の話し相手をしてやるような暇はないのだ。

そんなわけでここ数日、何とか話を聞き出そうとするミカと、適当に用事を言いつけてミカを追い払うディーゴという攻防が繰り広げられていた。

そして自警団員たちは、そんな二人の攻防をニヤニヤしながら見守っていた。

どうやら、ディーゴが子供に付きまとわれて困っているのが可笑《おか》しいらしい。


そして、今日もディーゴの話を聞くチャンスがなかった。

ディーゴは朝から森へ行ってしまったが、ミカは伐採作業は危ないからと森に入ることを禁止されていた。

仕方なく、村の中で木材加工の作業を眺めている。

すでに時間は昼を過ぎていた。

ディーゴは昼食も森で済ませているのか、戻って来ない。

（明らかに避けられてるよなあ。どうしたもんかね？）

ディーゴに迷惑をかけている自覚はあるのだが、ミカとしては将来に関わる重要なことだ。

是が非でもいろいろ聞き出したい。

どうにかして話を聞く方法はないものかと頭を悩ませていると、不意に横から声がかけられた。

「こんにちは、ミカ君」

「え？」

ミカが振り向くと、すぐ横に赤ん坊を抱いた女性が立っていた。

年齢は三十歳前後だろうか。

アマーリアやラディと同年代に見える。

すらっとした細身で、赤い髪によく日に焼けた肌。ショートヘアのその女性はミカのすぐ横でにこやかに微笑んでいた。

赤ん坊は母親に抱かれ安心しきっているのか、よく眠っている。

（……いつの間に横に来たんだ？）

思わず足元を見る。

乾いた土が剥き出しの地面だ。

歩けば砂の擦れる音がする。

だが、すぐ横に来るまで、いや声をかけられるまでまったく気づくことができなかった。

ミカは顔を上げて相手の顔を見るが、見覚えはない。…………と思う。

「あの……、どちら様ですか？」

恐るおそる尋ねる。

リッシュ村の住人は二百人程度ではあるが、全員の顔と名前を知っているわけではない。

失礼かもと思ったが、とりあえず何処の誰かを確認しないと話がしづらい。

（こういう時、本当に子供は楽でいいな）

以前の社会人だった頃なら、相手が自分の名前を知っていたら、とても「どちら様で？」などと聞けない。

失礼すぎるからだ。

必死に記憶を探り、何とか上手くやり過ごそうと適当に話を合わせるのだ。

そうして情報を引き出すことで、思い出せることが多々ある。

……結局、最後まで思い出せないことも稀にあったが。

その女性はフフ……と笑い、ミカを見つめる。

その栗色の瞳は真っ直ぐにミカを捉え、眼光の鋭さはネコ科の猛獣を思わせた。

その獰猛な気配に赤ん坊も気づいたのか、少しぐずりだす。

（……なんか、マジでやばい？　オーラというか、雰囲気があり得ないんだけど……）

足に力を入れ、逃げるかどうしようかと逡巡していると――。

「……本当に面白い子ね」

ぽつりと呟いた。

途端にそれまでの緊張感が解け、柔和な雰囲気に変わる。

表情は何も変わらない、ただ雰囲気だけが変わった。

ぐずっていた赤ん坊も雰囲気の変化に安心したのか、すぐに寝息を立て始めた。

「怖がらせてごめんね。あたしはニネティアナって言うの。ディーゴの妻よ。よろしくね、ミカ君」

「へ？」

ミカは呆気に取られていた。

あまりにも急激に雰囲気が変わり、ディーゴの妻と名乗る女性が現れたことに頭が追いつかない。

(ディーゴの奥さん？　結婚していてもおかしくはないけど、そういえばディーゴの家族って記憶にないな。すっごい怪しいけど、本当か嘘か判断できないぞ？)

ミカがどういう対応をすべきか考えあぐねていると、ニネティアナから再び話しかけてくる。

「最近よく、ディーゴの所に来てるんだってね。少し話を聞かせてくれないかしら？」

そう言ってニネティアナは一本の木を指さす。

木陰で話をしようということらしい。

先程の何とも言えない雰囲気のことがあり、一緒に行っていいものか一瞬悩むが、付いて行くことにした。

赤ん坊を連れているし、ディーゴの奥さんだと言うなら、そう困った事態にはならないだろうとの判断だ。

もちろん、それが本当ならば、ではあるが。

ミカの前を歩き、木陰に向かうニネティアナの足音が聞こえる。

さっき足音に気づかなかったのは考え事をしていたからだろうか。

そんなことを思っていると、木陰に着いたニネティアナがくるりと振り返り、ミカに笑いかける。

「足音が気になる？」

考えていたことを見透かされ、ギクリとする。

ミカは足が止まり、そこから先に進めなくなった。

「気配を探るとね、そういう気配がするのよ。あ、探ってるなーって」

そう言ってニネティアナが手招きする。

一瞬躊躇《ちゅうちょ》するが、ミカは勇気を振り絞って足を踏み出す。

（気配を探るってのは分かるけど、探られてる気配ってなんだよ。足音を気にしただけだぞ？

……もしかして俺、やばい人に目をつけられた？）

ミカにとって魔力は未知の力だ。

魔獣を倒したディーゴも、ミカにとっては未知の力の持ち主と言える。

だが、にこやかに微笑み赤ん坊を抱く目の前の女性には、それら以上の得体の知れなさを感じた。

おそらく、今のミカが魔法を駆使して逃走を図っても逃げきれない。

そんな凄みを感じる。

木陰で向かい合って座ると、ニネティアナが先程の質問を繰り返す。

「それで、最近ミカ君はディーゴに話を聞こうとしてるんだってね。どうして？」

ニネティアナは柔和は雰囲気を纏《まと》っているが、それが額面通りではないことはすでに理解していた。

（……誤魔化しても誤魔化しきれないな、これは）

覚悟を決め、ミカは慎重に答えることにした。

本当のことを話しても問題のないことは本当のことを話して、少しでも触れたくない部分に関しては完全黙秘。

具体的には、ミカの正体と魔法。

この二点に触れそうなことは、考えるフリをして一切答えない。

そう方針を定めた。

「魔獣のこととか、冒険者のこととか。そういうのを聞きたいなって思って」

ミカは視線を地面の石ころに固定し、絶対にニネティアナと目を合わせないようにした。

視線から何を読み取られるか分からないので、一切視線を上げずに意識して固定する。

普通なら不自然な振る舞いではあるが、子供なら叱られると思って俯いているのはそこまで不自然なことではない。

ボク子供だから、で押し通す気まんまんである。

「魔獣？　そう……」

ニネティアナはミカの返答を何やら吟味しているようだ。

魔獣と冒険者。

ごく単純なこれだけの返答なのに、ニネティアナはそれすらじっくりと吟味する。

（沈黙がこえーよ！　なんだよこれ!?　なんなんだよ、この人っ！）

木陰に入り涼しいはずなのに、ミカの頬には嫌な汗が伝う。

ミカはそれすら拭うことができず、ただジッと地面の石を見続ける。

身動《みじろ》ぎもせず、鋼の意思で「絶対に視線を上げるな！」と自分に言い聞かせる。

ミカにとっては精神を削られるような、息の詰まる沈黙を破ったのは、そんなミカを楽しそうに見ていたニネティアナだった。

「……魔石を体内に宿す、赤い目を持つ獣の総称よ」

「え？」

何を言っているのか、ミカはすぐには理解できなかった。

それが魔獣についての話だと気づくまでに少しの時間を要する。

「魔獣の定義よ？　ちなみに獣でなければ魔物ね。他にも〝魔〟に分類されるものはいるけど、共通しているのは魔石を宿していること、目が赤いことね」

あまりにびっくりしすぎて、ミカは思わず顔を上げてしまった。

驚きに固まるミカに、ニネティアナはにっこりと微笑む。

「知りたかったんでしょう？　魔獣のこと」

ミカは黙ってコクコクと頷く。

先程まで「目を見ないように」とか、いろいろと考えていたがいっぺんに吹き飛んでしまった。

「この村では魔獣は滅多に出ないから、興味を持たないように子供には教えないみたいね。でも、他の村では子供にも教えてることよ？　知らない方が危ないから。そんなに驚くことじゃないわ」

ニネティアナは何でもないことのように言う。

「ニネティアナさんは、この村の人じゃないんですか？」

「今はこの村の住人よ」

今は、という言い方で以前は別の土地で暮らしていたことが分かる。

ディーゴに嫁ぐことで、リッシュ村の住人になったのだろう。

「それにしても、魔獣と冒険者、ねえ？　……だから、なのかな？」

そう言ってニネティアナは興味深そうにミカを見つめる。

その眼光が再び鋭くなった。

「だから、あんなにアグ・ベアを睨みつけていたのかしら？」

「はい？」

何の話か分からず、ミカは再びぽかんとする。

ニネティアナと話すと、完全に主導権が握られてしまい思考がまったく追いつかない。

「集会場に避難していた時よ。他の子供たちが……ううん、大人たちでさえみんな泣き喚いていた時、ミカ君だけが歯を喰いしばってアイツを睨みつけていたわ。もしかしたら、そのまま飛びかかるんじゃないかって、見ている方がハラハラさせられたわ」

ミカはようやく、ニネティアナの言っていることに思い当たった。

アグ・ベアが集会場の窓を壊して侵入しようとした時のことだ。

どうやら、ニネティアナもあの時は集会場に避難していたらしい。

考えてみれば当たり前の話だ。

自警団員以外の人は、全員が集会場に避難していたのだ。

赤ん坊を連れたニネティアナが避難していないわけがない。

そして、その時にアグ・ベアに向けて魔法を発現させようとしていたミカを見ているのだろう。

「本当はあたしも戦いたかったんだけど、ディーゴにダメって言われたの。この子を守れってね。

だから集会場に避難していたのだけれど。……そのことがあって、ミカ君にはちょっと興味があったのよ」

「戦いたかったって……」

ミカは家族のために、あの魔獣に一矢報いようとしただけだ。

自分から進んで、あんなのと戦おうとは微塵も思わなかった。

だが、ニネティアナは止められなければ戦うつもりだったらしい。

しかも、あのパニック状態になっていた集会場で、赤ん坊を守りながらもミカのことを観察する余裕すらあったという。

「こう見えて、あたしも元冒険者だから。自警団の人たちよりは上手く立ち回れるわよ？　引退してもね」

「えぇぇぇえっ!?」

軽くウィンクをしてみせるニネティアナとは対照的に、ミカの頭は混乱して収拾がつかなくなる。

（元冒険者!?　この人も!?　ディーゴだけじゃなかったのか！）

ミカの予想もしなかった話が次々に飛び出し、完全にお手上げ状態だった。

ミカは「ちょっと待ってください」と、少し落ち着くための時間をもらう。

もはや情報の秘匿だの視線に気をつけるなどという考えは、すっかりなくなっていた。

ディーゴに付きまとってまで欲しかった情報を、手に入れるチャンスなのだ。

（最初は得体が知れないと警戒したけど、冒険者として身につけた経験や技術がそう見せていたってことか？　ニネティアナさんに悪意があるわけじゃなく、何か思うところがあって俺を試してみた……？　いや、彼女からしたらあくまで確認しただけか）

ニネティアナが何を思って、何を確認したのかは分からないが、少なくとも悪意はないと判断していいのではないか。

もしもこれで「実は悪意があって、罠に嵌めるための演技だったの」と言われたら、それはもうミカがどうやっても敵う相手ではなかった。そう思って諦めるしかない。

ミカとしてはニネティアナには最初から翻弄されっぱなしなので、もはや無駄な抵抗はやめて素直に教えを乞う方向にシフトすべきではないか、と思い始めていた。

そもそも、彼女がミカを罠に嵌める理由がない。

避難していた時の様子と、最近のディーゴとのことでちょっと興味があったから会いに来た。

それだけの話と考えてよさそうだ。

そこまで考えて、ミカは目を閉じて自分に落ち着け……落ち着け……と言い聞かせる。

（これはとんでもないビッグチャンスじゃないか？　向こうから話がしたいってやって来たんだから、上手くすればかなりの情報を得られるかもしれない）

ニネティアナがどこまで話してくれるかは分からないが、少なくとも村の取り決めに縛られることはないようだ。

リッシュ村では「子供には話さない」という魔獣についても、他の村では子供でも知っているかと教えてくれた。

もしかしたら、ディーゴに聞く以上の情報を得られるかもしれない。

ならば、できるだけ多くの情報を引き出したい。

そう腹を決め、真っ直ぐにニネティアナを見る。

そんなミカの考えが手に取るように分かるのか、様子を黙って見ていたニネティアナは本当に楽しそうだ。

「聞きたいことは決まった？」

「……いえ、沢山ありすぎて決められません。なので、すべて聞きたいと思います」

あら、とニネティアナが目を丸くする。

どうやら、ミカの返答は予想外だったようだ。

子供がちょっと興味を持った程度に考えていたニネティアナは、「そんなに聞きたいことがあるの？」と驚いていた。


それから、ニネティアナは本当にいろいろなことを教えてくれた。

ミカの質問が基本的なことばかりだったのか、ニネティアナにとって答えられないと判断するようなものはなかったようで、そのすべてに答えてくれた。

まず、魔獣についてもっと詳しく教えてほしいと言うと、先程の魔獣の定義に加え、普通の獣との違いなども含めて分かりやすく説明してくれる。

この世界には様々な生き物がいるが、人に害をなす生き物は別に魔獣や魔物に限ったものではない。

野犬や狼も人を襲うし、熊だって人を襲うことがある。

だが、その人を襲う熊と魔獣であるアグ・ベアの違いが何であるかといえば、それが魔石と赤い目なのだという。

あとは体内に高い魔力を抱えていることも特徴の一つらしいが、これは冒険者でなければあまり意味のない知識らしい。

そして魔獣は総じて好戦的で、人と遭遇すればまず間違いなく襲い掛かってくるとのことだ。

リッシュ村を囲う森にはそんな魔獣が多数生息しているらしいのだが、そうすると一つの疑問が浮かんでくる。

「魔獣が襲ってきたのは十年振りらしいですけど、森にそんなのがいっぱいいるなら、もっと襲って来るんじゃないですか？」

森に隣接した村なのに、獣の襲撃は毎年あるが、魔獣の襲撃は十年振り。

これは普通に考えればおかしな現象ではないだろうか。

そう思い、そのまま質問してみる。

「森の奥に魔力の集まった場所があるからね。魔獣はそういった場所を好んで、生息しているわ。逆に、そういう場所は普通の獣にとって嫌な場所なの」

リッシュ村の森はかなり深く険しいらしい。

そして、その森を抜けた先には、これまた険しい山があるとのことだ。

その険しい山に近いあたりに魔力の集まった場所があり、魔獣たちはその辺りにいる。

だが今回のアグ・ベアは、何らかの理由でそこから出て来てしまった。

おそらく獣を追って縄張りから離れてしまい、そのまま森を彷徨《さまよ》ううちに村の人たちの気配に気づいて寄って来た。

そんなところだろう、というのがニネティアナの予想だった。

「いくら興味があっても、森の奥に行ってはだめよ？　自警団くらいじゃ助けになんて行けないんだから。……もしも誰かが助けに行こうって言っても、あたしが止めるわ。ディーゴもね。元冒険者だからこそ、そこがどれほど危険な場所かよく分かってるの。もし止めても行くのなら、後は自己責任よ。たとえそれが子供でもね」

ニネティアナは、真剣な目でそう断言する。

その表情に特別な感情などはなかった。

ごく当たり前のこととして、淡々と話す。

危険な場所に挑むのが日常の冒険者として、それは当然の心得なのかもしれない。

引退したとはいえ、そうした考えが染みついているのだろう。

そのドライさが、殺伐とした世界を生き抜いてきたことに対しての自信にも見えて、ちょっとカッコイイと思ってしまった。

堂々と「言っても聞かないなら見捨てるよ」宣言をされたのに、だ。

「あんな経験をした後に、わざわざ行こうなんて誰も思わないですよ。それよりも、人を見れば突進してくる魔獣の襲撃がどうして事前に分かったのか。そっちの方が興味あります」

魔獣が村に現れたのは、おそらく日が暮れてから。

だが、襲撃に備え始めたのは夕方よりも少し前だったはずだ。

魔獣を見かけたから襲撃に備えた、ではそこまで時間的猶予はないように思う。

「運が良かったのもあるんだけど、森の木がいくつも倒されてたみたいよ。それを物見櫓から見ていたって聞いたわ」

どうやら、まだ魔獣が村から離れていた頃に、森の木が倒れるのを物見櫓から見ていたらしい。獣と戦っていたのか、単に暴れていただけなのか。

次々と木がなぎ倒されるのを見て、これはただの獣の仕業ではないと判断したのだという。

実際に姿を見るまでは魔獣がアグ・ベアだとは分からなかったが、予想されるいくつかの候補の一つではあったらしい。


ミカはニネティアナの話を聞き、はぁ――……、と大きく息を吐く。

魔獣襲撃の舞台裏ではないが、そんな経緯があったことをまったく知らなかった。

ミカはもっと話を聞きたくて目を輝かせるが、ニネティアナの抱く赤ん坊が目を覚ました。

そうして少しぐずり始めた我が子を見て、今日はここまでね、とニネティアナが話を打ち切る。

「また話してあげるから、もう自警団の人たちの邪魔しちゃだめよ？」

そう言ってニネティアナは、赤ん坊をあやしながら帰って行く。

ふと気になって足音に耳を澄ませると、ニネティアナはすぐに立ち止まってミカの方に振り返る。

そして、何も言わずににっこりと微笑むと、また歩き出すのだった。

第14話　ニネティアナ２

ニネティアナと初めて話した日から数日が経った。

その間、有り余る時間の多くをニネティアナとの話に費やした。

毎日話を聞きに行くが、ニネティアナは嫌な顔をすることもなく、ミカの相手をしてくれる。

どうやらニネティアナは生まれたばかりの子供の世話のために仕事を休んでいるらしく、暇な時間が多いのだとか。

（……元いた世界じゃ育児はすごい大変だって話だけど。ニネティアナさんは確かに余裕そうなんだよなあ。何が違うんだ？）

ミカが話を聞きに行くと井戸の横で洗濯していたり、他の家事をしていたりすることもあるが、基本的には「いつでもいらっしゃい」とのことだった。

たまに「ちょっとこの子を見ててね」と言って離れることもあるが、すぐに戻って来るし、絶対にミカの手が必要なわけではない。

なので、育児が大変じゃないかと聞いてみたのだが。

「そんなことないわよ？　むしろ、やることがなくって困ってるくらいなの。ミカ君が話し相手になってくれると助かるわ」

とのことだった。

より詳しく話を聞くと、どうやら冒険者として生活してきたことが大きいようだ。

まず、そもそもの体力が違う。

冒険者として様々な土地を渡り歩いていたが、移動の基本は徒歩だ。

探索中には一昼夜動きっぱなしも珍しくない。

多少の休憩はあるにしてもだ。

ニネティアナは〝斥候《スカウト》〟だったらしく、常にパーティーの先頭を歩き罠や襲撃を警戒し続ける。

そして、時には戦闘も発生する。

戦闘になれば前衛が戦いやすいように一旦下がるが、中衛として敵を威嚇したり攪乱のために動き回る。

そんな生活を十年以上も続けてきたのだ。

夜泣きなんて夜襲に比べれば楽なものよ？　と笑って話すニネティアナが逞し過ぎて、まったく参考にならなかった。

そして、家事や育児についての考えそのものが違う。

元の世界は文化水準が高いために、家事や育児の要求レベルが高すぎるのではないだろうか。

家は常に綺麗に整っており、育児も完璧で当たり前。

それが少しでも損なわれると、自分で自分に対して「もっとしっかりしないと」と責めてしまい、ストレスになるのだ。

周りが何も言わなくても、もっとしっかりやるように「期待されている」「責められている」と自分を追い込んでしまう。

みんなはちゃんとできてるのに、自分は……、と。

まあ、実際に家事や育児の大変さを理解せずに、責める人もいるだろうけど。

だが、言い方は悪いがこの世界の育児はもっと『いい加減』だ。

生まれた子供は死ぬのが当たり前で、どうやら幼児の生存率も五〇％程度しかないらしい。

この辺りは衛生の概念が薄いこと、医療水準が低いことが影響している。

この世界には【神の奇跡】なんていうチート技もあるが、これは本来お金がかかる。

裕福な家庭ならばともかく、一般家庭がそうほいほいと使えるものではない。

そんな裕福な家庭も加味しての五〇％だ。

一般家庭での生存率がそれ以下なのは言うまでもない。

では、そんな世界での育児はどういうものになるか？

もちろん大切に育てはするが、それでも心のどこかで常に覚悟をしているのだ。

大きくなる前に亡くなってしまうことを。

この世界での育児に求められるのは『なるべく死なせないこと』だ。

亡くなるなんて想像すらしない、生育することが当たり前で、それ以上を求める世界と、生き残ることすら神様次第という世界。

元気に育っているならそれだけで有難く、「それ以上に何が必要なの？」だそうだ。

今日は赤ん坊を連れて散歩に行くというので、川まで一緒にやってきた。

ニネティアナの子供はデュールという男の子だ。

眉の形と口元がディーゴに似ていて、目と鼻、耳の形はニネティアナに似ているとのことだが、ミカには正直よく分からなかった。

生後半年くらいとのことなので、もう少ししないとはっきりとした特徴にはならないのかもしれない。

デュールはもうある程度は見えているようで、ミカが顔を覗き込むと「あ――」と言って顔をペタペタ触ってくる。

（もう『顔』として認識してるのかね？　育児経験がないから、まったく分からんが）

川岸までやって来ると、水面にキラキラと反射する光が気になるのか、デュールが川に向かって手を伸ばしている。

（この頃の赤ん坊の目ってどうなってんだろ。強い光を見ても大丈夫なのか？）

水面に反射する光はミカが見ても眩しく感じるくらいだ。

じっと見続けるのは、年齢関係なく良い影響はないだろう。

「ちょっと暑いし、橋の下に行きませんか？」

ミカが橋を指さすと、ニネティアナも「そうね」と賛成してくれる。

紫外線がどうのこうのは分からないが、夏の強い光を浴び続けるのは赤ん坊にはつらいと思う。

橋の下に来ると、川の上流から吹く風が通り抜けていく。

腰掛けやすい石に向かい合って座り、いつもの質問コーナーがやって来る。

ニネティアナは本当にいろいろなことを教えてくれる。

ミカのいるエックトレーム王国のこと、その中のリンペール男爵領にリッシュ村があること。

冒険者のこと、冒険者ギルドのこと、リッシュ村以外の町や村のことも。

魔獣や魔物だけではなく、それ以外の生き物についてもだ。


リッシュ村のような小さな村にはないが、少し大きい町に行けば冒険者ギルドがあるらしい。

大きい街では冒険者ギルドの建物も大きく、中には酒場というか、立ち飲み居酒屋みたいなのが併設されている所もあるそうだ。

がっつり呑むわけではなく、ちょっと喉が渇いたから一杯という需要があるらしい。

喉が渇いたなら水でも飲めよと思うが、酒以外は口にしないという冒険者は少なくないらしい。

中には、水袋の中に酒を入れて魔獣討伐に赴く者もいるというのだから呆れる。

（……キフロドがゴロツキと断じる気持ちがよく分かるな。ただのアル中じゃねえか。しかも剣とか持ってんだろ？）

アルコールで頭が麻痺してる奴が武器を持っているのだから、一般の人からすれば冒険者もゴロツキも変わりはしないだろう。

しかも、冒険者ならある程度戦い慣れているはずだ。

そんなのに酔って絡まれた日には「なんて日だ！」と嘆きたくもなろう。

「冒険者って酔っ払いばっかりなんですか？　トラブルだらけでしょう、そんなんじゃ」

そう聞いてみたら、ニネティアナは苦笑していた。

「一部に、そういう冒険者もいるってだけ。大半は真っ当な冒険者よ。ギルド内の酒場も『依頼達成を祝って』みたいなのがほとんどだね」

ということだった。

依頼を無事に達成した祝いに乾杯して、ギルドへの報告が完了したら外の食堂なり酒場で祝勝会。

そういう流れがお決まりのパターンらしい。

それと、あまりトラブルばかり起こす冒険者にはそれなりに罰《ペナルティ》もあるそうだ。

依頼請負の一時停止や罰金、降格や除名のような懲戒処分もあるが、実際のところはあまり効果がないらしい。

「トラブルばかり起こす冒険者を除名にしたら、その冒険者はどうすると思う？」

「……それまで以上に好き勝手やるようになる？」

ニネティアナはこくんと頷く。

殊勝にも「冒険者を辞めさせられたから、これからは普通に働きます」なんて心根の持ち主なら、そもそも冒険者になんかならない。

ゴロツキみたいな冒険者、だったのが本物のゴロツキになるだけだ。

そういう奴は戦い慣れている上に好戦的で、野盗や山賊として立派な賞金首になる者もいるそうだ。

あまり厳しい処分を下すと「じゃあ辞めてやるよ」と、却《かえ》ってそういう手合いの背中を押すことになりかねない。

甘くすればつけ上がり、厳しくすれば賊となり果てる。

本当に厄介だと思う、冒険者って奴は。

「……そんなんじゃ、冒険者ギルドとしての信用なんか地に墜《お》ちるでしょうに。よく存続できてますね」

「あら、どうして？」

ニネティアナが言うには、ギルドとしての責任とは依頼の受発注、報酬の預りと支払いなどだ。

細かく言えばもっといろいろあるそうだが、冒険者個人が何をしようがギルドの信用には関係がないのだという。

むしろ、そうした冒険者が依頼に対していい加減な対応をしたら罰を与え、ギルドが他の冒険者に依頼を出し直してしっかりと完遂するのだという。

依頼を出し直す場合にはギルドが持ち出しで報酬を上乗せしたり、依頼者の損害を補填したりもするらしい。

「それはそれで、よく存続できるなって気がしますね」

持ち出しで報酬の上乗せや損害の補填なんて、その原資はどこから来てるんだ？

何か本業や副業が別にあって、資金が潤沢なのだろうか？

ミカが首を傾げて悩んでいると、変なところが気になるのね、とニネティアナは呆れ顔だ。

それから、通貨についても教えてもらった。

お小遣いなど貰っていないミカは、普段はまったくお金を目にすることがない。

お使いとして商店に行ったことはあるが、支払いは後でアマーリアがすることになっている。

ミカはただ店まで行って、必要な物を店主に伝えるとそれを渡される。

それだけで済んでしまうのだ。

さすがにこれだけ小さい村だと、村人全員が顔見知り。

下手すると、全員が親類縁者かもしれない。

「通貨の単位はラーツ。種類は銅貨、大銅貨、銀貨、大銀貨、金貨、大金貨の六種類で、価値は順に十倍相当、と」

「そうよ。屋台で軽く摘まむくらいなら銅貨五枚くらいで食べられる物があるわね。店で食べるなら大銅貨二枚か三枚で食事ができるわ。まあ、店にもよるけど。安い店ならそれくらいで食べられる所があるわよ」

ちなみに銅貨一枚は十ラーツで、一ラーツに相当する通貨はないのだそうだ。

これだけではいまいち価値が分かりにくいが、大雑把に銅貨一枚、十ラーツが日本円の十円から十五円くらいに相当する感じだろうか。

そうすると大金貨の価値は百万円から百五十万円ってことになるわけだが、そんな通貨が本当に市場に流通しているのか？

どう考えても、屋台で大金貨を出してお釣りがあるとは思えない。

高額決済専用で、銀行間や大店間だけで動くような通貨なのだろうか。

もしくは両替商みたいなのがいるのかもしれない。

そんな風に予想を立てて聞いてみると、やはり大金貨は一般的ではないようだ。

だが、両替屋というのはなく、銀行があって預金と両替などを行っているという。

「金貨と大金貨の価値が十倍差ですけど、そんなに大きさに違いがあるんですか？　十倍の大きさがないと価値が釣り合わないですよね？」

「大銅貨や大銀貨もそうだけど、大きさはせいぜい二回りくらい……、三倍くらいかしら？」

「それじゃあ、金貨三枚を鋳潰《いつぶ》して大金貨を造ったら大儲けじゃないですか。いいんですか、それで？」

ミカがそう言うと、ニネティアナはとても気まずそうな表情をする。

「…………ミカ君、それ他で言っちゃだめよ？　通貨偽造は計画だけでも労役十年以上、実際に造れば磔《はりつけ》だからね？」

「いぃいっ!?」

思いついたことを口にしただけだが、とんでもない重罪だった。

通貨の偽造や行使が重罪なのは分かるが、計画だけでも労役十年が科せられるとは。

この『計画』というのが、どの程度までが含まれるのか分からないが、解釈次第ではそれこそ思いついたら即お縄というのも可能だろう。

何とも恐ろしい法律だ。

冤罪やりたい放題じゃないか。

「大きさに十倍の差はないけど、価値はちゃんと十倍程度の差があるらしいわよ。あたしも詳しくは知らないんだけど、色からして違うもの」

どうやら銅貨と大銅貨、銀貨と大銀貨、金貨と大金貨でそれぞれ含有する成分が違うらしい。

それは、見た目でもはっきり分かるという。

・銅貨よりも、大銅貨は黒くて光沢が白い。
・銀貨よりも、大銀貨は白くて光沢が青い。
・金貨よりも、大金貨は赤くて光沢が黒い。

大金貨の『光沢が黒い』というのは非常に気になる。

いったい、どういうことなのだろう？

金貨と大金貨の実物を見てみたいけど、しばらくは縁がなさそうだ。


肝を冷やしたところで、話を冒険者のことに戻した。

「そもそも、どうやって冒険者になるんです？　ニネティアナさんはどうやって冒険者になったんですか？」

「どうって、冒険者ギルドに行って登録しただけよ」

「何か必要な物とかないんですか？　登録料だとか、誰かに紹介されないといけないとか」

「ないわよ別に。ギルドに行って、冒険者登録がしたいって言えばすぐにやってくれるわ。空いてる時なら、登録だけなら五分くらいで済むんじゃないかしら」

「登録だけならって、登録だけじゃないんですか？」

ミカがそう言うと、ニネティアナは腰布の内側から一枚のカードを取り出した。

カードはチェーンで腰布と繋がっていて、落とさないようになっている。

「ギルドについての説明とか、ギルドカードについての説明とかね。そういうのを聞くと、時間がどれくらいかかるかは人それぞれよね」

「ギルドカードッ!?」

ミカの視線が取り出したカードに釘付けになると、ニネティアナは可笑しそうに右へ左へとカードを動かす。

キラキラした目がカードを追って右へ左へと動くのを見て、ニネティアナは苦笑する。

「こんなのが、そんなに気になるの？」

そう言ってギルドカードをミカに手渡す。

ミカはカードを受け取ると、おおぉ……と感嘆の声を漏らした。

そのカードは銀色で、ステンレスを思わせる材質だ。

所々に傷がついており、それなりの年季を思わせる。

表面には『冒険者ギルド《アドベンチャーズ》』と一番上に書かれており、その下にニネティアナの名前と、ランクという項目に『C』と書かれていた。

書かれているのはそれだけで、性別や生年月日などの情報は何も書かれていない。

非常にシンプルな内容だ。

「ニネティアナさんはCランクなんですか？」

「そうよ。慣れた冒険者というか、一人前の冒険者と看做されるのがCからなの」

「ほぉぉ……。他のランクはどんな感じなんですか？」

ミカが聞くと、ニネティアナが簡単に説明してくれる。

「最初はみんなFからよ。そこでいくつか簡単な依頼をこなせばEになるわ。Eは駆け出しって感じね。それからDになるんだけど、Dはまだ半人前って扱い。Dあたりから少し危険な依頼も増えてくるから、そこで鍛えられればCランクに上がれるようになるわ」

「Dで鍛えられるから、Cに上がる頃には一人前になってるってことですか」

「そうそう。DからCに上がるのって本当に大変なのよね。なにせ半人前でも達成できる依頼と、一人前程度の実力が必要な依頼が交ざってるんだから。長い人は十年以上Dランクにいて、それでもCに上がれないって人もいるのよ？」

「依頼を失敗するからですか？」

「そう。失敗すると、それも昇格の判断に影響するからね。得手不得手があるにしても、Cに上がる人なら、Dの依頼くらいは達成できて当たり前なの。そう判断されるまではCに上がれないのよ」

「それは、確かに厳しい道のりになりそうですね」

Dランクとは、駆け出しのEランクから上がったばかりの人が、一人前のCランクでもやっていける判断されるまでの修行の場。

単純な加点方式ならそこまで厳しくはないのだろうが、失敗も影響するとなると、慎重な依頼選びが昇格の鍵になりそうだ。

自分の得意分野をしっかり把握し、苦手な依頼は避けるといった選球眼が必要になる。

というか、そうした依頼選びの勘を養うこともDランクの目標の一つなのかもしれない。

「Cより上のランクはどういう基準なんです？　Cで一人前なら、それ以上が求められるってことなんでしょうけど」

「Bはねえ……。厄介な連中が多いわよ」

「はい？」

ニネティアナは苦い顔をする。

なんでも、Bランクはベテランというか古強者というか、一癖も二癖もあるような冒険者たちがごろごろしているらしい。

Cランクで十年以上活動しているような冒険者しかなれないそうで、非常に困難な依頼を何度となく達成してきた実績が必要だという。

極端な話、たとえパーティーが全滅しても自分だけは生き残り依頼を果たしてきた。

そんな強《したた》かな冒険者しかいないそうだ。

「それは……、できれば関わり合いになりたくないですね。じゃあ、Aは？」

「Aの昇格基準についてはさっぱり分からないわね。でも、Aになるような冒険者は、冒険者じゃなくても名前を聞いたことがあるくらい有名な冒険者よ。Aになる前からね」

「それくらい活躍してる人しかAになれないってことですか？」

「そういうこと」

どれほどの活躍をすれば一般の人にまで知れ渡る冒険者になれるのか分からないが、そうした冒険者に対して追認する形でAランクになるようだ。

（……魔王でも倒すのかね？）

いるのかどうかも知らないが、魔王でも倒すような活躍くらいしか思い浮かばなかった。

とにかく、簡単にまとめると冒険者のランクは以下のようになる。

・Fランクはヒヨッコ。冒険者のスタートライン。
・Eランクは駆け出し。
・Dランクは半人前。修行の場。有象無象の吹き溜まり。
・Cランクは一人前。もっとも層が厚い。
・Bランクはベテラン、古強者。曲者揃い。
・Aランクは超一流、英雄。
といった感じだ。


ミカは改めてギルドカードを見る。

（名前とランクしか書いてないけど、同姓同名の場合はどうするんだ？　これだけじゃ絶対『なりすまし』とかやる奴いるだろ）

そう思いカードを眺めていると、あからさまに気になる箇所が一つある。

カードの端の一部がぼこっと膨らんでおり、なんだかアーモンドチョコでも入っているような感じなのだ。

裏面も同様に膨らんでおり、本当にアーモンドチョコか何かが入っているみたいだった。

「これ、何で膨らんでるんです？　何か入ってるみたいですけど」

「そこには魔石が入ってるのよ。あたしも確かめたわけではないけど。そう言われてるわ」

「へぇー……」

振っても音はしないが、ギルドカードには魔石が仕込まれているらしい。

魔石というと、魔獣や魔物の特徴だと教わったアレだろう。

そんな物をどうして埋め込んでいるのかと聞くと、カードの機能について教えてくれた。

「その中の魔石に、あたし個人を特定する情報なんかを入れてるみたい。他人が勝手に使えないようにね」

「ああ、セキュリティはちゃんと考えてるんですね。しかも、案外ハイテクだ」

「はいてく……？」


ニネティアナの話によると、このカードのセキュリティは万全で『なりすまし』は不可能らしい。

少なくとも、彼女の知る限りではそんなことは起きたことがなく、むしろ厳密に個人の使用だけに限定されているおかげで、却《かえ》って困ることがあるという。

まず、このカードに使用者の魔力を登録する。

誰でも魔力を持っているというのはラディに教えてもらったが、魔力の質というか波長というか、そんなのが個人個人で完全に違うらしい。

指紋認証や虹彩認証のような感じだろうか。

この魔力登録によってカードは完全に個人専用となり、他の人が使用することはできない。

そして、このカードはとても多機能なのだ。

クエストの報酬を冒険者ギルドにプールしておくと、買い物の支払いをこのカードで済ませたりすることも可能らしい。

他にも機能はあるのだが、もっとも困った事態が起きるのが、この報酬のプール機能なのだという。


例えばパーティーでクエストに挑む。

そのクエストの最中に、何らかの理由でパーティーリーダーが死亡したとしよう。

クエストを達成できていれば、その報酬は他のパーティーメンバーでも受け取ることができる。

だが、クエストに失敗していた場合。そして、もしもパーティーのお金をリーダーが管理していたら？

クエスト報酬はなく、リーダーがギルドカードで管理していたお金も使うことができない。

リーダー一人の死亡により、パーティー全員が路頭に迷うことになるのだ。

もちろん救済処置はある。

面倒な手続きによって同じパーティーのメンバーならばプール資金を引き出すことが可能らしい

のだが、これが非常に時間がかかる。

簡単に引き出せてしまえばセキュリティを強化している意味がないので、これはギルドもわざと時間と手間をかけさせているようだ。

なので、ギルドとしてもパーティーの資金は少なくとも二つ以上に分けて管理することを推奨しているし、できれば全員で分けて管理するように指導もしているらしい。

それでも一人二人を除いてパーティーが全滅という状況は往々にして起こるし、その生き残ったメンバーがお金を持っていなくて、往生するようなことは度々起こるのだという。

（……単純な危機管理《リスクコントロール》の問題だろう？　なんでそんなことになるんだ？）

ニネティアナの説明を聞いても、ミカにはそんな事態になる理由がさっぱり理解できなかった。

「それって、最初から報酬をメンバーの頭割りで分配してれば済む話ですよね？　パーティーの活動資金はリーダーが管理するにしても、何でいきなり食い詰めることになるんですか？」

「……本当にその通りなんだけどね。みんながミカ君みたいに考えられれば、そこまで困ることにはならないんだけど」

ニネティアナが苦笑する。

「結構いるのよ、冒険者には。お金持ってるとつい使っちゃうって人。あたしもそうだったから偉そうなこと言えないんだけど……」

そう言って、ニネティアナが遠い目になった。

（…………あ、これ。ニネティアナさんも経験あるな、絶対）

思わず、じとっとした目でニネティアナの横顔を見てしまう。

ニネティアナはデュールを顔の前まで持ち上げて、その視線から逃れようとする。

デュールは手足をばたつかせ、きゃっきゃっと喜んでいた。


「ミカ君は本当に冒険者に興味があるのね」

ニネティアナがデュールをあやしながら言う。

「はい。まだ早いのは分かっているんですが、将来の選択肢の一つとして考えています」

「もうそんなこと考えているの？　まだ随分先のことなのに」

ニネティアナは感心しているが、あまり賛成はしていないように感じた。

「……やっぱり反対ですか？　キフロド様も反対のようなんですが」

「それは、司祭様なら反対でしょうね。危険なことにわざわざ自分から首を突っ込むような商売だもの。しかも、その危険を冒険者が広げてしまうこともあるの。司祭様の立場なら、ミカ君がそんな道に進もうとしているなら、それは止めるわよ」

うつらうつらするデュールの頭を撫で、ニネティアナは真っ直ぐにミカを見る。

「あたしが反対する理由もそう。やっぱり危険だからね、冒険者って。あたしは運良く生き残れたけど、続けていたら今頃はどこかで魔獣の餌になってたかもしれないわ。正直、よく今生きてるなって自分でも驚いてるくらいよ」

そう言うとニネティアナは立ち上がった。

そろそろ家に戻るのだろう。

ニネティアナの横を並んで歩く。

「ああ、もうだめだって思ったのも片手じゃ足りないわよ」

そう言って、ミカに見せるように手をひらひらさせる。

「……じゃあ、どうして教えてくれるんですか？　冒険者のこと。魔獣のことも」

ミカがそう聞くと、ニネティアナは少し困ったような顔をする。

「何でかしらね。最初は少し釘を刺しておいた方がいいかなって思ったのよ。危ないからね」

そう言ってニネティアナは苦笑する。

魔獣襲撃の後、急にディーゴに付きまとい、自警団員たちから話を聞き始めたミカを危うく感じたのだと言う。

「でも、反発するでしょう？　あたしやディーゴもそうだったけど、頭ごなしに大人にだめだって言われてもきっと隠れて何かやらかすわ。だって、初めて見たアグ・ベアを前にあんな顔ができる子だもの。止めたってどうせ聞きやしないわ」

ニネティアナはその時のことを思い出しているのか、フフ……と笑う。

ミカはというと、若い頃のディーゴやニネティアナと同類と言われて内心ショックを受けていた。

（あれ？　俺ってそんなに悪ガキか？　確かに隠れて魔法の練習とかしてるけどさ。……かなりショックなんだけど）

言いつけをあまり守ってないなぁ、との自覚はあったが、そこまで酷いとは思っていなかった。

「初めて話した時、本当に驚いたわ。失礼な言い方になっちゃうけど『こんな子供がいるの？』って。それで思ったの。これはちゃんと導いてあげないと、きっととんでもないことをやらかす子になるなって」

初めて話した時、何かやってしまっただろうか？

むしろ、あの時はニネティアナの得体の知れなさの方が印象が強い。

自分のやらかしについては、まったく思い当たることがなかった。

「一人でコトンテッセに行こうとして死にかけた。初めて見たアグ・ベアにも怯まない。そして、今度は魔獣について興味を持ち始めた」

ニネティアナは一つひとつ、確かめるように言う。

「これは放っておいたらまずいかもって思ったの。分からない？」

（ぐぅぉおおぉぉぉ…………！　ここでそれが出てくるか!?）

ミカは思わずその場に蹲り、頭を抱えた。

街道で行き倒れたことはミカにとっても痛恨事だが、周りに与えた衝撃はその比ではなかった。

あの一事で、何をやらかすか分からない要注意人物リストの上位に躍り出てしまったらしい。

（みんな……、もうあのことは忘れてくれよぉ……）

ミカが泣きそうな顔をして見上げると、ニネティアナは苦笑していた。

街道で行き倒れた日から、まだ二カ月も経っていないのだ。

村の大人たちが忘れるわけがなかった。

どうやらミカがコトンテッセに行こうとしたのは、村の外の世界に興味があるからだと思われているようだ。

そして、アグ・ベアを睨みつけていたのも冒険者に憧れているためで、冒険者なら『魔獣なんかに怯んでいられるか』と自分を奮い立たせた結果だと思われている。

実際は、コトンテッセに向かったのはこの世界に来たばかりで、リッシュ村の存在を知らなかっただけ。

アグ・ベアを睨みつけていたのは家族を守るためで、一発だけの〝火球《ファイアボール》〟を確実に当てるためだ。

冒険者や魔獣に興味があるからコトンテッセに向かったり、アグ・ベアに挑もうとしたわけではない。

ミカが冒険者や魔獣に興味が湧いたのは、魔獣襲撃の後なのだ。

事実関係が逆になっている。

だが、勘違いにせよ矛盾なく理由付けがされているなら、それに乗ってしまう方が良さそうだ。

事実がどうであれ、本当の理由など言えるわけがないのだから。

「あの……、もうあんなことしないから。また、冒険者のこととか教えてくれますか？」

ニネティアナに、恐るおそる尋ねる。

「ええ、いいわよ。だからもう、あんなことしちゃだめよ？　約束ね」

ミカは立ち上がると、しっかりと頷くのだった。

第15話　怨敵退散

朝から日の照りつける、ある日。

村の子供たちに誘われて、ミカは再び川を訪れていた。

「どぅぅうおおおりゃあああ――――――――っ！」

水飛沫を上げ、全力で水を掻く。

バシャバシャバシャバシャッと飛沫と水音を上げ、水流に逆らう。

クロール、平泳ぎ、背泳ぎと、ミカは意外と水泳が得意だった。

海にもプールにも行かなくなって久しいおっさんが、久々の機会に「いっちょ泳いでみるか！」と思いつき、テンションをぶち上げてしまっただけである。……………三十年前は。

ちなみに、どんなに全力で泳いでも余裕で流されます。

すごいね、自然の力って。

流れるプールなんか目じゃないね！

「ぷはあっ！　ぶへあっ!?　ぶおっほぉ!?」

そうして、見様見真似のバタフライに挑戦するに至り、やはり失敗する。

バタフライもどきは、傍から見ると溺れているようにしか見えないから、やめておこう。

つーか、あんな泳ぎ方を考えた奴は、頭がおかしいと思うわ。

まあ、元は平泳ぎのルールの穴を突いた泳ぎ方が、発展したもののようだけど。

ザバァァァッ！

ミカは川底に足を着き、立ち上がった。

どうやら、最初に泳ぎ始めた場所からは、二十メートルくらい流されてしまったようだ。

「ゼェーッハァーッ、ゼェーッハァーッ、ゼェーッハァーッ」

荒い呼吸を整えながら、ザブザブと水を掻き、川岸に向かう。

この川は、深い所でも五十センチメートルくらいしかない。

身長のあまり高くないミカでも、十分に足が着く。

真っ直ぐに立つと、水の高さが腰のあたりだ。

それでも、流れは少し早いので、他の子供は近づかない。

というのも、そもそも村の子供たちは泳ぐことができない。

水泳の授業なんてないし、泳ぐ必要もない。

そのため、大人でも「泳ぐ」ということを考えもしないようだ。

この川は、大人では泳ぐにはちょっと浅いし。

ミカは顔に張りついた髪をかき上げ、他の子供たちが水浴びしている場所に向かった。

「ミカちゃん、すごいねー」

「最後、ちょっと溺れた？」

初めて見る泳ぎに、数人の子供たちが少しだけ興味を示した。

「危ないから真似しないでね。………あと、溺れてないから」

笑顔で注意を促し、真顔で間違いを訂正する。

お、溺れてねーし。

ちょっと失敗しただけだし。

ここが湖ならば、子供たちに泳ぎ方を教えるのもいいかもしれないが、川で泳ぐのはかなり危険だ。

本当ならミカも自制すべきだったのだが、ついつい我慢ができなかった。

ちょっと反省。

それからは、他の子供たちの相手をして、水をかけ合ったりする。

水をかけてやると、相変わらずこちらがかける数倍の水が返ってくる。

遠慮なんかありゃしない。

いくら炎天下とは言っても、川の水は冷たい。

それでも、子供たちは元気に水をかけ合い、キャッキャッと大はしゃぎだ。

たまには童心に帰って、一緒にはしゃぐのも悪くないな、と思う。

「ふえぇぇぇ――――――んっ！」

「うぇぇ――――――んっ！」

そうして遊んでいると、急に泣き声が聞こえた。

声のする方を見ると、水辺に近い所で、石を積んで遊んでいた二人の女の子だった。

一人は、ミカも知っている女の子だ。

一緒に魔力の測定を受けたりした、マリローラという女の子。

もう一人は確か五歳くらいの子で、ミカよりも年下だったと記憶している。

二人はパニックになったように、その場にしゃがみ込み、嫌がるように手や首を振って泣いていた。

何だ？

「どしたー？　怪我でもしちゃった？」

ミカは川から上がり、泣いている子たちの方に歩いて行った。

二人の所に行くが、二人とも嫌がるように首を振り、ただ手を振り回すだけ。

「えぇぇ――――――んっ！！」

「ひいぃぃいいい――――――んっ！！！」

二人とも顔をくしゃくしゃにして、ガン泣きである。

これはちょっと、状況の把握すらままならない。

ブゥ――――――ン……！

だが、すぐにミカも状況を把握することになった。
自らの、トラウマのような記憶によって。
子供たちの泣き声に紛れて気づくのに遅れたが、忘れもしない耳障りな羽音。
ミカは咄嗟に周囲を見回し、その正体を探す。
そして、それをすぐに捉えることができた。
（赤蜂っ！！！）
ゾクゾクゾク……と背筋に走る、悪寒。
その姿を目にするだけで、ミカの身体は強張った。
大人の親指よりも、さらに大きい。真っ赤な蜂。
ブウウウウゥゥゥゥンッッッ……！
ブウゥゥゥゥゥンッ……！
二匹の赤蜂が、数メートル離れた場所でホバリングしていた。
ブウウウゥゥゥウウウゥゥンンンッッッ……！！！
「うわあっ!?」
突然、大きな羽音がすぐ耳元で聞こえ、ミカは思わず手で払う。
どこからともなく、三匹目がやって来た。
その、凶悪なまでの、鮮やかな赤。
三匹の赤蜂は空中で止まり、こちらをじっと見ていた。

「どうしたのー？」

「大丈夫ー？」

「来ちゃだめだっ！　赤蜂だっ！」

川で遊んでいた子供のうち、何人かが心配してこちらに来ようとしていた。

ミカが警告の声を発すると、その子供たちもビクンと立ち止まる。

（どうする……!?　どうすればいい!?）

ここには何人も子供たちがいる。

全員を逃がす？

どうやって!?

泣き出した子供が、逃げられるとは思えない。

実際、かつてミカ少年は必死になって逃げようとした。

しかし、赤蜂の追跡を振り切ることはできなかったのだ。

これは、今のミカの記憶、経験ではない。

それでも、その恐怖は心に深く刻まれ、こうしている間もミカの手足は震えてしまっていた。

トラウマなんかなくても、赤蜂の立てる羽音は凶悪だ。

その暴力的なまでに強烈な羽音は、否応なしに人の恐怖心を掻き立てる。

それは抗い難い、本能のようなもの。

必死に心を奮い立たせないと、ミカでさえ今すぐ逃げ出したいくらいだった。

（くそっ……どうすればいいんだ！）

今日はまだ魔法の練習をしていないので、魔力はある。

「……〝制限解除《リミッターオフ》〟」

ミカは小さく呟き、魔法発現の準備をした。

だが、どうやってこの赤蜂を倒せばいい？

ブウウウゥゥウウウウゥゥンンンッッ……！！！

耳障りな羽音に、顔をしかめる。

ただ赤蜂を倒すだけならば、おそらく〝火炎息《こ　れ》〟が一番確実だろう。

（〝火炎息《ファイアブレス》〟は…………だめだ）

広範囲を、炎で焼く。

高い確率で、仕留められると思う。

しかし、確実に子供たちに見られる。

見られてしまう。

何より、赤蜂がこのまま止まっててくれればいいが、下手に子供たちの方に向かわれると使うことができない。

子供たちに、大火傷を負わせることになるからだ。

（ラディに治してもらえばいいってもんじゃないしな……）

たとえ火傷を負っても、あの〝笑う聖母《ラフィンマリア》〟なら、間違いなく【癒し】で治してくれるだろう。

でも、その場合は確実にミカは怪物扱いになる。

炎を操り、村の子供に火傷を負わせた。

むしろ火傷を負うくらいなら、赤蜂に刺された方がマシ、と言えるだろう。
（………それなら……っ！）
ミカは覚悟を決め、震える手足に力を入れる。
歯を食いしばり、握った拳の震えを無理矢理に押さえつける。
まるで、自らの本能を押さえつけるように。

後ろを振り返り、川を見る。
ほんの数歩下がれば、水がある。
大量の水が――――。
ミカは赤蜂を刺激しないように、ゆっくりと後退《あとずさ》った。
そうして、川の中に入る。
前屈みになり、両手を川に浸す。
「うおりゃあああ――――っ！　…………〝水飛沫《ウォータースプラッシュ》〟」
ミカは気合の声とともに川の水を掻き出すと、赤蜂に向かってかけた。
最後に小声で、〝水飛沫〟と付け足して。

ブワッッシャアアア――――――ッッッ！！！

そして、ミカのかけた水は、暴力的な水量となって赤蜂たちを襲う。

どう見ても、掬った水の量と、かけられる水の量が釣り合っていなかった。

子供の小さな手で掻き出せる水の量など、たかが知れているのだから当然だ。

この水の九九・九％以上が、ミカの作った〝水飛沫〟の水だった。

バッッシャアアア――――――――――ンッ！

ビッッシャァァアアア――――――――ンッ！

ミカが水を掻き出すたび、大人でさえ押し流されるような大量の水が赤蜂にかけられた。

「「…………………………」」

先程まで泣いていた二人の女の子は、そのあり得ない光景をぽかんとなって見ていた。

自分たちの頭を飛び越えていく大量の水に、びしょ濡れになりながら。

「みんなの所に行ける？　……〝水飛沫〟」

ミカは水をかける手を止めることなく、マリローラに声をかけた。

マリローラは呆気に取られていたが、コクコク……と頷くと、もう一人の女の子の手を引いて避難してくれた。

あり得ない光景、あり得ない水量。

それを、他の子供たちにも見られている。

だがしかし、これは問題にならないだろう。

だって子供は、何でも大袈裟に話すものだから。

今日見たことを、子供たちのうちの何人かは、きっと親に話すだろう。

その話を聞いた親は、果たしてどう思うだろうか。

「そんな、まさか」

「まったく、大袈裟に言うんだから」

で、きっと片付けられる。

ちょっと水をかけられたくらいで赤蜂が逃げるとは思わないが、たまたまだろう、で片付けられる。

子供たちの話を真に受けるようなことは、まずない。……………と思う。

親に信じてもらえなかった子供には申し訳ないが、非常事態での非常手段である。

勘弁してもらおう。

子供たちの見間違い、勘違いで押し通す方針を立てたミカは、遠慮なしに〝水飛沫〟を赤蜂にぶっかけた。

一応、川の水を掬っているポーズは、そのまま継続したが。

そのうち、子供たちの何人かはミカの真似をして、川の水を赤蜂に向かってかけ始めた。

まったく意味ないけどね。

ていうか、危ないから逃げてもらえないかな。

まあ、下手に逃げた子供を追いかけられると厄介なので、これはこれでありか？

ミカの作った〝水飛沫〟は、たびたび赤蜂を飲み込んだ。

しかし、それだけで赤蜂を倒せるわけがない。

大量の水に押し流されて少し距離は開くが、それだけだ。

赤蜂の羽は水を弾いてしまうのか、押し流されて地面に落ちても、すぐにホバリングを再開した。

「……〝水飛沫〟……〝水飛沫〟……〝水飛沫〟」

バッシャアア――――――――ンッ！

ブワッシャアァ――――――――ンッ！

ミカは必死になって水をかけ続けた。

三匹の赤蜂を近づけないように、絶え間なく。

水に押し流された赤蜂をたびたび見失うが、すぐに視界に捉え直す。

とにかく、赤蜂は目立つ。

緑溢れる風景に、凶悪な羽音を立てる赤い点は、すぐに見つけることができた。

ブウウウゥゥウウゥゥンンンッッッ……！！！

「うわっ!?　この……っ！」

水をかけられた赤蜂が一匹、反撃をしてきた。

ミカは咄嗟にしゃがむと、両手で掬っていた水を片方の手で掬うように変更する。

「〝水飛沫〟〝水飛沫〟〝水飛沫〟」

もはや早口言葉のように、小声で必死になって魔法名を唱える。

あーっ、言いにくいっ！

両手で、別々の方向にいる赤蜂にどんどん水をかける。

そうして必死に水をかけ続けていると、そのうち赤蜂たちは諦めたのか、逃げていった。

怨敵退散。

空高くに消えていった赤蜂に、ミカは「はぁ――――っ！」と大きく息を吐き出した。

（あー……、まじ怖かった）

ミカも、子供たちを守らなくてはと必死になっていただけで、別に恐怖心を克服したわけではない。

両手を見ると、未だに微かに手が震えていた。

まじでトラウマだわ、あの生物は……。

「すごーい！」

「ミカちゃん、かっこいー！」

きらきらした目で、子供たちが褒めてくれた。

「あ、あはは……。みんな、大丈夫だった」

そして、マリローラともう一人の女の子の所に行き、声をかける。

「刺されてない？　怪我は？」

「う、うん……だいじょうぶ」

「へいき……」

どうやら、刺されて泣き出したのではなく、あの羽音が怖くて泣き出したようだ。

まあ、あれは怖いよな。

ミカだって泣きたいくらいなのだから。

「……ありがとう、ミカくん」

恥ずかしいのか照れくさいのか、少しだけ頬を赤くしたマリローラがお礼を口にする。

ミカは優しく微笑むと、一つ頷く。

「危ないから、今日はもう戻ろうか」

そう提案すると、他の子供たちも素直に従った。

帰り支度と言っても、川岸に放り出した上着を回収するだけである。

そうして、置いてけぼりの子供がいないか人数を確認して、みんなで村に戻ったのだった。

◇　◇　◇

その日の午後、ミカはニネティアナに会いに行った。

午前中にあった出来事により、ミカは『赤蜂撲滅作戦』を決行することにした。

前に追いかけ回された恨みも忘れてないしな。

まあ、あれは厳密には今のミカではないが。

というわけで、まずは情報収集である。

ニネティアナの家の近くの木陰で、作戦会議を行う。

「赤蜂の好きな物って何ですか？」

「んー……、何でも食べるイメージだけど。果物とかによく集《たか》るかなあ」

ニネティアナが、膝の上に座らせたデュールの頭を撫でながら教えてくれる。

やはり、赤蜂は蜜や果肉が大好物なようだ。

また、虫なんかを抱えて飛んでいるところも、よく目撃されるらしい。

「綿花畑に巣があるんですよね？　どうしているんです？」

「どうって、作業するのに邪魔な時は、火で焼いたりするわよ」

赤蜂は綿花の茎を支えにして、巣を作るようだ。

半分地面に埋まったスイカのような状態らしい。

大きさも、大玉スイカ程度。

そうすると、一つの巣に数百～千匹くらいはいそうだ。

畑で従事している人たちは、巣を見つけても基本的には放っておくらしい。

だが、作業の邪魔になる時は、数人がかりで退治すると言う。

「……………刺されないんですか？」

「刺されるわよ！　滅茶苦茶痛いし！　今度捕まえてきて、ミカ君にも試してあげ――――」

「お断りします」

ミカがじとっとした目で見ると、ニネティアナが残念そうに肩を竦めた。

何で残念そうなんだよ、おい。

赤蜂の針には毒はないようで、それで命を落とした例は聞いたことがないそうだ。

毒はなくとも、アナフィラキシーショックを起こしても不思議はないのだけど……。

少なくとも、ニネティアナの知る限りは、そうした例はないらしい。

アナフィラキシーショックは毒ではなく、あくまで免疫機能、アレルギー反応の一つなので、無毒な物質でも起こる。

ということは、赤蜂の毒はアレルゲンになる物質を含んでいない？

若しくは、ただ針を刺すだけで、針を使って何かを注入してきたりしないのか？

まあ、詳しい赤蜂の生態は、ファ○《ピー》ブル先生に任せよう。

ミカは子供の頃に読んだ、昆虫記の表紙を頭に思い浮かべた。

それはともかく、赤蜂は夜間は巣に戻って休むらしい。

比較的大人しい夜間帯に、巣に油をかけて、火をつけて駆除をするそうだ。

上手くいくと、これで完全に一網打尽にできると言う。

「…………。それ、本当に上手くいくんですか？」

と、素朴な疑問をぶつけてみると、ニネティアナが遠い目をした。

うん、やっぱ無理だよね。

(防護服もない状態で蜂の巣駆除とか。罰ゲームどころか、もはやデスゲームだろ)

この世界の人は勇敢だな。

しかし、畑のど真ん中で火を扱うとか、燃え広がったらどうするんだろう。

油を沁み込ませたボロ布を、巣の出入り口に突っ込んでやることで、攻撃を防ぐらしい。

まあ、それでも出て来てしまったり、他にも穴があって反撃を喰らうことが多いようだけど。

巣の出入りをある程度制限し、その間に周囲の綿花を引っこ抜いて燃え広がるのを防ぐようだ。

そうして、巣に火をつけて燃やすのだとか。

聞いているだけでも、何だかかなり危なっかしい駆除方法である。


ミカは思いつく限りの、様々な質問をニネティアナにぶつけてみた。

特に、赤蜂の生態に関わるものと、現在の対応方法を重点的に聞き出す。

まず大前提として、虫取り網なんて代物はない。

糸も布も、貴重品とまでは言わないが、相当にボロボロになるまで捨てることなどしないのだ。

赤蜂が抜け出して来られないような、穴の空いていない布や網を、こんなことには使えない。

こうした話を一通り聞き、いくつかのアイディアが固まる。

ニネティアナに確認すると、一つのアイディアは簡単に材料が集まりそうだった。

ミカがそのアイディアを伝えると、ニネティアナが首を傾げる。

「…………そんなのに、どんな意味があるのよ」

「まあまあ、物は試しにやってみませんか。僕も手伝いますから」

ミカは、アイディアを出すことはできるが、実行面では何もできない。

ミカの自由になる物など、ほぼ無いに等しいからだ。

主はニネティアナであり、ミカは手伝いというスタンスを採った方が、いろいろと物事がスムーズに進む。

なら、そうするべきだ。

上手くいっても、自分の手柄だぞ、なんて主張する気などない。

あの、憎《にっく》き怨敵をこの地上から消し去れるならば、誰の手柄かなど些細な問題だ。

…………まあ、さすがに絶滅は無理だろうけど。


そうしてミカが提案した物は、スズメバチ・トラップならぬ赤蜂トラップである。

熟れ過ぎた果実を潰し、水に混ぜ、そこに界面活性剤を入れる。

界面活性剤。

そんな物が、この世界のどこにあるのか。

と思ったが、よく考えたらそこら辺にいくらでもあった。

手を洗ったり、食器を洗ったりするのに使う、木の実があるのだ。

ノイスハイム家でも洗濯などで使用していたため、ミカもその存在自体は知っていた。

これを潰して、やはり水に混ぜる。

この二つを混ぜた物を、畑のあちこちに置いた。

混ぜる割合を変えた、いくつかのバリエーションを作り、誘因の効果や捕獲能力を確認する。

ペットボトルもないので、飲み口のやや広い酒瓶で代用してみた。

逃げられやすいだろうが、改良はまた後でもいい。

まずは実証実験により、効果を確認するのが先だ。

結果としては、この赤蜂トラップはそれなりの効果を発揮した。

数日仕掛けるだけで、トータルで百匹を超える赤蜂を捕らえることに成功したのだ。

広大な綿花畑の中で百匹など、ほぼ誤差のようなものではある。

それでも、回収してずらりと並んだ瓶の中に、大量の赤蜂が捕らえられている。

それを見た人たちが、

「これは面白いな」

「是非やってみよう」

と乗り気になった。

きっと、この人たちはみんな、これまでに赤蜂で痛い目に遭ってきたのだろう。

こうして、ミカの考案した赤蜂トラップは、正式に畑の従事者たちに引き継がれることになった。

現在はすでに夏になってしまったが、「春先に仕掛けると、より効果的かな」といったアドバイスも送る。

もちろん、ニネティアナ経由で。

春先の、女王蜂が移動する時期に捕らえることができれば、巣が丸ごと一つなくなることになる。

まあ、詳しい生態が不明なので、これは予想でしかないけど。

そのため、理由は適当に誤魔化しつつ、ニネティアナに赤蜂撲滅のアイディアの一つとして授けた。

できてしまった巣を駆除する方法も、思い付きながらいくつか提案してみる。

綿花畑の従事者たちの間で、「なんか、面白いことを考える子供がいるぞ」という噂が、少しだけ広がったそうな。

まあ、以前からディーゴを追っかけ回してた子供ということで、自警団員の間でちょっと有名になってたからね。

あの子供が、ニネティアナと一緒に何かやってるらしい、という話が広がった。

こうして、ミカの考えたいくつかのアイディアは、実際に形となった。

これらは数年の歳月をかけて綿花畑の従事者の間で改良されていき、リッシュ村では赤蜂の被害が激減することになる。

第16話　土の魔法

赤蜂と死闘を繰り広げた日から、一週間後のある日。

ミカは家から少し離れた、村の柵沿いの草叢に座り込んでいた。

新たな魔法の開発のためだ。

アグ・ベアの襲撃により森の危険さがよく分かったので、あの日以来森に行くことは自重していた。

〝火球《ファイアボール》〟と〝火炎息《ファイアブレス》〟を村の中で行うのは危ないので、これらの練習も一時中止している。

何より、あんな魔法を村の中で使ったら目立ってしょうがない。

村の中での練習になるので、あまり派手なことはできないのだ。

そこで、代わりにまだ未開発だった土と風の魔法や、熱エネルギーの操作により可能になった氷の魔法についていろいろ試していた。

森の中にいた時のように大声というわけにはいかないが、しっかり言葉に出して魔法を発現する〝条件付け〟も継続中だ。

氷の魔法については〝氷槍《アイスジャベリン》〟と〝氷結息《アイスブレス》〟がすでに開発済みである。

〝氷槍〟は、水を作り出してそこから槍のように細長い氷にするのに多少の苦労はあったが、慣れてしまえば問題ない。

数日の練習で凍った状態で発現させることが可能になり、同じ要領で〝氷結息〟も可能になった。


これまではあまり意識していなかったのだが、〝火球〟や〝水球《ウォーターボール》〟など、魔法で発現したものは空中に出現する。

以前は自分が作った魔力球がそれらに変化するような感じだったが、今は直接〝火球〟や〝水球〟が現れる。

そして、何か目標物に向かって飛んで行くようにイメージすると、その通りに飛んで行く。

移動について考えなければ、そのままの状態で待機している。

自分の意思で魔力が動かせる以上、この『考える』という行為で〝火球〟や〝水球〟に運動エネルギーを与えているのではないかと予想を立てるが、確かなことは分からない。

何より、空中に浮いているというのも、エネルギーを消費して起きている現象のはずである。

つまり、何が言いたいかと言うと「やっぱ魔力って何やねん?」ということだ。

熱エネルギーや運動エネルギー、位置エネルギーに容易に干渉し、あまつさえ水をも作り出す。

水――――。つまりは物質だ。

もし仮に魔力というのがエネルギーの一形態なのだとしたら、エネルギーが質量に変換したということになる。

今ではミカも、それ自体は別におかしなことじゃないと受け入れ始めていた。

質量とエネルギーの等価性なんてのも、学生時代に学んだ記憶がある。

それが量子レベルではなく、大量の水という大質量として現れたことは驚きではあるが、現象そのものは「可能なのかも？」と思い始めていた。

だが、もしもエネルギーが質量に変換したとすると、そのために必要なエネルギーは莫大な量になるはずだ。

火魔法の練習の時には、気軽に下準備と後始末だと水を盛大にぶち撒けてきたが、これまでにミカが作り出してきた水の総量は、おそらく数百キログラムでは済まない。

数トンにも達するだろう。

それだけの質量を容易に生み出せる〝魔力〟というエネルギーに、改めて恐ろしいものを感じたのだ。

いや、もしかしたら魔力とは初めから物質なのではないだろうか。

容易にエネルギーに変換が可能なだけで、物質としてこの世界に満ちているのかもしれない。

ミカは簡単に魔力球を作り出すことができ、それは薄っすらと青白い光をしている。

これが純粋な魔力の状態なのか、光に変換された結果なのかは分からないが。

「はぁあー……、ニュートンとかアインシュタインでもいればなあ」

アイザック・ニュートンとアルベルト・アインシュタイン。

言わずと知れた物理学の天才である。

無論、他にも数多くの天才物理学者たちがいるが、そのうちの誰か一人でもいい。

この世界に生まれていてくれないだろうか。

魔力という不可思議で〝どんでも〟な事象は、ミカのような凡人が解き明かすにはあまりにも大きすぎる題材だった。


「まあ、魔力の解明は未来の天才たちに任せるとして、俺は俺でやれることをやっていくとしますかね」

魔力は、考えれば考えるほど頭が痛くなる、摩訶不思議な力だ。

その根本的な理論などは、それらを解き明かすことに喜びを見出す変じ…………いや、天才たちに任せたい。

要は、テレビはスイッチを入れれば見ることができる、というだけだ。

基板上に配置された半導体やコンデンサ、トランジスタなどがどのような構造で、どのような理論で生み出され、どんな働きをしているのか。

そんなことは知らなくても、チャンネルを変えれば見たい番組が見られる。それだけの話だ。

ミカは魔力を使うことができる。

どのような理論の上に成り立っているのか分からなくても、チャンネルを変えるように魔法を切り替えることができる。

しかも新たなチャンネル、つまりは新しく魔法を増やすことすらできるのだ。

それならば、原理の解明よりもチャンネルを増やす方に力を注ぎたい。

「とりあえず基本は四元素だよな、やっぱり」

ファンタジー、そして魔法のお約束といえば、やはり火水土風の四元素ではないだろうか。

元はギリシャ哲学がうんたらかんたら、と蘊蓄《うんちく》が垂れ流しになりそうになるが、今は我慢する。

それなりにゲームや漫画に浸かってきた人生なので、この辺を語り出すと止まらなくなってしまうからだ。

オタ話を語り始めたら、日が暮れるどころか朝まで語り続ける自信があった。

火と水の魔法はできているので、残りは風と土だ。

それぞれの魔法の案はすでに考えてあり、まずは土の魔法から始めることにする。

なぜ土から始めるのかと言うと、単純に簡単そうだからだ。

ミカが習得を考えている土魔法は〝石弾《ストーンバレット》〟と〝土壁《アースウォール》〟。

いずれも土魔法の定番であり、是非とも実現しておきたい。

「〝石弾〟」

左手を開き、手のひらの上に石ころを思い浮かべる。

ミカは右手に火傷を負って以来、基本的に魔法は左手で行うことにした。

もちろん右手でも使えるように練習はするが、メインは左手で行う。

万が一の失敗の時、利き手に怪我をするのを避けるためだ。

……いや、万が一というには、あまりに失敗が多い気もするが。

それはさておき、左手の上の何もない空間をじっと凝視し続けると、そこに砂粒のようなものが浮かび始める。

さらに魔力を注ぎ込むと新たな砂粒が作り出され、その砂粒同士がくっついていく。

砂粒はどんどん作られ、それらがくっついていくと、やがてその塊は〝石〟と言ってもよい大きさになる。

ふぅー……と大きく息を吐き出すと、その石ころは手のひらにコロンと落ちた。

親指の第一関節ほどの大きさの石が手のひらにある。

その石をじっくりと観察するが、見た目は完全に石だ。

砂粒がくっついていく生成過程を見ていたので、砂が固まっただけかと思ったが、ちゃんと石になっている。

地面に落ちている石を適当に拾い、作り出した石を押し付けてみる。

力を入れてぐりぐりと押し込むが、崩れたり割れたりもしない。

「……見た目はまんま、その辺の石ころだな。硬さもある」

改めて、作り出した石を観察する。

角ばり、灰色をし、所々に白っぽいものや黒っぽいものが混ざった、そんな石ころは何と言ったか。

子供の頃に授業で習った記憶はあるのだが、はっきりとは思い出せない。

安山岩か花崗岩か、玄武岩？

いくつか種類は思い浮かぶが、それぞれの特徴まではさすがに憶えていなかった。

「こんな石っころなのに、案外魔力を使うんだな」

普段作っている〝火球〟より、遥かに魔力が必要だった。

同じ魔力の物質化でも、〝水球〟よりも〝石弾〟の方が必要となる魔力が多い。

単純な質量でいえば〝水球〟よりも〝石弾〟の方が小さいのに。

それでも必要な魔力が〝石弾〟の方が多いということは、このあたりに何らかの法則でもあるのだろう。

だが、今日の目的はそんなことではない。

「じゃあ……、やってみるか」

手に持った石をぽいっと投げ捨て、その場に立ち上がる。

周囲を見回し、手頃な石を探す。

ミカは五メートルくらい先に人の頭くらいの大きさの石を見つけ、その石を標的にする。

「〝石弾〟」

左手を伸ばし再び魔力を集めると、今度は三つの石を作る。

それぞれがさっきの石と同じくらいの大きさになるまで魔力を注ぐが、今度はそこで集中を切らさない。

標的の石に向かって弾丸のように飛んで行く〝石弾〟をイメージすると、ごっそりと魔力を持っていかれる感覚を覚える。

その瞬間、シュシュッと微かな音がして、ほぼ同時にガガガンッと大きな音がした。

〝石弾〟が標的の石に命中し、粉々に砕いていた。

思わず口元を押さえる。

（…………想像通りではあるんだけど。これは……）

期待した通りの威力を発揮した〝石弾〟を見て、ミカは戦慄した。

あまりにも期待通り過ぎたからだ。

〝火球〟の殺傷力を高めるために高温化を目指しておきながら、今更何をと自分でも思うが、この威力を目の当たりにすると、自分のやっていることについ疑問が生じてしまう。

（人に向けるつもりはない。これはあくまで魔獣と対峙した時のためだ）

仮にアグ・ベアに向けて〝石弾〟を放ったとして、あの魔獣を倒せるだろうか？

マシンガンのように連射し続ければ可能かもしれないが、確信は得られなかった。

実際に戦ったことがないのだから、これで大丈夫などと言えるわけがない。

（……やれることをやっておこう。後悔をしないためにも）

これでいいと決めつけ、だめだった時の絶望を想像する。想定する敵は魔獣なのだ。

これまで身につけてきた〝火球〟や〝氷槍〟、そしてこの〝石弾〟を使っても敵わなかった場合、失うのは自分の命だけではない。

何より、アグ・ベアが魔獣最強というわけではないのだ。

今のままでもアグ・ベアを倒せるとして、もしそれ以上の魔獣が現れたらどうなる？

これらがどこまで通用するかは、やってみなければ分からない。

もちろんミカ一人にやれることには限界があるだろう。

だからこそ、安易に上限を定めるべきではないのだ。

気を取り直して、ミカは〝土壁〟に取り掛かることにした。

〝石弾〟は今後も継続して練習をしていくが、まずは今考えている魔法を一通り実現しようと思う。

「〝土壁〟」

左手に魔力を集中し、バスケットボールほどの魔力球を地面に向けて飛ばす。

地中で土を作り、幅一メートル、高さ一メートル、厚さ二十センチメートルほどの土の壁が迫《せ》り出すところをイメージする。

すると、魔力球の着いた地面から勢い良く土がぼこっと持ち上がる。

だが、その土はモグラの通った跡程度の盛り上がりで動きが止まった。

「…………………、これで終わりか？」

しばらく見ていたが、最初の動きから変化がない。

「単純に魔力が足りなかったか。若しくはイメージの不足か」

今度は魔力球ではなく、直接地面に左手をついて魔力を送る。

前方一メートルほどのところに、さっきと同じイメージで壁を作る。

「〝土壁〟」

魔法名を呟き、魔力を地面についた手に集中する。

先程の〝石弾〟とは比べ物にならないくらいの、大量の魔力をごっそりと持っていかれる。

その直後、イメージした通りの土の壁が目の前に出現する。

地面から一気に迫り上がる出現の仕方も、完璧にイメージ通りだ。

自分の身長より若干低いその壁に手をつき、感触を確かめる。

「乾いた土って感じか。まあ、イメージ通りではあるんだが……」

指で穿《ほじ》ってやると、じゃりじゃりと削れていく。

ぶっちゃけ、耐久力はカスだ。

見た目はイメージ通りだが、実用性はほぼ皆無と言える。

「これは素材を石とかでイメージしないと、守りには使えないな」

ゲームなどでは土の壁を作って防御力アップというのはお馴染みの効果だが、実際はまったく役に立ちそうになかった。

「つうか、土なんだから強度はやらなくてもお察しだろ。馬鹿か俺は」

相変わらず、一度失敗しないと理解しない己の馬鹿さ加減に呆れてしまう。

とはいえ、やってみないと分からないこともある。

「〝石弾〟もそうだけど、改善点を洗い出すって意味じゃそれでもいいんだけどな。……でも、一番の問題は――――」

消費する魔力の量。

今のミカの魔力量は、最初の頃と比べるとかなり増えた。

以前はソフトボール大の魔力球で何個分といった形で把握していたが、今ではもうやっていない。

やれなくはないだろうが、おそらく今なら魔力球換算で数千個に達するだろう。

大きさや条件にもよるが、〝火球〟や〝水球〟なら数百個を作れ、まだ余裕がある。

最近では魔力を空にするようなことはしなくなったので、自分でも限界を把握していない。

そのミカが、一回の〝土壁〟でかなりの魔力を持っていかれた。

おそらく、総量の三割か四割ほどだろう。

もう一度やれば、倒れなくとも確実に気分が悪くなる。

（いくら何でも、コスパ悪すぎだろ）

〝土壁〟は、使えない上にコストパフォーマンスも最悪という、とんでもない失敗作だった。

壁の素材を土から石に改良したいところではあるが、これはしばらく封印しておく方が賢明かもしれない。

一回の〝土壁〟よりは、同じ魔力量の分だけ〝石弾〟の練習をしたい。

魔法の練習をしていけば、魔力の総量は増えていく。

今は〝石弾〟などの習熟に注力し、魔力量が十分に増えたらまた〝土壁〟に挑戦すればいい。


とりあえず、今日のところは一旦魔法の練習はやめておくことにする。

風の魔法の開発もしたいところだが、新たな魔法は必要となる魔力の量が分からない。

新たに試した魔法が、これまたコスパ最悪な魔法だった場合、結局倒れることになりかねない。

今日のところは切り上げて、別のことをしようと思う。

ミカは、でーんと鎮座する土壁を見て溜息をつくと、苦労して蹴り倒す。

それから、汗を拭いながら家に向かって歩き始めた。

あんな強度カスの土壁でも、子供相手にはなかなか有効かもしれないなと考えを改めた。

一旦家に戻り、桶を持って川までやってきた。

最近考え始めた、実益を兼ねた魔法の応用を試すために。

実益――――。今回はノイスハイム家の食卓を潤すことが目的だ。

つまり「魚を獲って夕飯に一品追加させよう計画」である。

今日は誰も川には来ていないようで、実験にはうってつけだった。

桶に川の水を入れると、靴を脱いで川に入る。

(何匹獲ろうかな。ニネティアナさんとラディにも持って行こうか？　そうするとディーゴとキフロドの分もだから……。七匹か)

まさか「ニネティアナさんの分は獲るけど、ディーゴさんの分はないよ」というわけにもいかず、
そうすると結構な数になる。

ニネティアナとディーゴに二匹、ラディとキフロドで二匹、そしてもちろんノイスハイム家にも三匹。

ホレイシオにも持って行こうかと思ったが、職場に生魚を差し入れされても困るだろう。

俺なら困る。

ということで、今回はホレイシオは抜きにする。

「てことは、七匹か……。結構多いなぁ」

川の中できょろきょろと周りを見回す。

今日は水魔法を使った魚獲りの実験だ。

村の前を流れる川には、そこそこ魚がいる。

時々川で魚を釣ったり、銛で突いたりしている人がいるが、ミカは釣り竿も銛も持っていない。

ノイスハイム家の食卓に魚が並ぶことはなく、基本は野菜スープとパン、たまに果物がつくらいだ。

ならば自力で獲ってやろうじゃないか、と魔法の応用というか、実用方法を考えたのだ。

ミカが魔法に惹かれたのは、最初はこうした実利を得たかったからだ。

魔法が使えることで得られるメリットを享受したい。

そんな願望、むしろ欲望というべき私利私欲が原動力だった。

（しかし七匹かぁ。まあ、だめならお裾分けを減らすだけだ）

最低目標ラインは三匹。

なんとしてもノイスハイム家の食卓だけは潤したい。

いつも魚がいる大きな石の影を見る。

二匹ほどの魚の姿を確認できたが、ミカの影に気づいたのかすぐに逃げてしまう。

「ま、そうなるよね」

ミカは数歩下がり、左手を水に浸ける。

「〝制限解除《リミッターオフ》〟〝水球〟」

ミカは水の中で〝水球〟を作り出す。

ただし、川の水と混ざり合わないように、ミカの考える通りの形を維持させる。

この〝水球〟を自分の思った通りの形にするというのは、〝氷槍〟の練習の時に身につけた技術だ。

ただの球体を細長く伸ばしていくことで、槍の形状を作り出した。

最初の実験としては、それが水流の中でも可能なのか、ということだ。

〝水球〟を押し流そうとする水の流れの中で、思った通りに留め続けることができるかを、まずは試さなければならない。

（……とりあえずは大丈夫か？　明らかに魔力を消費しながらだけど）

流れに逆らうために魔力を消費しているようだが、なんとかなりそうだ。

魔力の消費量も大したことはない。

この川の水流程度ならば問題はなさそうだった。

「じゃあ、この〝水球〟を――――」

ゆっくりと川の水の中で広げていく。

目的地は岩のすぐ後ろ、魚がいつも集まって来る場所。

〝水球〟をそこまで広げると、あとはじっと待機する。

魚がやって来るまで。

動けば魚が警戒して寄って来なくなるので、じっと動かずに我慢する。

すると、すぐに魚がやって来た。

不意に、一瞬だけ魔力に〝何か〟を感じたが、すぐに頭から追い出す。

このチャンスを逃すわけにはいかない。

〝水球〟の中に魚が完全に入り込むのを確認した瞬間、一気に〝水球〟が飛沫を上げる。

〝水飛沫《ウォータースプラッシュ》〟の要領で、川岸に向けて〝水球〟を吹き飛ばす。

まるで水中で爆発でも起きたかのような飛沫が上がり、魚ごと川岸に大量の水がばしゃばしゃと降り注ぐ。

「やった！」

川岸に打ち上げられた魚が元気にぴちぴちと跳ね回っている。

苦労してその魚を摑むと、もう一度〝水球〟を作り、その中で洗う。

小石だらけだった魚を綺麗にすると、今度はその〝水球〟の量を減らす。

魚を氷漬けにできるだけの水量にすると、慎重に凍らせていく。

手を離せば魚は落ちてしまうし、一気に凍らせれば自分の手も氷漬けになってしまう。

〝水球〟の上部、魚の頭の方だけを凍らせて位置を固定してから全体を一気に凍らせる。

そうして、ミカの手には氷漬けの魚が見事に出来上がった。

「やったぜ！」

思わずガッツポーズが出る。

氷漬けの魚を桶に入れると、再び川の中に入っていく。

「この調子でじゃんじゃん獲るぞ！」

魚のよく集まる岩のいくつかを、少し離れた場所から確認していく。

今度は、すでに魚のいる岩に向けて〝水球〟を慎重に進めていく。

先程は罠を張って待つ方法だったが、今度はすでにいる魚を獲りに行く方法を試す。

こちらも結果良好で、腰を曲げて待機する時間がない分、負担が少ない。

「いいねいいねー。これなら七匹も楽勝かも」

二匹目の氷漬けの魚を桶に入れながら、今日の夕飯に魚が追加された光景を夢想するのだった。


ミカは腰をトントンと叩き、大きく伸びをする。

（……そんな風に考えてた時期が俺にもありました）

苦労して獲った六匹目を桶に入れると、目標の七匹目を目指して川に入る。

「最初は調子良かったんだけどなぁ……」

はっきりとした理由は分からないが、〝水球〟を進めていくと、気づいて逃げてしまう魚が度々いた。

川の水と違うことに気づいたのか、ミカの気配を察してかは分からないが、どうも魚にも勘のいい奴がいるようだ。

そこで最初に試した罠を張るスタイルに切り替えるのだが、これが本当にきつい。

中腰でいつ来るか分からない魚をじっと待ち続けるのは本当に大変で、度々腰を解したり休憩を挟んだりしたのだが、ダメージはどんどん蓄積していく。

ようやく目標の七匹まで残り一匹に辿り着いたが、ミカの腰はもはや限界だった。

「……この年で腰痛持ちとかやだなぁ」

川の中に来たのはいいが、とても準備に入る気が起きない。

（……六匹か。ニネティアナさんと教会に二匹ずつで、あとはアマーリアとロレッタかな）

ミカが獲った魚ではあるが、今回は譲ろうかなと考える。

ニネティアナには世話になっているし、ラディは命の恩人だ。

アマーリアやロレッタには普段から心配をかけっ放しの、世話されまくりだ。

ほんの僅かなことではあるが、その恩に報いたいという気持ちがある。

（いや、だめだな。あのアマーリアとロレッタが、自分たちだけ食べて俺が食べないなんて受け入れるわけがない）

ミカとしては今回の実験で魚を獲る方法を確立したので、今後はいくらでも食べたい時に食べられる。

七匹を一日で獲ろうとしたから大変なのであって、今後いつでも数匹獲って食べればいいのだ。

焼き魚なら、〝火炎息〟が使えるミカならいつでも食べられる。

「まあ、そんなことは関係ないか。あの二人には」

多分、後で食べられるとか、そういう問題ではないだろう。

どうしようかと考えていると、ふと視界の端に魚が見える。

少し離れた上流側の岩に魚がやって来たようだ。

ミカはその魚をしばらく眺め、ゆっくりと周りを確認する。

そして、慎重に左手をその魚に向けた。

「…………〝氷槍〟」

菜箸くらいの〝氷槍〟が一瞬で魚の所まで飛んで行き、串刺しにする。

上流から流れてくる、その魚を拾い上げる。

〝氷槍〟が刺さったまま流れてきた魚はまだ生きているようだ。

慣れた手つきで氷漬けにすると、川から上がって最後の収獲を桶に入れる。

「ふぅ――……、ノルマ達成。〝制限《リミッターオン》〟」

なんとなくズルをしたような気まずさがある。

初めて自分の意思で、魔法を使い、生き物を殺した。

その事実が少しだけ、棘《とげ》のように心に刺さる。

魔法で罠を張り、氷漬けにしている時点で殺生という結果ではまったく同じだが、なぜか〝氷槍〟を使ってしまったことに罪悪感があった。

こんなのはただの感傷だろう。

だけど、この感傷はとても大事なもののような気がした。


魚の入った桶を持って村の大通りを歩く。

「……お、重すぎる」

さすがに七匹の魚を氷漬けにし、それを水に浸けるのだから桶の中の水はいっぱいだ。

水がいっぱいに入った桶は七歳のミカが運ぶには少々重かった。

ただでさえ酷使した腰に、容赦なく止《とど》めを刺しに来ている。

苦労して教会まで運ぶと、最初に獲った魚を桶の底の方から取り出す。

初めの方に獲った魚はすでに氷が解けている。

それでも氷水に浸けてあったので、夏場でも傷みはしない。

桶の中の魚を入れ替えて、氷漬けの魚が下になるようにする。

もしも桶の中を覗かれても、氷が見えないようにだ。

教会の扉は開いており、中にはラディとキフロドがいた。

「こんにちはー」

ミカが声をかけると、二人はミカに気づいて入口の方にやって来る。

「いらっしゃい、ミカ君。今日はどうしましたか？」

相変わらず、きらきらと聖母オーラを纏ったラディがにこやかに微笑む。

「お裾分けです」

そう言ってミカが桶から魚を取り出して差し出すと、二人は驚いた顔をする。

「それは有難いが。どうしたんじゃ、この魚は？」

「さっき川で獲りました。いっぱい獲れたので」

「そうか、そうか。それでは有難く頂くことにしようかの。まだ小さいのに、ミカは立派な心掛けじゃの」

神々へ恵みの感謝と、続いてミカへの感謝を口にするとキフロドは魚を受け取る。

「……ミカ君が、獲ったの？　それも、こんなに？」

ラディは目を丸くして、桶を見ている。

茫然とするラディに、キフロドが声をかける。

「これ。お礼はどうしたんじゃ、ラディ」

そう言われ、我に返ったラディが慌てて感謝の言葉を口にする。

「あ、ありがとうございます、ミカ君。神々の恵みと、ミカ君に感謝を」

そう言ってキフロドから魚を受け取ると、奥に仕舞いに行く。

「…………。ミカよ、すまんの。まだ小さいミカがこんなにも魚を獲ったもんだから、驚いとるようじゃ」

「いえ、自分でも驚いているので。教会にはいつもお世話になってますし。また獲れたら持ってきますね」

「カッカッカッ。それは有難いがの。あまり無理はせんでええぞ。気持ちだけでも嬉しいもんじゃ。それにのぉ……」

キフロドは、真剣な顔で真っ直ぐにミカを見る。

「川の魚、ぜーんぶミカに獲られたら、村のみんなが困るわい」

そう言って、カッカッカッと高らかに笑うキフロドだった。

第17話 風の魔法

魚獲りの実験の翌日。

ミカは、土魔法の練習をした場所に向かって歩いていた。

昨日のことを思い出すと、つい一人でにやにやしてしまう。

教会の後にニネティアナの所へお裾分けを届けに行くと、たまたまディーゴも家に戻っていたらしく、ニネティアナと一緒に喜んでくれた。

家でもアマーリアとロレッタが目を丸くして驚き、大袈裟なほどに喜び、褒めてくれた。

普段、家のことではまったく役に立っていないので、調子に乗って毎日獲ってこようかと提案したら、それは止められた。

神々からの恵みを独占するのは良くないこと、という話だった。

ミカ一人で川の魚を獲り尽くせるとは思わないが、確かに獲り過ぎるのは良くない。

魔法を使って獲っているので、あまり目立ちすぎるのもまずいかと思い直す。

なので、これからも時々獲って来ると言うと、ロレッタが楽しみにしていると言ってくれた。

アマーリアには、川は危ないからあまり無理しないで、と却《かえ》って心配をさせてしまった。

それでも家族三人で食べた焼き魚は、信じられないほど美味しく感じられた。

ただ塩を振っただけなのに、今まで食べたどんな高級魚よりも美味しく感じられたのは、これまでのノイスハイム家の食卓の質素さ故か、それとも――。


家族。

ミカは元いた世界の家族について思い出す。

久橋律の家庭は少しだけ複雑な事情があった。

まあ、離婚家庭などは然程珍しくもないが、幼い頃からの長期に渡る両親の不仲により、律は少しだけ『家族』というものに失望を抱いている。

それだけが独身貴族であることを選んだ理由ではないが、どうしても新たな家庭を築くような気にはなれず、いつしか自分のテリトリーに他人がいることさえ苦痛となり、恋人を作ることにも消極的になっていった。

自分の手で稼ぐことができ、一人で生活する形が確立されていくことで、その傾向はより顕著となった。

だが、この世界のミカはどうか。

とても一人では生きていくことなど不可能で、アマーリアやロレッタには世話をかけている。

その上、たっぷりの愛情を溺れるのではないかというほどに浴びせられ、過剰なほどにミカに干渉してくる。

最初はそんな二人に大いに戸惑い、どう接すればいいのか悩むこともあったが、今ではそれを当たり前のように受け入れている。

律としての少し歪んだ家庭観も、ノイスハイム家でどんどん上書きされていく。

そのことを嬉しく思う反面、やはり罪悪感を抱いてしまうのだ。

この愛情は、本来自分が受けるべきものではない、と。

本当のミカ・ノイスハイムに申し訳ない。

図らずも、騙し続けることになってしまったアマーリアやロレッタにも申し訳ない。

ミカは、この家族をかけがえのないものとして、絶対に失いたくないと心から願っていた。


村のはずれに歩いていくと、昨日の〝土壁《アースウォール》〟の残骸を見つける。

その五メートルほど手前で止まり、ミカは左手を向けた。

「〝制限解除《リミッターオフ》〟〝石弾《ストーンバレット》〟」

三つの石を作り、土の壁だった物に撃ち込む。

更に三回〝石弾〟を三発ずつ撃ち込むと、土の壁はほぼ原形を留めないほどに吹き飛んだ。

「…………だからこそ、この家族は絶対に守る」

誰に言うともなく、独《ひと》りごちた。

ミカは草叢に座り込み、〝石弾〟について考える。

威力については申し分ない。

「……あと確認する必要があるのは、有効射程か？」

〝石弾〟がまるで銃のような魔法なので、銃の性能や仕様でよくある項目がふと思い浮かんだ。

有効射程は他の魔法でも必要な情報だが、今まではまったく考えなかった。

しかし、村の中ではあまり派手なことができない。

有効射程の確認には、当然ながらそれなりの広さが必要で、立ち入りを制限することができなければ村人を巻き込む事故も起きかねない。

必要な情報ではあるが、今確認するのは現実的ではない。

「そうなると、やっぱり魔法の開発か」

〝石弾〟は昨日の復習として数回試したが、難なく再現できた。

これからも〝石弾〟の練習は継続するが、今日やるのは新しい魔法の開発。


ちなみに余談ではあるが、ミカは〝石弾〟を三発ずつで使用する。

射撃の基本で二発ずつ撃つ『ダブルタップ』や『二点バースト』と呼ばれるものがある。

一発だけでは外してしまったり、ダメージが足りずに反撃を許すことが往々にして起こる。

そこで確実に仕留める、または反撃を封じるために二発ずつ撃ち込むのだ。

そして『三点バースト』というのもあり、これは名前の通り三発ずつ撃ち込む技術だ。

銃であれば弾数に制限があったり、部品数が増えることのコスト増や不具合を加味すると「二点バーストがあれば三点バーストっていらなくね？」という考えもあるが、魔法であればほぼ無視できる問題だ。

ならば確実に仕留める、若しくはダメージを稼ぐ意味でも三点バーストが有効だと判断した。

これから魔力量がどんどん増えていけば、いずれはマシンガンのように連射しまくるというのもやってみたいなぁと思っていたりする。


草叢に座り、風の魔法について考える。

すでに魔法のアイディアはある。

〝突風《ブラスト》〟と〝風刃《エアカッター》〟だ。

まずは〝突風〟を試そうと左手を突き出すが、何も起こらない。

魔力を集中し、手の前にある空気に運動エネルギーを送るようにイメージするが、うんともすんとも言わない。

試しに〝水球《ウオーターボール》〟を作り、放物線を描いて飛んで行くようにイメージをすると、思った通りに飛んで行く。

「うん？」

もう一度左手を突き出し空気の動きをイメージをするが、やはり何も起こらない。

「……どういうことだ？」

なぜか風の魔法が発現しない。

今、ミカがイメージしているのは大気の動きだ。

風とは、言うまでもなく大気の流れによる現象だ。

低気圧と高気圧、温められて上昇する気流と冷えて下降する気流。

様々な要因により大気は動き、その大気の流れを人は『風』と呼ぶ。

主に地表に対して水平方向に動くものを風と呼ぶことが多いが、垂直方向の動きでも風であることには変わりはない。

なので、大気が動くことをイメージし、運動エネルギーを手のひらの前にある大気に与えるようにしているのだが、まったく何も起こらない。

(特に意識しなくても、いつも勝手に運動エネルギーに変換されてるのに。何でできないんだ?)

腕を組み、顎に手をやる。

ん――……と考えていると、微かに引っかかることがある。

地面に落ちている石を拾い、指先で摘まむ。

その石に対して、〝石弾〟のように飛んで行くところをイメージする。

手に魔力を集中し、石はすっぽり魔力に包まれるが、やはり何も起こらない。

空いている方の手で〝石弾〟を作ると、イメージした通りに飛ばすことができた。

「…………元々存在する物には、干渉できない?」

万能にも思えた魔力だが、思わぬ落とし穴があった。

自分の魔力で作った物質には運動エネルギーや熱エネルギーの干渉ができるが、元々存在する物質には干渉できないようだ。

だが、そこまで考えて一つの矛盾点に気づいた。

じっと右手を見つめる。

「じゃあ、何で火傷は治せたんだ……？」

自分の身体だって、この分類《カテゴライズ》なら元々存在する物質だろう。

自分の身体は例外？

（いやいやいや、何を馬鹿なことを。そんな簡単に例外とか言うな）

そもそも、俺が魔力の何を知っているって言うんだ。

少し使えるようになっただけで、まだ手探りで扱い方を憶えてる最中じゃないか。

きっと、何か理由がある。

石や大気には干渉できず、自分で作り出した物質や自分の身体に干渉できた理由。

魔力の基本原則。まだ知らない理論が。

「自分の身体に干渉できたのは、単に干渉するための条件を満たしていたから。この石に干渉できないのは、干渉するための条件を何か見落としているんだ」

それが何であるかは分からない。

今こそ天才物理学者に降臨して頂き、ずばっと解明して頂きたいがそうもいかない。

ならば、これから経験則を積み上げて解明していくしかないだろう。

（……勝手にできないと決めつけるな。魔力の可能性の限界を自分で決めるな）

魔力にはイメージが大事だ。

ということは、自分ができないと思ってしまったら、できることもできなくなる。

無限の可能性を、自分ができないからと区切ることはない。

さて、いきなり躓いた〝突風〟の魔法だが、アプローチを変えてみることにする。

今ある大気に干渉できないなら、干渉できる大気を作ってしまえばいい。

「確か地上付近での大気の割合は窒素が八割、酸素が二割だったか？」

水蒸気を除いてとか、定義があった気がするが大雑把にはこんなもんだろう。

細かく言えば二酸化炭素だの大気中の塵だのいろいろあるだろうが、そこまではやってられない。

窒素八割、酸素二割が混合した大気を魔力で作り出し、それを一定方向に噴き出すようにしてやればいいだろう。

「………………大丈夫、だよな？」

一抹の不安がなくもない。

スキューバダイビングはやったことないが、ダイビング中の事故などで『窒素酔い』や『酸素中毒』というのを聞いたことがある。

そうした事故は水深数十メートルという環境下で起きやすいが、加圧された環境や血中の窒素や酸素の濃度が変動することで起きるのだと予想する。

地上で、しかもほぼ大気と同程度の濃度であれば吸っても問題は起きないだろうが、うろ憶えの半端な知識に命をかけるのは少し躊躇《ためら》いがある。

そもそも、自分の作り出す大気が、窒素と酸素である保証がまったくない。

本当に大丈夫だろうか……？

「まあ、いきなり〝作った大気《こいつ》〟でスキューバをやるわけじゃないしな。きっと大丈夫。……なはず」

気を取り直し、〝突風〟を試してみる。

〝突風〟と名付けてはいるが、今はそこまでの風を起こすつもりはない。

もちろん最終形は大木をも薙ぎ倒すような風を目標とするが、それを試すのは今ではない。

おそらくだが、そんな風をいきなり起こせば自分が反対方向に吹っ飛ぶ。

何事も失敗してみないと思い至らないミカではあるが、この失敗は高い確率で致命傷を負うことになる。

大木を薙ぎ倒す風である。ミカの身体なら、さて何十メートル飛んで行くことになるやら。

そのことに、試す前に気づいた自分を褒めてやりたいと思う。

「お試しだしな。まずはドライヤー程度で十分だろう」

左手を突き出し、目の前の雑草に向ける。

大気を作り出し、前方への運動エネルギーを与えるイメージ。

「〝突風〟」

すると、目の前の雑草が勢いよく靡《なび》き始める。

左手を右手に向けると、確かに右手に風を感じた。

「おお――。ほんとにドライヤーみたいだな」

熱エネルギーについては何もしていないので、常温の風が吹くだけだ。

今度は風を、首や顔にかける。

「あははは。こりゃいいや。結構涼しいぞ」

エアコンどころか扇風機すらない世界である。

自分の思ったところに風を浴びせられるのは、思った以上に使えるかもしれない。

夏限定ではあるが。

一頻《ひとしき》り「強」とか「弱」と、扇風機のスイッチを切り替えるように風速を変えて遊んでいると、もう一つの魔法が残っていることを思い出す。

実のところ、ミカはこの魔法があるから、風の魔法の開発を後回しにしたと言ってもいい。

〝風刃《エアカッター》〟――――風を刃として、対象を切り裂くアレである。

かまいたちとも呼ばれ、真空を作り出してうんぬんと言われる、あの現象だ。

「……いや、無理やろ。そんなん」

ファンタジーでの魔法の定番〝風刃〟だが、とても実現できる気がしなかった。

魔力の限界を自分で決めるなと考えたばかりではあるが、さすがにこれはちょっと……と思ってしまう。

空気で斬ることができないとは言わない。

例えば先程やってみた〝突風〟の変化形であれば、何かを切断するというのも可能だと思う。

空気の噴き出し口を注射針のように細くし、何十万気圧、何百万気圧にも相当するような圧力で噴きつければ、ミカの腕くらい切断が可能だろう。

まあ、この理屈なら空気圧よりは水圧を利用した方が、より高い効果を得られるだろうけど。

（刃《やいば》……。刃かぁー……）

ただ切断するだけならその方法でもいいのだが、刃が飛んで行くような形にはならない。

自分で魔法の形を決めるのだから、適当に済ませようと思えばいくらでもできる。

だが、だからこそこだわりたい。

自分の納得いく形に仕上げ、胸を張って〝風刃〟を使いたいのだ。

そこには、一片の妥協もあってはならない！

「とは言っても、無理なものは無理ぃー……」

ミカは草叢の中で大の字になる。

空気の急激な動きで、何かを引き裂くようなことはおそらく可能だ。

それをごく薄い範囲で行えば、刃で斬ったようにはなるかもしれない。

だが、その現象を起こすにはどれだけの魔力が必要になるのか。

物質を簡単に作り出せるのだから、その程度の出力を得るのも問題ないかもしれないが、どうにもミカ自身が「これでいける！」と納得しないのだ。

空気で何かを切り裂くというのは、いまいち理屈に合わない気がしてしまう。

「よし、やっぱズルしよう」

あっさりと方針を転換し、ミカは元気に起き上がる。

実は、最初から代案は考えていた。

〝風刃〟を習得する魔法に選んだ時点で、空気だけで切り裂くということにどうしても「腑に落ちん」と思ってしまったのだ。

そして、どういう形なら自分が納得できるかをじっくり考えた。

「〝風刃〟」

左手を突き出し、目の前にある雑草に向けると、あっさりと数十本の雑草が直線状に切れていく。

ミカは、ニヤリと会心の笑みを浮かべた。


かまいたち。

真空によって知らぬうちに傷ができる現象と言われて有名だが、実際にはあかぎれのようなものではないかというのが有力だ。

寒い地方での報告が多いのも、その根拠の一つ。

だが、もう一つ有力な説がある。

それは、強風により巻き上げられた砂や小石によるもの、という説だ。

おそらくは、多くが前者によるものだと思うが、少なからず後者による例もあるのではないかと考えている。

なので、〝風刃〟では後者を採用した。

まず、魔力をやや丸みを持った、定規のように平たい状態にして飛ばす。

要はブーメランのような形状だ。

この形状操作は〝氷槍《アイスジャベリン》〟の応用といえる。

そして、その飛ばした魔力を〇・一ミリメートルもない無数の小さな石にする。

これは〝石弾〟により可能となった。

その小石を、平たい定規状の範囲内で、高速で動かす。

あまりに小石の数が多いと視認されてしまうだろうが、三十センチメートルの定規に対して百個ほどの量なら、まず視認することは不可能だろう。

これで雑草くらいならあっさり切り落とせる風の刃となったが、果たしてどの程度の物まで切れるのか。

イメージ的には鎧すらも切り裂くが、物理的には限界もあるだろう。所詮は小石だし。

まあ、威力の改良などは後で少しずつ考えればいいことだ。

まずは『型』を定めることが大事。


〝風刃〟。

風の魔法と言いながら、中身はほぼ土の魔法である。

だが、それでもいいのだ。自分が納得できるなら。

自分が納得できないなら、どんな妥協も許さない。

だが、自分が納得できるのであれば、どんなズルでも許容する。

このあたりの感性はプログラマー時代に磨かれたと言ったら誤解されそうだが、プログラマーとはそういった性質があるのも事実だ。

プログラマーというのは、仕様により結果が決められているが、そのための方法は一つではない。

同じ結果を得るのに、手段は無数にあるのだ。

まったく同じ仕様、まったく同じ結果であっても、プログラマーが十人いれば、プログラム内容は十通りになると言っても過言ではない。

というか、事実そうなる。


今回、ミカが〝風刃〟に求めた仕様は――――。

一．視認されない。

二．切断能力に特化する。

三．効果範囲を棒状の形で維持する。

四．直線、若しくは曲線を描き目標に飛んで行く。

この四点だ。


すべて満たしている。

だから、ミカは胸を張って言える。

これは〝風刃〟であり、風の魔法であると！


「ようやく終わったなー」

ミカはしみじみと呟く。

基本となる四元素の魔法の完成。

もちろん、これからも役に立ちそうな魔法は開発していく。

だが、一先ずは目標であった四元素の魔法が完成したことを喜びたい。

それぞれに改良すべき点はいくつもある。

だが、そんなことは些細な問題だ。

必要な魔力量が多すぎて今は使いこなせなくても、そんなのはミカの魔力量が増えれば勝手に解決する。

今はただ、自力での魔法習得という、この偉業を称えたい。

「まあ、〝土壁〟と〝風刃〟はしばらく封印になりそうだけど」

意外だったのが、〝土壁〟ほどではないが〝風刃〟も必要な魔力量が多いことだ。

小石を作るという物質化、狭い範囲でその無数の小石が高速移動を繰り返すという仕様のためか、かなりの魔力量を消費することとなった。

「しばらくは他の魔法の習熟に専念しますかね。そうすれば、魔力量も増えてるだろうし」

ミカは草叢に寝転んで、空を眺める。

思い返せば、初めて魔法を発現したのも、こうして寝転んでいた時だった。

突然大量の水がミカを襲い、何事かと慌てたものだ。

意図せず魔法が発現し、悪夢のような事態に目の前が真っ暗になった。

その時のことを思い出し、思わず笑いが込み上げる。

「あれにはまいったよなぁー。本気でどうしようかと思った」

あの日から、まだ一カ月くらいしか経っていない。

ミカがこの世界に来てからも、まだ二カ月だ。

「……ずいぶんと、遠くなっちまったなあ」

しみじみと呟く。

距離が遠いとか、世界が違うといったことではない。

自分という存在が、以前の自分から遠く離れてしまった気がした。

元の世界での自分を思い出す。

平凡で、くたびれた、どこにでもいるような普通のおっさんだった。

「懐かしい、か……」

かつての、ありふれた生活に満足していたわけではない。

だが、何かを変えようとする気もなかった。

ただ惰性で生きていた毎日。

でも、それに不満があったわけでもない。

生きる意味を考えることなんて、とうの昔に忘れてしまっていた。

「よっ、と」

掛け声とともに、ミカは勢いよく起き上がる。

軽く衣服を叩き、草や埃を払う。

「……俺は、どこに向かってるんだろうなあ」

そう呟いて、よく晴れた空を見上げながら歩き出した。

第18話　錬金術チャレンジと切り札の実験

ミカが四元素の魔法を完成させてから十日ほど経った。

炎天下の昼下がり、家の横の草叢に座り込んで、ミカは懸命に集中していた。

昼食を摂ると集中力が落ちると考え、少しの水分補給だけで数時間も同じ作業を繰り返す。

大量の汗が流れるのも構わず、必死にイメージし続ける。

「ぐ、ぐぐぅぅーっ……」

黄金色に輝く、その美しい姿を。

「………なぜ、できないんだっ……！」

がっくりと項垂れる。

あまりの悔しさに涙が滲むが、その涙は汗とともに地面に落ちる。

「おかしいじゃないかっ！　変だろうがっ！　理屈に合わないっ！」

ミカは怒りのすべてを拳に乗せ、地面に叩きつける。

「ちくしょうぉぉぉおっっっ！！！」

話は、今日の午前に遡《さかのぼ》る――。

「錬金術、ですか？」

ミカの言葉に、ニネティアナがこくんと頷く。

デュールはニネティアナの腕の中で、すやすやと気持ちよさそうにお休み中である。

最近のミカは魔法の練習はほどほどで切り上げ、ニネティアナと話をすることが多くなった。

魔法の開発が一段落ついたことが大きな要因だが、魔法の有効活用について考える時間が増えたのだ。

そして、そのためにはニネティアナの話が非常に有用で、この世界の様々なことについて教えてもらっている。

もっとも、内容的にはこの世界に住む人たちにとっては当たり前のことばかりのようだが。

今も、そんな話をしていたところなのだが……。

「冒険者の中じゃ結構有名な話でね。どこかにその秘術を記した書物があるっていうの」

「へぇぇー……」

「あ、信じてないんでしょう？　実際、ギルドにいくつも依頼が出てるんだけどね。どれもすっごい高額の依頼なのよ？」

「へぇぇー……」

思わず気のない返事になってしまう。

依頼が出ても溜まっていく一方ということは、結局は誰も見つけられていないということではないだろうか。

（元の世界でもあったよなあ。○○の埋蔵金とか。すごい美術品とかお宝満載の黄金列車とかさ）

世界は変われど、どこにでも似たような話はあるんだなぁ、と変な感心をしていると、ニネティアナがムキになって説明してくる。

「ちょっとミカ君！　聖者の大秘術書は本当にあるのよ！　錬金術だけじゃない、いろいろな秘術が記されていて、それを手にすることができれば王にだってなれるの！」

「はいはい、分かりましたから。……いいんですか？　いきなり大声出すから、デュールが驚いてますよ」

先程までニネティアナの腕の中で気持ち良さそうに眠っていたデュールだが、びっくりして顔を引き攣らせ、今にも泣き出しそうだった。

慌ててニネティアナがあやすが、時すでに遅し。

「ひっく……、びえぇぇぇ――――――――んっ！！！」

どこからそんな大きな声が出るのかと感心してしまうほど、大声でデュールが泣き出す。

ミカはぴょんっと椅子から下りると、玄関に向かう。

「それじゃ、ニネティアナさんはデュールの相手でお忙しそうなので。これで失礼しますね」

「あ、ちょっと、ミカ君!?　デュールあやすの手伝ってよ！」

「今のは完全にニネティアナさんのせいじゃないですか。しっかりデュールのご機嫌を取ってあげてください」

チャオ、と軽く手を振りニネティアナの家を後にする。

すっかり気安くなったニネティアナへの態度だが、実際にはミカはニネティアナを師匠のように思っている。

子供の相手なんかと適当にあしらうようなことはせず、ミカの質問の一つひとつに丁寧に答えてくれる。

なのでミカも「師には対しては、それに相応しい礼を」と考えて丁寧に接したら「なんか気持ち悪いわね」と一蹴された。

何か企んでるの？　と疑われるに至り、丁寧に接するのをやめた。

礼儀を弁えつつもあまり表には出さず、普通に接する感じにしたのだ。

「聖者の大秘術書ねぇ」

歩きながら、先程の話を思い出す。

どこにでもある秘宝伝説の類だろう。

一攫千金というか、人生の一発逆転というか。

そういうのを手にしてみたいという浪漫は、ミカにもある程度は理解できる。

人生を懸けて追い求めるとまでは言わないが、ある意味では冒険者としての大事な資質の一つかもしれない。

もっとも、そうした過ぎたる好奇心は下手をすると身を滅ぼしかねないが。

「しっかし、聖者が王だの錬金術ってのはなあ。随分と欲に塗れた坊さんだこと」

しかも、『大』とつけるところが余計に胡散臭い。何だよ、大秘術書って。

この世界における錬金術がどういったものかは知らないが、元の世界でも錬金術というのは存在した。

成功の可否はともかく、そういった考えが存在したのは確かだ。

たしか、卑金属を貴金属に変えたり、不老不死の薬を作ったりしていたはずだ。

ファンタジー系のゲームなどでは割と定番の設定で、賢者の石やエリクサーなどが登場したのを憶えている。

(世界のどこかにある秘術？　そんな不確実なものより、この世界にはもっと確実なものがあるじゃないか)

ミカはあやふやな錬金術などより、魔力という計り知れないポテンシャルを秘めた力にこそ魅力を感じた。

この力は、やりようによっては万金をも得うる凄まじい力だ。

それこそ使い方によっては、本当に万の金塊にも匹敵する。

そのためにも、もっとこの世界のことを多く、そして正確に知る必要があった。

「お宝の場所なんかよりも、俺はもっと魔力のことが知りた、い……よ？」

微かな閃きに、ミカは不意に立ち止まる。

その場で思わず腕を組み、顎に手を添えて考え込む。

(………そんなこと、可能なのか？)

え、いや、でも……と呟き、その場で熟慮を重ねる。

(できない道理はない、はずだ。なら………できる？)

左手をじっと見つめ、その手を力強く握り込む。

「魔力で、金は作れる！」


そうして数時間の苦闘の末に、ミカは絶望に打ちひしがれたのだった。

「…………なんで……、なんでだ……、なんでだよっ!?」

うわ言のように「なぜ……どうして……？」と繰り返し、何度も地面を殴る。

どれだけ魔力を集中しても、砂金の一粒も作り出すことができなかった。

「石も水も作れるのに！　なんで金が作れないんだっ！！！」

同じ魔力の物質化。

〝石弾《ストーンバレット》〟の石は複数の原子によって構成されているように見える。

単一の原子で構成される金を作り出す方が、遥かに容易《たやす》いことは自明であるのに。

「……くそがぁぁ…………っ！」

ミカは、その場に崩れるように倒れ込む。

そこにあるのは七歳の少年の姿ではない。

欲望に塗れた、四十七歳のおっさんの姿がそこにはあった。

なまじ希望が見えていただけに、その絶望は…………深い。

きっと錬金術にのめり込んでいく人たちは、みな今のミカと同じように希望と絶望に打ちのめされながら深みに嵌まっていったのだろう。

そうして地面に伏していたミカだったが、しばらくしてゆっくりと立ち上がる。

ふらつく身体と強い倦怠感は、決して魔力の不足だけが原因ではない。

炎天下に何時間も外にいたせいで、熱中症を起こしかけていた。

「〝水球《ウォーターボール》〟……」と呟いて、バスケットボール大の水の塊を作り出すと、その中に頭を突っ込む。

水の中で顔と頭をわしわしと洗い流すと、勢い良く〝水球〟から出て、そのまま水を地面に落とす。

髪をかき上げ、おざなりに水を払うとふらふらと家に入って行く。

水甕の水をコップに移すと一気に飲み干し、また水を入れる。

コップを持っていつもの席に腰を下ろすと、はぁ……と大きく溜息をついた。

「なんでだ……」

テーブルに突っ伏して、また大きな溜息をつく。

魔法による金の生成が失敗したことは、ミカを大きく落ち込ませた。

何もミカは、自分の私利私欲のために錬金術に挑戦していたわけではない。

いや、もちろん私利私欲も大きな理由ではあるのだが、ミカはその金を真っ先にアマーリアに渡そうと思っていた。

いきなりそんな物を渡せば大騒ぎになるだろうから渡す方法をよく考える必要はあるが、いつも世話をかけているアマーリアに渡したかった。

今のノイスハイム家の経済状況を鑑みて、これで生活が楽になってくれればと思ったのだ。

毎日身を粉にして働いて、なぜそんなに生活が苦しいのかミカには分からないが、そんな状況を少しでも改善できればと思った。

ミカが家の経済状況を聞いても、アマーリアは「そんなことないわよ」と笑顔で答えるが、無理をしているのがありありと分かった。

子供のミカではまだ働くことができず、田舎のリッシュ村では小遣い稼ぎすらロクにできない。

魚獲りでお金を稼げないかそれとなくキフロドに聞いてみたのだが、みんなお裾分けで配ることはあっても、それでお金を取るということはしないようだ。

そもそも、自分の家で食べ切れないほど魚を獲ること自体があまりないようで、もし獲っても教会や親しい友人にあげるのだという。

田舎らしい、助け合いの精神。

おかげでミカは稼ぐ手段を封じられ、一方的に甘えるだけ、というわけだ。

「……まだ、しばらくは甘えるだけか」

ミカは、もう一度大きく溜息をつくのだった。

◇
◇
◇

ミカが錬金術の失敗で心折られた日の夕方、やはり熱を出した。

熱中症である。

翌朝には熱もだいぶ下がったのだが、アマーリアとロレッタには随分と心配をさせてしまった。

ミカは何度も大丈夫と言ったのだがアマーリアは心配だからと仕事を休み、ミカの看病をした。

ミカのせいで、アマーリアには余計な負担と経済的損失を与えてしまった。

(何やってんだ、俺は)

と、自らの行いを大いに反省したのが一週間前。

そして今、ミカは久しぶりに森に来ていた。

危ないからと自重していた森での魔法の練習。

今日だけ、一回だけだから、と自らに言い聞かせ、結局来てしまったのだ。

「ほんと、何やってんだかな、俺は」

自分の軽挙妄動に自分で呆れるが、来てしまったものはしょうがない。

さっさと用事を片付けて村に戻ろう。

魔法の練習の時にいつも使っていた場所。

昼食を摂ったりするのに座っていた丸太が目の前にある。

長い間放置されたその丸太は、村が材木を集めている今でもそのままになっていた。

どうやら、この丸太に関しては忘れ去られているようだ。

「まあ、残っててくれて助かったんだけどさ」

今日はこの丸太に用がある。

熱中症で休んでいた時、暇に飽かせて思いついた魔法――――。

いや、結構真面目に考えて、思いついた魔法ではあるのだが。

その実験のために今日は森へとやって来た。

この一週間は準備、というか前段階の練習に費やし、今日は言ってみればその実証実験。

「……思ったよりも結構あるな」

丸太を見ると、いくつも虫が空けた穴があった。

ミカからは見えない、丸太の反対側にも同様に虫の空けた穴があるだろう。

「全体が入るようにするには…………、まあギリギリいけるか？」

丸太の中心から二メートルほど離れると、ミカは丸太に背を向けた。

「〝制限解除《リミッターオフ》〟」

キィ――……ンという澄んだ音が微かに聞こえる。

意識を集中し、魔力を広げていく。

これまでは魔力を集中することばかりやっていたが、今は逆にミカの身体の外に広げていく。

これが本当に大変で、魔力は意識を集中して留めないと、簡単に大気中に散ってしまう。

魔力の散逸を防ぎながら少しでも範囲を広くしようとするのは、かなりの集中力を必要とする。

今回実験する魔法を効果的に使用するには、ミカを中心に半径十メートルくらいには広げたいと思っているが、今すぐそこまではとても無理だ。

あくまで実験なので今回はミカの後方に限定し、さらに魔力を楕円形に、ラグビーボール状に伸ばして丸太全体が入ればＯＫとする。

目を閉じて意識を集中し、後方に魔力をゆっくりと広げていく。

少しずつコントロールしきれなかった魔力が散っていくが、構わず範囲を広げていく。

そうして数分の時間をかけて魔力を広げていくと、背にした丸太を完全に範囲内に収めることができた。

ミカが中心にいるならもっと楽なのだが、安全のためにも丸太からある程度距離をとる必要がある。

おかげでひどく歪な形の魔力となってしまった。

だが、ここからが本番だ。

さらに意識を集中して、ミカは虫の空けた穴に魔力を集中的に送り込む。

視界に捉えなくても、ミカはこの虫の空けた穴を認識することができた。

これは魚獲りの時に気がついた違和感の正体なのだが、どうやら広げた魔力はミカの知覚範囲になるようだ。

物理的な感覚ではなく、〝魔力を感じる力〟の方に感じる感覚。

体内の魔力を動かしていた時の感覚に似ているが、どちらかと言えば上手く動かせずにいた頃の感覚に近い。

本当に微かで、手応えのほとんどない僅かな感覚だが、ミカは丸太に空いた穴を感じることができた。

この感覚に従い、虫の空けた穴のすべてに魔力を送り込み、ぼそりと呟く。

「〝颪千刃《サウザンドエッジ》〟」

丸太のいたる所からボフッとおがくずのような物が噴き出す。

ミカは集中を切ると大きく息を吸い込み、そして大きく吐き出した。

集中し過ぎて微かに頭痛を覚えるが、振り返って丸太を見る。

近づいて確認してみると、いくつもの穴からおがくずが出ており、中には樹皮が持ち上がったり、割れていたりする箇所もあった。

そして所々、何ともなっていない穴も確認できる。

「…………結構、取りこぼしがあるな」

すべての穴に魔力を送り込んだつもりだったが、穴に気づかなかったのか、魔法が発現しなかったのか。

思ったよりも穴の数が多かったために魔力が足りなかった、という可能性もありそうだ。

ミカの把握した穴の数は百個を超えていた。

丸太の反対側に回って状態を確認すると、状況としては同じようなものだった。

「やっぱり、なかなか難しいな」

分かっていたことだが、これは実用化するのは思った以上に時間がかかりそうだ。

「まあ、実際にはそこまで多くはならないか」

想定する実用例では、丸太に空いた穴ほどの数で発現させることはないだろう。

実証実験を行うことで、今後のとりあえずの課題も把握できた。

ミカは、自重を返上してまで行った今回の実験の成果に満足して村に帰った。

犠牲となった多数の虫たちの冥福を祈りながら。

〝風千刃〟。

熱中症で休んでいた時に、時間だけはあったのでいろいろ考えた末に思いついた魔法。

やっていることは〝風刃《エアカッター》〟と然程変わりはない。

より小さな刃を多数発生させる、ただそれだけだ。

小さいとはいえ多数を同時に発生させるという仕様上、必要となる魔力は〝風刃〟どころか〝土壁《アースウォール》〟すら超えてしまった。

広範囲で発生させるというのも、必要な魔力を増大させた原因かもしれない。

今回の実験ですらミカの魔力総量の半分以上を消費したと思う。

完成形では、この数十倍の範囲で行おうとしているのだから、とてもではないけど実用化は不可能だろう。………今のところは。

では、この魔力バカ食い魔法は何を想定しているのか。

それは、対魔獣の切り札である。

〝火球《ファイアボール》〟や〝石弾〟など様々な魔法を開発してきたが、やはりそれだけで本当に大丈夫だろうかという不安が拭えなかった。

アグ・ベアには効くかもしれないが、もしも外骨格の発達した魔獣がいたら？

〝石弾〟を何百発と撃ち込んでもびくともしないような強度に守られた魔獣でもいれば、今のミカでは打つ手なしだろう。

そこで、すべての魔獣とまでは言わないが、凡《おおよ》その魔獣に致命傷を与えられるような魔法はないだろうかと考えた。

そうして思いついたのが〝風千刃〟だ。

我らが最強生命体クマムシ様は例外としても、生物はおしなべて呼吸を必要とする。

即死とまでは行かなくても、呼吸を奪えば徐々に機能を停止し、やがて死に至る。

大気を作り出せるのだから毒ガスでも作ろうかと考えたが、自分も危ないし、そもそも実験がそう簡単にできない。

熱エネルギー操作も同じで「一万度で焼けばどんな生物だって死ぬだろ」と思ったが、これも自分が危ないし、周りへの被害が甚大過ぎる。

今のミカにもできて、周りへの影響を最小に抑える。

そんな都合のいい魔法はないかと考えた末に辿り着いたのが、この〝風千刃〟だ。


理屈としてはこうだ。

対象となる魔獣の鼻腔や口腔、耳孔の奥深くに魔力を送り込む。

そこで小さな〝風刃〟を無数に発生させる。

どれほど相手がタフであろうと、また外骨格が強固であろうと、これらを『内側』から破壊されれば為す術はない。

生物である以上、外側は硬くできても、内側までは硬くすることはできないからだ。

相手に気づかれないよう静かに魔力を送り込み、気管や肺などの呼吸器系を破壊する。

耳孔を狙うのは、念のための保険だ。

もしも人間と同じように三半規管が近くにあれば、そこも破壊する。

そうすれば、まともに動くことはできなくなる。

かなり残酷な魔法ではあるが、こちらも必死だ。

これで倒せなければ自分や周りも死ぬ、という状況を想定しての魔法なのだから必死にもなろう。

また、想定している状況はもう一つある。

例えば相手が魔獣ではなく、野犬や狼だとしよう。

野犬を確実に一発で倒せる魔法があっても、まったく有利にならない状況が存在する。

群れに囲まれた時だ。

一対一なら問題にならなくても、一対多数ではおそらく勝負にすらならない。

群れに一斉に襲い掛かられれば、二匹三匹を道連れにはできても、多分そこまでが限界だろう。

なので、そのための目標半径十メートル。

丸太に背中を向けて実験を行ったのもこのためだ。

群れに包囲された時、若しくは包囲が完成する前に一気に制圧する。

ニネティアナと話をしていると、冒険者として活動していた時にこんなことがあった、という話が頻繁に出てくる。

その中に、魔獣や魔物と遭遇して戦闘になった時の話も当然ある。

パーティーの仲間がいるので一人ですべてを相手にするわけではないが、どれだけ気をつけていてもやはり囲まれるような状況というのは発生してしまう。

そして、その状況がどれほど恐ろしいことなのかをたっぷりと聞かされた。

身体のどこが、どのように怪我を負ったか。毒でどれほど苦痛だったか。

ミカが「もういいです」と言っても聞かせてくるのだ。

耳を塞ぐのを阻止して、非常に具体的な描写で、たっぷりとだ。

あれは、もはや虐待だと思う。

ニネティアナが、デュールに同じことをしないよう切に願う。

まあ、要注意人物リスト上位のミカの行動を抑制する目的もあるのだろうが、「ちとやりすぎでは？」と思わなくもない。

ネット掲示板によるイタズラで、グロ画像耐性ＭＡＸになってしまったミカではあるが、経験者談として聞かされる苦痛系の話はあまり好き好んで聞きたいとは思わない。

「腕のここから、このへんくらいまで骨が見えちゃっててさ。脇のこのへんからは血が噴き出して止まらないし。あの時はほんと死ぬかと思ったわ」

なんて話、誰だって聞きたくないよねえ？


そんなことを考えながら歩いていると、家の前に着いた。

「だいたい思っていた通りの形になったな。魔力が足りないのは、今に始まったことじゃないし」

ミカは〝水球〟で手を洗い、家に入った。

一日の目安にしている魔力総量の半分を使ってしまったので、今日はもう魔法の練習ができない。

仕方ないので、実験で分かった〝風千刃〟の問題点などを考えることにした。

ミカはいつもの席に座ると足と腕を組み、顎に手を添える。

背もたれに寄りかかり、目を閉じて〝風千刃〟の実験結果を思い返す。

まず、第一に必要な魔力が多すぎること。

これに関しては、今はどうしようもない。

規模を縮小することで使用自体は可能なのだから、しばらくはその方向で行くしかない。

〝土壁〟と同様、ミカの魔力が増えれば勝手に解決するのだから、それを待つしかないだろう。

第二に、取りこぼしが結構あったこと。

これについては穴が多すぎて把握しきれなかったことが原因の一つだろう。

あとは、すべての穴で〝風千刃〟を発現させるには魔力が不足していた可能性もある。

前者についてはは感覚を磨くしかない。

魔力範囲による知覚は本当に微かな感覚でしか感じられないので、いきなりすべてを把握するのは難しかった。

何か、感覚を磨く練習というのも考える必要があるかもしれない。

ただ、この問題を把握できただけでも、今回の実験を行った甲斐はあったと言える。

後者に関しては魔力量の問題なので、時間が解決してくれる問題と信じるしかないだろう。

第三に、準備に時間がかかり過ぎること。

魔力を広げるという、ミカがこれまで魔法を使うのに行ってきたことの、真逆の技術が必要になるのだ。これは仕方がない。

繰り返し練習して慣れていくしかないだろう。
そして第四、これが一番の問題と言えるかもしれない。
ミカは左手に魔力を集中する。
すると、青白い光がぼんやりと左手を包む。
〝風千刃〟の準備段階である、魔力を広げるという工程。
この時点で魔力が見えてしまうのだ。
魔法の効果範囲が目に見えてしまう。
余程のアホでもなければ、即座にこの範囲からは離脱するだろう。
野生の獣や魔獣が、大人しくこの範囲に留まっててくれるだろうか？
「…………まあ、無理だろうな」
普通に考えれば、人間よりも遥かに鋭い感覚を持っているはずだ。
なら、その場に足止めする手段というのも用意する必要がある。
もしくは、魔力を見えなくする方法。
どちらも一朝一夕というわけにはいかない。
「完成形までは、随分と遠いなー」
焦っても仕方ないが、あまりにも長い道筋を思いげんなりしてしまう。
（いろいろ問題はあるし、しばらくは使うとしても限られた条件下になりそうだけど）
それでも、想像に近い形で実現は可能という結論に至った。
一先ずはその事実に満足することにした。

第19話　織物工場の火事1

火の三の月となり、暦のうえでは夏の最後の月になった。

だが、気温だけを見れば今こそが絶好調という感じで、連日最高気温を更新し続けている気がする。

気がする、というのはこの世界にはまだ温度計がないからだ。

世界のどこかにはあるのかもしれないが、リッシュ村にはないし、ニネティアナも聞いたことがないという。

連日夢中になって外で魔法の練習をしていたミカだったが、最近の暑さにはギブアップしていた。

川に涼みにも行ったのだが、直射日光が強すぎた。

橋の下なら涼しいのは涼しいが、村の子供たちが挙《こぞ》って集まっている。

たまに相手をする分には構わないが、さすがに毎日子供の相手をするような元気はミカにはない。

仕方ないので、今日は家で大人しくしている。

「はぁ～……、涼しいぃ～……」

ミカは両手を自分の顔と首に向け、〝突風《ブラスト》〟で作った風を浴びていた。

今日は特に気温が高く、しかも風がほとんどない。

これまでは窓を開けていればそれなりに涼しかったのだが、風がないので窓を開けても熱が籠もらない以上の効果はない。

今までは、なるべく〝突風〟を使って涼むことは自重していた。

アマーリアやロレッタは連日の猛暑の中、織物工場で働いている。

空調のないこの世界で、毎日熱の籠もる工場で働き詰めなのだ。

家にいるだけのミカが一人だけ涼むことに、非常に罪悪感があった。

（いや～、これはもう無理っしょ）

だが、物事には限度というものがある。

自重はしていたが、それでミカが熱中症になればまたアマーリアに迷惑をかけてしまう。

ならばここは断腸の思いで、涙を飲んで遠慮なく涼むべきであると思い直した。

現在〝突風〟は熱エネルギーの操作はしていない。

もちろん冷風を出せることは確認済みなのだが、これが意外に魔力を食う。

一瞬だけ冷風を出すならともかく、ずっと出しっ放しにしないと意味がない。

五分十分で済むという話ではないので、冷風を出し続けては魔力が枯渇してしまう。

そこで、〝水飛沫《ウォータースプラッシュ》〟を霧吹きのように顔と首にかけ、〝突風〟で風だけを送る。

気化熱を利用して涼を取っていた。

「……これで本当に来月から秋なのか？　暦狂ってないか？」

暦についてニネティアナに聞いてみたが、よく分からないとのことだった。

というより、そもそも暦をまったく気にしていないのだ。

冒険者としての生活が長いせいか、何日後とか来週の何の日とか、そういった近視眼的にしか暦を捉えていない。

一年の流れすら、暑くなったね寒くなったねくらいにしか気にしていない。

ミカからすると「それでいいのか？」と思ってしまうが、それで済んでしまうのもまた事実なのだろう。

工場長をしているホレイシオや村長などは別として、日銭を稼ぐだけの生活なら、確かにそれで済むのかもしれない。


そうしてミカがだらけていると、鐘の音が聞こえてきた。

カンカンと鳴り、しばらくするとまたカンカンカンと聞こえてくる。

（三回の鐘は……、火事？）

思わず振り返り、周りを見る。

異変はない。火事はミカの家ではない。

そもそもミカは火を使うことを家族から禁止されている。

ミカも、村の外での魔法の練習ならともかく、それ以外では火を使うことはなかった。

その火魔法も最近はまったく練習していない。

（どこだ？）

外に出て周囲を見回す。

近所というほど近くに隣家はないので、周りでも騒ぎになったりはしていない。

ぐるりと空を見渡して煙を探すと、丁度ノイスハイム家から北の方角、遠くの方に煙が上がっているのが見える。

今日は風がないので、煙も風に流されることなく真っ直ぐに上がっていた。

ノイスハイム家がリッシュ村の南東の端なので、村の北東が火事の現場ということになる。

（……現場はかなり遠くっぽい――）

そこまで考えて、ミカは煙に向かって全力で走り出した。

（村の北東！　織物工場！）

今日もアマーリアとロレッタは、いつも通り織物工場に働きに出ている。

家族が無事に避難していてくれることを願いながら、ミカは織物工場に向かって走った。

途中で、火災現場に向かう人たちをちらほらと目にした。

リッシュ村の労働者のほぼすべてが織物工場か綿花畑で従事している。

たとえ家族は綿花畑で働いていても、知り合いの多くが織物工場で働いているのだ。

ミカが織物工場に着くと、すでに百人以上の人が織物工場の建物の外にいた。

織物工場で働いていた人が避難しているのと、火事に気づいて集まった人たちだ。

そんな人だかりの中にラディの姿を見つけた。

おそらくは火事のことを聞き、怪我人に備えて駆け付けたのだろう。

火災現場は織物工場の四棟の中でも一番北東にある端の建物で、多くの人がその火災現場を遠巻きに見ている。

炎天下の中を走ってきたため、ミカはすでに汗だくになっていた。

息を整える間もなく、ミカはごった返す人だかりの中、必死に二人を捜す。

「ミカッ！」

人だかりの中で、ミカに気づいたロレッタが駆け寄る。

「お姉ちゃん！　ハァ……ハァ……よかった、無事で。ハァ……お母さんは？」

「お母さんも無事よ。一緒に避難したの」

そう言って振り返るロレッタの向こうで、アマーリアもミカに気づいて走って来ていた。

「ミカ、来てたのね」

「うん。ハァ……二人とも、ハァ……ハァ…………無事で、よかった」

ミカは、はぁー……と大きく息を吐くと、まだ整わぬ息を少しずつ落ち着けていく。

そんな汗だくのミカを、アマーリアが手ぬぐいで拭いてくれる。

そうしてミカが息を整えているうちに、どんどん人が集まってくる。

村人全員が集まるような勢いだ。

いや、実際そうなるだろう。

村人全員が知人友人、親類縁者のような村なのだ。

むしろ集まるのが当然と言えた。

家族の無事が確認でき、落ち着くだけの間ができると、ミカは少し奇妙なことに気づく。

誰も彼もがただ遠巻きに見るだけで、組織立って動くような気配が見られない。

一一九番、消防車に救急車。

そんなものはないだろうが、消防団のような活動はしないのだろうか。

（え？　ポンプ車くらいあるよね？　バケツリレーとかさ）

魔獣に対してあれだけの団結力で立ち向かった自警団なのだ。

火災の時にも、消火活動くらいしないのだろうか？

（ホレイシオさんはどこだよ。工場長なんだから、ちゃんと全員が避難できたか確認しないとだめだろ）

元いた世界での避難訓練を思い出す。

担当毎に避難した人を確認し、上司に報告する。

誰が避難できたか、避難のできていない人がいないかを把握するためだ。

男性社員はバケツリレーをやらされ、女性社員は水消火器を使っての消火訓練をさせられた。

あの頃は「面倒だなあ」と思っていたが、実際に火災現場に出くわすと訓練の大切さがよく分かる。

（何で誰も動かないんだ？）

そう思ったが、ミカはすぐに答えに行き着いた。

（……消火活動なんて、しようがないんだ）

無駄に広い村。一軒一軒が遠く離れ、延焼も類焼もまず起きない。

おそらく消防水利という概念がないので、村の中に防火水槽の代わりになるような貯水池もない。

実際にミカは村を歩き回り、自分の目で見てきた。

村の中に飲用、生活用水のための井戸はあるが、それ以外の貯水池などは一つもなかった。

その事実に、実際に火災が起きるまでまったく思い至らなかった。

(俺も随分平和ボケしてるな。実際に火事が起きるまで、思いつきもしないんだから)

しかし、村中に点在する家屋ならともかく、織物工場は四棟も連なって建っているのだ。

何もしなければ、村の唯一の経済基盤である織物工場が焼失してしまう。

川まで少し距離はあるが、村人総出ならバケツリレーもやれなくはない。

これがぶっつけ本番でさえなければ、まだやりようはあったかもしれないが……。

今、ミカが村の人に説明したところで、まともに機能させるのは現実的とは言えないだろう。

(江戸時代、火事の時には先回りして長屋を取り壊していたらしいけど……)

江戸の町には長屋が密集していた。

そんな中で火災が起きたら、何もしなければ町全体に燃え広がってしまう。

そこで燃え広がる火を食い止めるために、先回りして長屋を取り壊して延焼を止めていたと聞いたことがある。

(消火活動も組織化してたし、消防水利の概念も稚拙とは言え、すでにあった。……くそっ、江戸時代以下かよこの世界は！)

何かやれることはないかと考えていると、人だかりの中にディーゴの姿を見つけた。

ミカがディーゴの方に走り出すと、ロレッタが慌てる。

「ちょっと、ミカ！」

「ディーゴさんの所に行くだけ！」

ミカが人だかりをかき分けてディーゴの下に行くと、ディーゴは苦々しく火災を見ていた。

「ディーゴさん！」

「お、おう坊主。おめえも来てたのか。家族は大丈夫だったか？」

「うん、二人とも無事。それよりもディーゴさん、自警団で何かやったりしないの？」

「何かってなんだよ？」

「このままじゃ隣の建物にも火が移っちゃうよ？　先に潰しておくとか、何かしないの？」

「潰すぅ!?　あれをか？」

そう言ってディーゴは隣の建物を見る。

「……無茶言うなよ。突拍子もないこと言うなぁ、おめえ」

ディーゴは呆れたように呟く。

たしかに、織物工場を長屋のように壊すのは難しい。

長屋は元々、火事の時には壊しやすいような構造に設計されていた。

いきなり同じように壊せと言われても無理だろう。

「じゃあ、工場から避難した人を確認しない？　ちゃんとみんな避難してるかどうか、確認した方がいいんじゃない？」

「……そう、だな。確認した方がいいか。おい！」

ディーゴが人だかりの中から誰かを探して呼びかけようとした時、周りがザワついた。

「おい、あそこ！」

「見ろ！　誰か出てきたぞ！」

どこからか、そんな声が聞こえてきた。

見ると、周りの人がみんな火事の起きている建物の出入口を指さして、口々に叫んでいる。

出入口からは煙が噴き出し、その煙の中から一人の男がふらつきながら出てきたところだった。

人だかりから数人の男が飛び出し、ディーゴもそれに続いた。

男たちは建物から出てきた男を支えると、両脇を抱えて建物から離れる。

「しっかりしろ、ナンザーロ！」

「もう大丈夫だぞ！」

ナンザーロと呼ばれた若い男はひどく咳き込みながら、必死に建物を指さす。

その手はひどく焼け爛《ただ》れ、よく見れば腕は全体的に火傷を負っていた。

ラディが走ってきて、すぐナンザーロに【癒し】を与える。

ミカは遠巻きながら、その様子を見ていた。

「ゴホッ……、まだ、中に！　ゴホッ……！」

ナンザーロは涙を流しながら、必死に訴える。

「まだ中に人がいるのかっ！」

誰かが怒鳴りつけるように確認すると、ナンザーロは何度も頷く。

「そんな!?」

「なんてこった……！」

ラディは絶句し、建物を見ると祈る仕草をした。

ディーゴは歯を喰いしばり、建物を睨みつける。

「ゲホッ……妻が！　ゴホッ……ゴホッ……まだ中に、メヒトルテがいるんだ！」

「なっ！」

ナンザーロの悲痛な叫びに、その場にいた全員が絶句する。

「頼むっ！　誰か、ゴホッ……誰か妻を助けてくれ！　お願いだ！　誰か！」

ナンザーロは必死に傍にいた男にしがみつき訴える。

その場にいた全員が、助けを求めるナンザーロの姿を見ていることができなかった。

おそらくナンザーロは、ギリギリまで妻を救おうとしたのだろう。

だが、自分だけでは救い出せないと悟り、断腸の思いでその場を離れ、助けを求めに来たのだ。

「……他にも誰か、取り残されてる人を見たか？」

ディーゴがナンザーロに問いかける。

「………工場長と、他にも数人いたんだ。妻もそこに……」

ナンザーロは、力尽きたように項垂れる。

「………俺、最後まで助けようとしたんだけど、工場長に行けって……。それでも、何とか助けようとしたんだけど……、火が回ってきてっ……！」

そう言い、ナンザーロは泣き崩れる。

ナンザーロのあまりに過酷な告白に、ミカも崩れ落ちそうなほどの無力感に包まれた。

（……ホレイシオさん）

人だかりの中に見かけないと思ってはいたが、まさか取り残されていたとは。

あの、短身だが頑強そうなホレイシオなら、どんな所からでも脱出できそうだが。

（何か……動けない理由があるのか……？）

ホレイシオか、他の取り残された誰かが怪我を負ったか。

何らかの理由により、動くに動けない状況なのか。
知らぬうちに、ミカは手をきつく握り締めていた。
（ホレイシオさんは命の恩人だ。それは、確かにそうだけど……）
ミカは煙の噴き上がる建物を見る。
すでに火は建物の広範囲に広がっているだろう。
天井もいつまで持つか分からない。
いつ崩れ落ちてきてもおかしくない。

ミカはナンザーロを見る。
助けを求めるためとはいえ、妻を置いて逃げてしまった。
いや、きっと分かっていただろう。それが叶わないことを。
ナンザーロの抱えるその絶望は、如何ばかりか。
きっとナンザーロは、今日のことを一生後悔し続けるだろう。
（くそっ……、馬鹿なこと考えるなよ）
あの中に飛び込むなど、いくら何でも自殺行為だ。
少しくらい魔法が使えても、どうにもならないことがある。
そんなことは、言うまでもなく分かっている。
（分かってる。ああ、分かってるよ！）
ミカはもう一度、煙の噴き上がる建物を見る。

歯を喰いしばり、目をギュッと力いっぱいに閉じる。

(どうしようもないだろうが！　俺一人に何ができるってんだ！)

このまま織物工場を焼失させれば、リッシュ村はお終いだろう。

そうなれば、村人全員が路頭に迷うことになる。

(くそったれがっ!!)

カッと目を見開くと、思考とは裏腹にミカは煙の上がる出入口に向かって駆け出していた。

「あ、おい！　こら！」

「馬鹿！　戻れ！」

駆け出したミカに気づいた大人たちが咄嗟に止めようと動くが、不意をつかれたため手を伸ばすが届かない。

「〝制限解除《リミッターオフ》〟！　〝水球《ウオーターボール》〟！！！」

ミカは走りながら〝水球〟を自分の正面に作り出す。

直径一メートルほどの〝水球〟にそのまま飛び込み、反対側に突き抜ける。

ミカの暴走に気づいた大人たちはミカを追いかけたが、突然現れた水の塊に驚き、動きが鈍る。

その隙に、ミカは出入口に飛び込んだ。

「見ろ！　誰か！」

「キャア――――――ッ！」

「子供が！」

「ミカ君！」

「ミカッ！」

背後の人だかりからいくつも悲鳴が上がり、ミカを止める声が聞こえる。

ミカは建物の中からその声を聞き、心の中でアマーリアとロレッタに謝る。

（……ごめん。いつも心配ばかりかけて、本当にごめん。でも……）

ホレイシオを。命の恩人を見捨てたくなかった。

ナンザーロの悲痛な叫びを、何とかしてやりたかった。

もしも、自分に立ち向かえる〝力〟があるのなら。

その可能性が、僅かにでもあるのなら。

（……何とかしてみせる！）

ミカは右手で口と鼻を塞ぎ、〝突風〟で呼吸を確保する。

左手で〝水飛沫〟を出し続け、進行方向と周囲の目についた炎にかけていく。

工場は木造の建物で、炎に焼かれて耐久性が落ちている。

水の勢いが強過ぎると、それがとどめとなって崩れてしまいかねない。

ミカは慎重に消火しながら建物の中を進んで行く。

（呼吸は確保できても、目が……）

大量の煙に包まれ、いくら呼吸は確保できても目が痛くてしょうがない。

〝突風〟の勢いで顔の周囲の煙は押し返しているが、それでも熱と多少の煙はどうしようもない。

煙で視界も著しく制限される。

しかもミカは火災現場である建物に入ったことがないため、内部構造も分からなかった。

「ホレイシオさ――ん！　どこにいますかぁ――――っ！」

大声で呼びかけるが返事はない。

ゴォ――……という空気の流れる音と、炎で木が爆《は》ぜる音が聞こえるだけだった。

ミカは大声で呼びかけながら、慎重に進んで行った。

（魔法の同時使用は初めてやったけど、何とかなるもんだな）

〝水飛沫〟と〝突風〟。

それなりに練習をしているので発現させることに不安はなかったが、同時に使用するのは初めてだった。

ミカは度々自分にも水をかけ、建物に充満する熱に耐える。

（これからは、こういうのも練習すべきか。……………これから、があるならだけど）

歩いた距離から考えて、そろそろ建物の半分ほどに来たかという頃、ミカはまずい事態に気づいた。

（このままだと……、魔力が持たない）

ミカは歩みを止めてしまった。

火事に気づく前、家で〝水飛沫〟を使っていた。

そして、今は〝水飛沫〟と〝突風〟を同時に使っている。

思った以上に魔力の消費が激しい。

とくに〝水飛沫〟の魔力消費が大きかった。

勢いは抑えているとはいえ、大量の水を作り続けるのだ。

じりじりと魔力が減っていくのが分かった。

（どうする？　どうすれば……）

魔力が枯渇すればそこで終わりだ。

ミカ自身も動けなくなる。

今ならまだ、ギリギリ引き返すことができるかもしれない。

（……できるか、そんなこと……っ！）

ギリッと歯を喰いしばる。

だが、このまま進んで取り残された人たちを発見できても、そこからは確実に引き返すことができない。

（考えろ、考えろ、考えろ……。何か手はある。…………絶対に！）

迫りくる炎を睨みつけながら、ミカは懸命に生き残る術を考えるのだった。

第20話　織物工場の火事2

【メヒトルテ視点】


メヒトルテは神に祈っていた。

膝をつき、身体を屈めて煙から逃れるようにしながら、懸命に神に祈った。

（……どうか、ナンザーロが無事でありますように。神々よ、どうか夫をお守りください）

工場の中で火災が起きた時、最後まで残ってナンザーロはメヒトルテを助けようとしていた。

だが、炎がどんどん広がっていき、ナンザーロ自身が炎に巻かれそうになった。

見かねたホレイシオが、ナンザーロに避難するよう説得した。

メヒトルテも説得した。どうか、ナンザーロだけでも避難してほしいと。

最初は聞き入れなかったナンザーロだったが、やがて自分だけではどうにもならないと受け入れざるを得なかった。

「必ず！　必ず助けに戻る！　少しだけ我慢して待っててくれ！」

「ええ、待ってるわ！　だから、早く行ってナンザーロ！　お願いだから、早く逃げて！」

メヒトルテが叫ぶように懇願すると、ナンザーロは唇を嚙みしめ、慟哭《どうこく》し、やがて炎と煙の中に駆け出していったのだ。

ナンザーロが避難を始めた時点で、すでにかなり火の手が回ってしまっていた。

避難するのも決して容易ではないだろう。

「すまない……、すまない……。ゴホッゲホッ……」

ホレイシオがうわ言のように呟いた。

ホレイシオは背中に大きな火傷を負い、足にも怪我をしていて、今はうつ伏せにして休ませている。

先程までは会話もできていたのだが、今は意識が朦朧としているのか、ずっと「すまない」と繰り返していた。


火災は突然起こった。

炎が上がったと思ったら爆発的に飛び火し、紡いでいた糸や材料の綿花などに次々に燃え移った。

紡績工場は火災が起きやすい。

材料となる綿花のくずが大量に空気中に漂い、機械の摩擦熱で発火することがあるのだ。

もちろん、火災にならないようにいろいろ気をつけているし、小まめに清掃や換気をすることで綿塵が工場内に留まらないようにもしている。

だが、それでも起きてしまった。

メヒトルテやホレイシオ、他の数人は工場の奥で打ち合わせをしていた。

資材の管理や生産計画の進捗など、実際に現場に足を運んで確認を行っていた。

そんな時に火災が起きた。

ホレイシオは、火災に気づくと消火は困難だとすぐに判断。全員に避難を指示した。

ただ、火災の発生場所が悪かった。

工場内のかなり奥の方で発生し、メヒトルテたちは避難路を断たれてしまったのだ。

それでも数人がかりで何とか避難のための道を切り拓こうとしたが、不運にも資材を積んでいた棚が崩れてしまった。

最初の爆発的な飛び火で燃え移った、大量の綿花などが、だ。

ホレイシオが咄嗟に庇ってくれたおかげでみんな怪我をしないで済んだが、代わりにホレイシオが背中に大火傷を負い、足にも怪我をしてしまった。

ホレイシオは火災の発生を自らの管理不足として詫びたが、メヒトルテはホレイシオを責める気にはなれなかった。

数カ月前、突然領主から大幅な生産計画の変更を命じられ、ホレイシオはその対応で忙し過ぎたのだ。

特に今月に入ってからは寝る間も惜しむような有様で、そのうち倒れるのではと心配していたくらいだ。

さらに連日の猛暑に加えて、今日は風がない。

いくら換気をしたところで、風がなくて思うように換気できなかった。

悪条件が重なったのを、ホレイシオのせいだと言うのは少々酷だろう。

ナンザーロは紡績工場内の火災を知ると、メヒトルテが避難していないことに気づいて急いで駆けつけた。

だが、すでに打つ手がなかった。

それでもナンザーロは燃え盛る障害物を動かして、何とか避難路を作ろうとした。

自らの手が焼かれることも構わず、必死になって愛する妻を救おうと炎に立ち向かった。

だが、ついに自らも炎に巻かれそうになった。

見かねたホレイシオが避難するよう何度も説得するが聞き入れず、メヒトルテの必死の懇願により、ようやくその場を離れたのだ。


メヒトルテは煙で激しく咳き込み、苦しみの中で自らの最期を覚悟した。

（……偉大なる六つ柱の神々よ。どうか、哀れな迷い子が御許に辿り着けますようお導きください。光の神、闇の神、火の神、水の神、風の神、土の神よ。どうか愛する夫、愛する家族をお守りください）

メヒトルテが懸命に祈っていると、何か声が聞こえた気がした。

「……どこですかぁ――……誰かいますかぁ――……」

初めは気のせいかと思ったが、遠かった声が少しずつ近づいてくる。

他の人にも聞こえたのか、思わず見合ってしまう。

弾かれたように、そのうちの一人が大声で叫び始める。

「お――――い！　ここだぁ――――――っ！　ゲホッゲホッ！」

「ゴホッ、ゴホッ……、ここよぉ――――――っ！」

「助けてくれぇ――――――っ！」

一人が声を上げると、全員が咳き込みながら必死に声を張り上げた。

メヒトルテも必死になって叫んだ。

「そこですね！　すぐに行きます！」

返事が返って来たことで、それだけでメヒトルテは嬉しさのあまりに気を失いそうだった。

煙と熱で目を開けることも困難な中、涙を流しながら必死になって救助に来た人を捜す。

すると、炎の向こう側に微かに人影が見えた。

「ゲホッゴホッ……ここよっ！　お願い助けてっ！」

メヒトルテが叫ぶと同時に、バシャバシャバシャッと大量の水がかけられた。

一瞬、何が起きたのか理解できずに顔を背ける。

そして、もう一度人影の方を向くと、そこには十歳にもならないような子供が立っていた。

なぜこんな所に子供がいるのか？　と呆気にとられていると、その少年は右手で煙を払う。

その瞬間、メヒトルテたちを散々苦しめてきた煙が風に押し流され、瞬く間に消えてなくなった。

その場にいる全員が、いったい何が起きているのかと状況を理解できずにいた。

少年だけは取り残された人たちを見て、周囲の確認をしてと、忙しなく視線を動かす。

メヒトルテが呆けたように少年を見ていると、不意に目が合った。

「助けに来ました。もう大丈夫ですよ。さあ行きましょう」

そう言うと少年は、ニッコリと笑顔を見せるのだった。

◇◇◇

（考えろ、考えろ、考えろ……。何か手はある？　…………絶対に！）

炎が迫る中、魔力の枯渇という絶体絶命の危機。

ミカは必死になって生き残る方法を考えた。

（建物中の熱エネルギーを下げられないか？　いや、たぶん干渉できない。それにたとえ干渉できても、そもそもそこまでの魔力がない）

ならば、熱エネルギーを魔力に変換できないだろうか。

魔力の補充さえできれば、とりあえず目先の危機は回避できる。

（魔力からエネルギーに変換するのはいつもやってるけど、逆を試したことはない。もしできても、その魔力を上手く扱えるのか？　一度自分に取り込んでからじゃないと使えないんじゃないのか？　作り出した魔力をどうやって取り込むんだ？）

あまり複雑な手順は、今の状況では致命的だ。

どこか一つでも上手く機能しなければ、そこで終わりだからだ。

どこが機能しなかったのか、どうすれば機能するようになるのか。試行錯誤する余裕はない。

（…………なら、一つに絞れば）

あれもこれも、は無理だ。

ならば、ただ一つ。一点突破。

やるべきことを、ただ一つに集中する。

（魔力は、世界に満ちている……）

以前、教会でラディに教わったこと。

この世界のすべてに魔力は宿り、世界は魔力に満ちているという。

目に見えず、感じることもできない世界に漂う魔力を、誰がどうやって調べたのか知らない。

だが、そう言われているらしい。

（わざわざ自分でエネルギーを魔力に変換することはない。そこに『ある』というなら、かき集めればいい！）

ミカは〝水飛沫《ウォータースプラッシュ》〟を自分で浴び、〝突風《ブラスト》〟で作り出した大気を胸いっぱいに吸い込む。

そして、息を止めると二つの魔法をやめた。

目を閉じ、すべての意識を集中する。

燃え盛る炎に囲まれ、〝水飛沫〟と〝突風〟をやめるのは、はっきり言えば自殺行為。

だが、この状況下でいくつものことを同時に行うのは無理だ。

この方法が叶わなければ、もう後がないと腹をくくるしかなかった。

（大気に満ちる魔力も〝元々存在する物質〟だ。今までの経験では、これを操作することはできなかったが……）

じりじりと肌を焼く熱に、焦る気持ちを無理矢理に抑える。

ミカは、自分の周りにある魔力を集める。

集めるよう、自分の魔力に命じる。

（それができないなんて、誰が決めた！　俺が勝手にそう思ってるだけだろ！　なら、できるできないじゃない、やれ！！！）

魔力の消費が、これまで以上に早くなる。

〝水飛沫〟と〝突風〟を同時に使っていた以上に魔力が消費されていく。

みるみる減っていく魔力に、焦る気持ちが大きくなる。

（もしもこの方法が上手くいっても、集められる魔力が少なければ……。結局は自分の首を絞めてるだけか……っ！）

徐々に追い詰められ、不安が頭をもたげる。

消費する魔力と、集まる魔力。

後者が上回らなければ、結局はただ魔力を浪費しているに過ぎない。

それでも、今はこの方法に賭けるしかない。

もはや命を賭けた博打は始まってしまったのだ。

今更下《フォールド》りたところで、結果は負けと同じ。

（クッ…………これが上手くいかなきゃ、化けて出てやるからなっ、ラディッ！！！）

ミカは心の中で八つ当たりする。

ラディはただ、世界には魔力が満ちていると教えただけだ。

それを利用できるなどとは一言も言っていない。

魔力の不足で気分が悪くなってくる。

ミカがもうだめかと諦めかけた時、魔力の消費するペースが僅かに鈍った。

最初は気のせいかと思った。

だが、魔力の消費量がどんどん減っていく。

そして、ついには魔力が回復を始めた。

（きたぁっっっ！！！！）

ミカは魔力の吸収が途切れないように気をつけながら、〝水飛沫〟と〝突風〟を再開する。

盛大に水を浴び、右手で口と鼻を押さえると、ブハァ――――ッと大きく息を吐き出す。

「ぜぇ――はぁ――っ、ぜぇ――はぁ――っ。まじで……本気で、死ぬかと思った……」

今、ミカは三つの魔法を実行している。

〝水飛沫〟〝突風〟そして魔力の吸収。

しかし、それでもなお体内の魔力量は増え続けていた。

（すげーな、おい。どんだけかき集めてるんだよ！）

全身の肌から吸収していると言えばいいのだろうか。

体内の魔力の共鳴というか、波紋が身体中のいたる所から発生しているのを感じた。

（これなら、何とかなるか……？）

ミカは再び周囲に〝水飛沫〟を撒きながら、慎重に進み始めた。

（そうじゃないだろ！　絶対に助け出すんだ！）

煙に視界を遮られるため、移動は困難を極める。

一瞬、魔力量の問題をクリアしたのだから、この煙をすべて吹き飛ばしてやろうかと思いつく。

……が、すぐに却下した。

建物内に大量の空気が入り込むと、火勢が一気に増す危険があり、建物の崩壊を誘発しかねない。

下手なことをするよりは、このまま捜索を続けるのが最善と考え直した。

「ホレイシオさ――――んっ！　どこですかぁ――――っ！　誰かいますかぁ――――っ！」

ミカは建物内を進みながら、繰り返し呼びかけ続けた。

そうして進んで行くと、他のどこにも増して火勢の強い場所に気づく。

燃えやすい可燃物が多く集まっていた場所だろうか？

ゴォ――――……という空気の流れる音と、木の爆ぜる音が強く響く。

すると、その火勢の強い場所の向こうから、微かに声が聞こえる。

様々な音に邪魔されながらも、それは確かに人の声だと確認できた。

「そこですね！　すぐに行きます！」

ようやく取り残された人たちを見つけられたことに安堵しつつも、ミカは慎重に消火をしていく。

火勢が強いということは、それだけ建物へのダメージが大きいはずだ。

天井を支える柱が倒れれば、一気に崩壊してもおかしくない。

ここまで来て、焦って失敗をするわけにはいかなかった。

水を撒きながら進むと、煙の向こうに人影を見つけた。

一人ではない。

煙に遮られ、何人いるのかを確認することさえ難しい。

ミカは〝突風〟で大量の大気を作り出すと、ある程度の量がミカを中心に留まるようにコントロールする。

右手で払うように煙を追い出す。

そうして、その場にいる人たちを確認する。

(女性が二人。男性が三人。ホレイシオさんもちゃんといるね)

ホレイシオは、うつ伏せになって倒れていた。

背中には広範囲に火傷を負い、一目見て重傷だと分かる。

この様子では、ホレイシオは自力で歩くのは無理だろう。

よく見れば、足にも怪我を負っているようだった。

ホレイシオは両側から支えてでさえ、歩くのは難しいかもしれない。

だが、他の人たちは自分の足で動けそうだ。

(結構時間が掛かってしまったな。来た道を戻るのは無謀か……)

木造建築物での火災だ。

元々いつ建物が崩壊してもおかしくない。

迅速に脱出方法を考え、実行しなくてはならない。

ミカは素早く周囲を確認する。

（炎に囲まれた状態だけど、比較的右側は火勢が弱いか？　壁を抜ければそのまま外に行ける？）

大まかな方針を決め、取り残された人たちに呼びかけようと目を向けると、全員が呆気に取られたような顔をしてミカを見ていた。

（……なんだ？　もうすぐ助かるんだぞ？　もっと喜べよ）

一瞬そう思ったが、彼らは九死に一生を得たことに喜び過ぎて、逆に放心してしまっているのかもしれない。

ミカは優しく、諭すように声をかける。

「助けに来ました。もう大丈夫ですよ。さあ行きましょう」

笑顔つきで伝えるが、彼らは放心したままだった。

こういう時はショック療法か？　と思い直し、ミカは〝水飛沫〟を放心したままの人たちにたっぷりと浴びせる。

バシャバシャバシャッ……！

「ぶはっ!?」

「なっ、なにす――――!?」

「死にたくなきゃしっかりしろ！　そこの二人！　ホレイシオさんを両側から支えろ！　脱出するぞ！」

正気に戻った人たちを、ミカは鼻息荒く「ふんすっ」と大喝する。

そして足元の炎を消火しながら、右側の壁に向かう。

壁を抜けると言っても、建物に強い衝撃を与えるわけにはいかない。

ミカは〝水飛沫《アイスブレス》〟で壁の上の方から炎を消すと、一旦水を止める。

「〝氷結息《アイスブレス》〟！」

水浸しの壁に向けて冷気をぶつけて一気に凍らせる。

ガラスなどは高温の状態から急激に冷やされると割れたりするが、木はどうだろうか？

木自体は後で脆くなるかもしれないが、今は氷で支えてもらおうと、一旦凍らせることにしたのだが。

しっかりと凍り付いたことを確認してから、今度は魔力を壁に伸ばす。

高さ二メートル弱、幅一メートル強の縦長の長方形に魔力を形作る。

「〝颪千刃《サウザンドエッジ》〟！」

ババババシュッと音がすると同時に、凍った木の破片が削られたようにバラバラと落ち、壁に長方形の穴が開く。

その穴に向けて、再び魔法を発現する。

「〝氷槍《アイスジャベリン》〟！」

槍をぶつけるのではない。

壁の穴を支えるための氷柱を、両側に枠のように建てる。

ただの気休めかもしれないが、いちおう念のためだ。

「さあ、こっちです！　早く！」

ミカが外に出ると、取り残されていた人たちも次々と外に飛び出す。

ホレイシオも二人の男に支えられ、無事に外に出ることができた。

建物の近くにいては危険なので、少しでも遠くに離れるように促す。

ミカがホレイシオの治療のためにラディを呼びに行こうとすると、火事を見ていた人だかりの中にもミカたちに気づいた人がいたようだ。

「おい、あっち！」

「あれを見ろ！　人がいるぞ！」

「誰か出てきたぞ！」

遠くでミカたちの方を指さす姿が見える。

人だかりの方から何人もの人が駆け出してくるのが見え、その中にラディらしき姿も確認できた。

「メヒトルテ！」

「ナンザーロ！」

駆けてくる人たちの先頭はナンザーロだった。

脱出した女性のうちの一人がナンザーロへと駆け出し、しっかりと抱き合っていた。

ミカには誰が誰なのか分からなかったし、確認している時間もなかったが、ナンザーロの奥さんを無事に救出できたことに安堵した。

「こんの、馬鹿たれがっ！！！」

何番目かに辿り着いたディーゴが、ミカの頭にゴンッ！　と拳骨を振り下ろす。

何千個かの脳細胞が死にかねない、容赦のない鉄拳制裁だった。

目がチカチカして、頭の芯にまで響くようなあまりの衝撃と痛みに、一瞬何も考えられなくなる。

（痛《っ》ぅぅうっ……！　脳細胞が減って馬鹿になったらどうしてくれんだ!?）

頭を押さえながら、ミカは心の中で文句を言う。

「どこも怪我してないか、おい!?」

ディーゴはミカが怪我をしていないか、念入りに確認し始める。

「……今、怪我しました。頭を……」

「なっ!?」

もう一度拳骨を落とそうとディーゴが拳を振り上げたところに、ラディが到着した。

「ミカ君っ！」

「シスター・ラディ！　僕は大丈夫です！　それよりもホレイシオさんを！」

ミカが振り返りホレイシオを指さすと、ラディもすぐに察したのかホレイシオの所に走っていく。

ラディが【癒し】をホレイシオに与えるのを見届けて、ミカは大きく息を吐き出す。

（……ホレイシオさんに救ってもらった命の恩。なんとか返せましたね）

ミカが【癒し】を与えられて回復していくホレイシオを見ていると、後から歩いてくる足音に気づいた。

振り返ると、そこには老司祭のキフロドが立っていた。

「やれやれ……、無事だったようじゃのぉ。まったく、無茶しよるわい」

キフロドは怒るでもなく、喜ぶでもなく、抑揚のない声でミカに話しかける。

「……すみません」

ミカは項垂れて、謝罪の言葉を口にする。

「……お前さんが謝る相手は、儂ではないの」

そう言って振り返ると、人だかりの方に視線を送る。

キフロドの意図を察したミカは、キフロドに頭を下げると人だかりの方に駆け出すのだった。


ミカが人だかりに着くと、目的の二人はすぐに見つかった。

アマーリアは地面にへたり込み、放心したまま涙を流し、燃え盛る建物を見ていた。

ロレッタはそんなアマーリアに縋り付き、泣きじゃくりながらミカの名を呼び続ける。

二人の姿を見て、ミカは初めて自分のとった行動の意味を思い知った。

（俺はつくづく、情が薄いな……）

愛する息子が目の前で火の海に飛び込んで行けば、心配をかけるとか、悲しむ程度で済まないことは想像がつくはずだ。

それなのに、俺にはそこまでを想像することができなかった。

口では大切な家族と言いながら、実際にはアマーリアやロレッタがミカを想うほどには、ミカは二人のことを想っていないのだろう。

そこまで誰かを愛したことがないために、二人がミカを想う気持ちの大きさを、推し量ることすらできないのだ。

二人の傍にいた人が、ミカの無事を伝えている。

しかし、それすら二人の耳には届いていない。

抜け殻のように放心するアマーリアを、半狂乱になってミカの名を呼ぶロレッタを見て、胸が締め付けられる。

だが、この二人に与えた絶望を思えば、この程度は痛痒ですらない。

ミカは黙って二人の前に立った。

そして、ゆっくりと二人を抱きしめる。

「……お母さん、ごめんなさい。……お姉ちゃん、ごめんなさい」

そう呟くと、力いっぱい二人を抱きしめる。

「………ごめんなさい。……ごめんなさい。……本当に、ごめんなさい」

ミカは二人に謝った。

何度も、何度も。

謝るうちにミカも涙が溢れ、そして止まらなくなった。

そうしてミカが謝っていると、しばらくしてアマーリアの手がゆっくりとミカの背中に回された。

ミカが顔を上げると、虚ろだったアマーリアの目の焦点が少しずつ合い、ミカの目をしっかりと捉えるようになった。

「……お母さん」

ミカが呼びかけると、アマーリアは「ミカ……」と小さく呟く。

そして、気を失った。

あとがき

初めまして、リウト銃士と申します。

この度はリウトの初作品であり、初書籍化作である「神様なんか信じてないけど、【神の奇跡】はぶん回す」をお手に取ってくださり、誠にありがとうございます。

その上、更にお買い上げくださった方は、本当に、本当にありがとうございます。


本作は「小説家になろう」というウェブサイトに投稿した作品を、書籍化したものです。

まず、投稿する場を提供してくださった「小説家になろう」というウェブサイトと、そのサイトを運営されております「ヒナプロジェクト」様に篤く御礼申し上げます。

このような場が無ければ、そもそもリウトが小説を書いてみよう、ひいては投稿してみようなどとは思いもしなかったと思います。

この場を借りて、御礼申し上げます。


また、書籍化にあたり、尽力してくださいましたアース・スター　ノベル編集部の島様、並びに古里様に感謝申し上げます。

特に島様には、右も左も分からぬリウトに多くのご教授ご指導をいただきました。

アース・スター　ノベル大賞に入選するという望外の機会がなければ、この作品はインターネットの海に沈む運命にあったはずです。

このような機会をくださった「アース・スター　エンターテイメント」様に、篤く御礼申し上げます。

作品に素晴らしいイラストを提供してくださいましたイラストレーター、桜河ゆう様にも篤く御礼申し上げます。

リウトがどれだけ言葉を尽くしても伝えきれない作品の世界を、一枚の絵で表現してしまうのは、もはや神業。

このような素晴らしいイラストレーターに巡り合えたことは、望外の喜びです。

他にもたくさんの方々の尽力によって、この作品を世に送り出すことができました。

営業、広報、印刷、流通、小売店、その他にも、とても多くの方々が携わっています。

この場を借りて、篤く御礼申し上げます。

そして最後に、ウェブ版の本作をお読みいただいたすべての方に、御礼申し上げたいと思います。

みなさまの応援があってこそ、審査員の目に留まり、賞をいただけました。

その上で書籍まで購入してくださる方々には、言葉では言い表せない、最大限の感謝の意を表したいと思います。

この場を借りて、心より御礼申し上げます。


本当に、ありがとうございました。


……と、謝辞だけではせっかく後書きを読んでくださっている方々に申し訳ないので、本作の誕生秘話を語ってみたいと思います。

そうは言っても、大した話ではありませんが。


数十年前、ある所にリウト少年がおりました。

リウト少年が神様から授かった、生まれ持ったスキルは【三日坊主《デバフ》】。

何事も長続きしない、ちゃらんぽらんな少年でした。

そんなリウト少年がこよなく愛するものがありました。

ゲームと漫画です。宿題などそっちのけで、ゲーム三昧、漫画三昧の毎日です。

マセていたのか、リウト少年はクリスマスや誕生日のプレゼントを「現金で」と要求する、ちょっと嫌な少年に育っていました。

小学生の時から映画にも夢中になり、よく映画館にも行っていました。ごく普通の洋画です。

クリスマスや誕生日のプレゼントを握り締め、映画館に通う小学生。

好んで観る映画はアクション、ミステリー、サスペンス、ホラー、と大変困ったラインナップでした。

……お前は本当に小学生かと。


中学生になると、小説にも夢中になりました。

好むジャンルはミステリー、ハードボイルド、歴史物、そしてファンタジーです。

特にファンタジーにはどっぷり浸かり、日々様々な冒険譚に心を躍らせました。

ゲームや映画、そして活字で紡がれる物語に、胸を熱くしておりました。

「いつか、自分でも書いてみたいなあ」

そんなことを夢想するようになります。

ですが、大変残念なことに【三日坊主】というスキル持ちのリウト少年に、小説を書くことなどできるはずがありません。

実行に移すことなく、日々が過ぎて行きました。


今回はここまでとなります。

続きは次巻で。

それでは、またお会いしましょう。

EARTH STAR NOVEL

神様なんか信じてないけど、【神の奇跡】はぶん回す ①
～自分勝手に魔法を増やして、異世界で無双する～

発行 ―――― 2024年3月15日　初版第1刷発行

著者 ―――― リウト銃士

イラストレーター ―――― 桜河ゆう

装丁デザイン ―――― 村田慧太朗（VOLARE inc.）

発行者 ―――― 幕内和博

編集 ―――― 島玲緒　古里学

発行所 ―――― 株式会社アース・スター エンターテイメント
〒141-0021　東京都品川区上大崎3-1-1
目黒セントラルスクエア　7F
TEL：03-5561-7630
FAX：03-5561-7632

印刷・製本 ―――― 図書印刷株式会社

ISBN 978-4-8030-1928-5